AF290597

Tidigare utgiven av författaren:

9 Små Skönheter (del ett)

Förlag: BoD – Books on Demand, Stockholm, Sverige

Tryck: BoD – Books on Demand, Norderstedt, Tyskland

Omslag: Gabriella Iregren

ISBN 978-91-7851801-2

Jesusdjävulen

Inga ord klingar av sådan sanning som de från en moder när hon säger till sitt barn: "Jag älskar dig."

1

Tre ynka ord. Var det verkligen allt som krävdes? Tolv år av åtskildhet, fem av komplett tystnad, och allt det kunde förlåtas för tre ord? *Mamma har cancer.* Orden ljöd inom henne likt en gospelkör som sjöng allt högre tills hennes huvud kändes som om det skulle explodera. Hade hon hört fel? Hade han inte talat sanning? Var allting endast ett trick för att få henne att vilja återvända? Eller var det lika sant som de alltför välbekanta trädens högresta skepnader som passerade förbi henne utanför bilfönstret och fick hela hennes väsen att vilja fly därifrån? Den djupa kopplingen till marken Zaafirs bil rullade fram på gjorde henne yr av en kärlek hon önskade att hon inte hade kvar. Men trots att hon de senaste två timmarna, sedan Zaafir hade hämtat upp henne och Estrid vid hamnen, hade försökt att forma en order till Zaafir att vända om, så hade orden alltid blandat ihop sig till en smärtsam klump i halsen och allt som hade kommit ut var en djup suck. Hon hade inget val längre.

Det hade gått nästan ett helt dygn sedan Hedda fått sin fars samtal om att hennes mamma hade insjuknat i kronisk myeloisk leukemi och endast blivit given några veckor kvar att leva om hon fortsatte att vägra behandling. Men trots tiden som tycktes ha passerat i ett och samma andetag, så kunde hon fortfarande inte begripa vad hon hade hört. Hon hade memorerat hela konversationen i sitt huvud, men ändå så tycktes vartenda ord klinga av osanning. Hur skulle hon kunna tro på att hennes mor, som avskytt hela Heddas väsen från den dag då hon valt att lämna sina föräldrar, hellre skulle välja att låta cancern sluka henne än att leva utan sin dotter? Det var obegripligt. Men hur Hedda än vred och vände på det som tycktes vara en uppenbar lögn, så tycktes hon ändå inte ha styrkan att hålla sig från sin moder. Om allting, till hennes fasa, faktiskt var sanning; att hennes mor var döende och vägrade att ens ta så mycket som minsta lilla smärtlindrande medel såvida Hedda fortsatte att hålla sig borta från henne, så kunde hon omöjligen neka sin mors önskan. Hedda kanske hatade sina föräldrar för det de hade gjort, men hon skulle aldrig kunna låta någon av dem dö med vetskapen om att hon kunde ha förhindrat det. Oavsett vad så var det hennes familj. En trasig familj, men ändå en familj. Trots att varenda cell i kroppen bad henne att vända om, så kunde hon inte. För första gången på åratal så skulle hon se sina föräldrar i ögonen, och det fanns inget hon kunde göra åt det.

Någonting inom henne ville ständigt retirera, och det var en oändlig kamp mot tårarna att färdas längs med samma guppiga grusväg som hon en gång svurit sig själv att aldrig mer se. Den starka julisolen kastade sitt starka sken mot de små stenarna framför bilen och tvingade dem att reflektera ljuset i böljande värmevågor. Trots att den surrande ventilationen var på för fullt så kändes luften i bilen ändå alltför het och Hedda kände svetten rinna nerför ryggen och mellan brösten. Instinktivt så blickade hon upp på backspegeln i taket och såg på den unga kvinnan som hade vaggats till sömn av de slingriga vägarna. De tjocka, mörka ögonfransarna vilade tungt mot nederkanten av de slutna ögonen och dolde med en rogivande ridå de bruna, annars så nyfikna ögonen som gömde sig bakom den. Estrids huvud hängde avslappnat ner på hennes högra axel och guppade mjukt i takt med bilens rytm. Hedda kände hur en varm kärlek spred sig i hjärtat vid åsynen av sin själsdotter, och hon kunde inte stoppa sig själv från att låta ett älskligt leende sprida sig i ansiktet. Den trettonåriga flickan hade inget annat på sig än en tunn, mintgrön bomullsklänning, ändå var hennes hud glansig av den tryckande sommarvärmen, och det var nästintill omedvetet som Hedda sträckte fram ena handen för att vrida upp luftströmmen av kalluft i bak.

”Den är redan på max.”

Zaafirs mörka röst var dämpad för att inte väcka Estrid, och trots att han inte hade känt flickan i mer än en månads tid, så ljöd ändå en djupt rotad kärlek genom hans tonfall. Hedda drog tillbaka handen med en uppgiven suck och började istället fläkta sig själv, trots att hon visste att det inte skulle hjälpa. När hon tillslut släppte ner blicken från spegeln och det vackra barnets sovande reflektion, så tittade hon istället på den kastanjehudade mannen bredvid henne och söp in varenda detalj av hans siluett som om hon var rädd för att förlora honom. Medan hans smala, intagande ögon var fixerade på dammet som blåstes upp framför den silvriga motorhuven så lät

Hedda sin egen blick vandra långsamt från det tjocka, svarta, kortklippta håret på hans skalp, ner till den sluttandes, svettvåta panna, över hans ögon, vidare till skäggstubben som omringade de sensuella läpparna och tillslut ner till hakan och den mörka halsen som ledde vägen till den starka, fagra kroppen som tycktes svälla av hettan. Hans vita t-shirt dolde bara nästan konturerna av musklerna på hans bringa, och trots att hans händer var slutna på ett avslappnat sätt runt den svarta ratten så hade hans armar fortfarande kraften att få Hedda att drömma sig iväg till ett böljande ökenlandskap. Varenda liten muskel påminde henne om vidder av runda kullar av ljusbrun, sockerliknande sand. Svettpärlorna som ibland rann över hans bara hud var sirap, och trots att Estrid satt i baksätet och hon visste att hennes fokus borde vara någon annanstans, så funderade hon över hur det skulle kännas att få kyssa hans varma hud. Tillslut så tycktes Zaafir märka av Heddas genomskådande blick, och trots att Hedda tyckte sig kunna se ett retligt leende dra i hans mungipor så sade han ingenting om det. När han vågade släppa blicken från vägen så fångade han hennes blick i en sekund och sade i samma sammetslena röst som tidigare:

”Är det långt kvar?”

”Va?”

Hedda kände hur rodnaden brände i kinderna när hon tvingades harkla sig och skaka på huvudet för att glömma tankarna som tidigare hade rört sig inom henne. Zaafir såg på vägen i en halvsekund och vände sedan tillbaka blicken till Hedda och upprepade:

”Är det långt kvar, Hedda?”

”Nej, som mest tio minuter.”

”Okej, och jag ska bara följa den här vägen?”

”Mm-hm.”

Hedda kände magen vända när hon insåg hur nära gården hon växt upp på var. Blotta tanken på vad hon var på väg att göra fick henne att bli snurrig. Hon visste att hon var tvungen att möta sina föräldrar, allt annat var det försent för. Trots vetskapen om att hon inte hade något val så hade hon inte den minsta aning om vad hon skulle säga till dem. Hon hade spenderat natten liggandes på sin yogamatta och försökt tänka ut vad hon skulle säga. Det hade gått tolv år. Fanns det ens något hon *kunde* säga? Hon visste inte ens varför hon var där. Var det för att hon skulle förlåta dem, eller var det tvärtom? Var det fortfarande hon som hade felat, eller var deras fel den här gången? När hon hade vaknat upp ur sin halvsömn med mardrömmen där hennes mamma redan hade varit död när hon hade anlänt, så hade hon inte kommit fram till någonting överhuvudtaget. Hon visste inte vad hon skulle göra, eller säga eller hur hon skulle uppföra sig. Allt hon visste var att hon kom till dem med tomma händer men med ett öppet hjärta. För vad mer kunde hon göra?

Zaafir tycktes ha uppmärksammat Heddas spridda sinne, för han log mjukt och lugnande åt henne innan han lade sin fulla koncentration på vägen igen. Hedda var tacksam över hans välmenande leende, men det gjorde ingen skillnad. Den dagen skulle ha varit hennes första dag tillbaka i tjänst efter hennes månadslånga avstängning. Men istället hade hon blivit tvungen att sjukanmäla sig, och nu var hon på väg till det hon fortfarande trodde var helvetet. För vad kunde ha förändrats?

Hedda kände tårarna brinna innanför ögonlocken när hon såg diket där hon för tretton år sedan hade burit Estrids kalla, tysta spädbarnskropp upp på vägen och i panik satt av mot ett utav de tre husen som då hade varit det enda som funnits i hennes närhet. Skogen som hon hittat Estrid i var nu endast ett stort ödelandskap av gravstensliknande stubbar och livlös mark fylld av söndertrampade kvistar och plastavfall från alla de nybyggen som belägrat Heddas barnaparadis. Vid det våldsamma minnet av att plocka upp det nyfödda barnet ur mossan, så vred Hedda sig om igen, bara för att försäkra sig om Estrid andades. I ögonvrån såg Zaafir Heddas bekymrade blick, som trots att de inte ens delade samma blod, ändå funnits i Heddas ögon sedan dagen då hon hittat Estrid. Han förstod hennes oro utan att ens behöva se in i hennes ögon, och sade lågmält:

"Ingen kommer att ta henne ifrån dig. Hon är trygg."

Hedda svarade honom inte direkt, för hans ord fick henne att minnas den ödesdigra natten då hon blivit återförenad med Estrid, bara för att sedan tro att hon skulle förblöda i hennes famn. Rädslan hon mindes gjorde henne orolig igen, men trots minnesbilderna som spelades upp inom henne så visste hon att Zaafir hade rätt; Estrid var säker. Tårar av lika mycket lycka som sorg började mot hennes vilja att rinna och hon viskade mjukt:

"Jag vet."

Bilen rullade försiktigt fram över de dammiga träplankorna som låg begravda tvärs över grusvägen vid den sedan länge nedlagda järnvägsövergången. Skyltarna låg nedblåsta över den rostiga rälsen och hade trasslat in sig i hopsnurrade högar av gammal taggtråd med blodiga pälsskinntussar från förbipasserande vilt. Hedda kände hur hjärtat bankade hårt mot revbenen när hon kunde se konturerna av hennes barndomshem. Desto närmare de kom de gamla ladugårdarna och det lilla gårdshuset, desto snabbare trummade hjärtat. Hedda fick svårare att andas. Hon tvingade sig själv att ta djupa andetag, men det hjälpte inte mycket till. När det endast kvarstod ett par hundra meter innan de skulle köra in på den smala rondelluppfarten så fick hon plötsligt känslan av att bältet ströp henne och hon kunde inte hindra sig själv från att gripa tag i det och hålla det en bit från kroppen. Hon kände Zaafirs oroade blick brinna i sidan av hennes ansikte och hörde honom säga:

"Vi måste inte stanna, om du inte vill. Vi kan bara vända och komma tillbaka en annan gång."

Hedda förmådde inte sig själv att svara först, så hon endast svalde hårt och hörde med fasa hur fordonets däck körde upp på gårdsplanens rullgrus med ett knastrande, obehagligt läte. Zaafir stannade till i mitten av gårdsplanen, direkt framför det idylliska, röda boningshuset. Han lät motorn vara på medan han vände sig mot Hedda och sade allvarligt:

"Vill du att jag tar oss härifrån?"

Hedda kände sig som förfrusen. Munnen var kruttorr och hon kunde inte slita blicken från huset som trots åren som hade passerat inte tycktes ha åldrats ett dugg. Allting på gården omkring henne var så stilla. Så tyst. Så kusligt ödsligt. Någonting hade förändrats, men hon kunde inte förstå riktigt vad det var.

"Hedda?"

Hedda rös vid ljudet av Zaafirs stämma och tvingade sig själv att titta bort. Inom sig såg hon sig själv som barn springa över kullen bredvid huset med det djupgröna gräset. Hon såg in i Zaafirs ögon med en distanserad blick och sade med hes röst:

"Nej. Jag måste göra det idag." Zaafir svarade henne inte men stängde av motorn så ingenting förutom tystnaden omringade dem. Han satt nedsjunken i sitt säte medan blicken vandrade över de väderslitna gårdsbyggnaderna framför honom. Inget djur eller någon människa syntes till. Staketet till de omkringliggande gärdeshagarna låg hopslängt i en enda stor hög bredvid en rostande gammal traktor. Det gulnade gräset tycktes ha växt och vissnat så många gånger att det nu låg ner i stora drivor över fälten. Samtliga ventilationsluckor och dörrar på ladugårdarna var igenstängda och vissa var till och med låsta från utsidan med tjocka kedjor och hänglås. Övergivenheten som hade belägrat sig på gården gav honom en obehaglig känsla av osäkerhet, och det var med försiktighet i rösten som han frågade Hedda:

"Är du säker på att de ens bor kvar här? Allting ser så övergivet ut."

"Ja, pappa sade att de inte hade flyttat."

Hedda mindes tillbaka till barnaåren då marken framför henne hade kryllat av liv. Gårdsarbetare och lösa hönor och dagligt ankommande mjölkbilar, alla hade de trängts på de sandiga stigarna mellan de olika ladugårdarna för att se till djuren som inväntade sin död med ständig plåga. Mitt i kaoset som spelades upp framför henne så såg hon sig själv springa naken omkring på upptäcktsfärder och äventyr av barnslig fantasi. Otaliga gånger hade hon riskerat att bli påkörd av likväl skördetröskor som djurtransporter och traktorer. På något sätt hade hon överlevt länge nog för att börja hata det hela. Glädje och skratt hade med åren förvridits till den skräckinjagande verklighet hon faktiskt hade växt upp i, och tillslut så hade hon fått nog. Att hitta Estrid och sedan förlora henne hade varit det sista strået. Men det hade tagit ett års kämpande för att få hennes föräldrar att släppa taget om henne, och sedan dess så hade hon trott att hon aldrig skulle återvända till detta dödens näste som var hennes barndomshem. Nu hade hon brutit sitt löfte. Trots att gården kanske inte var det den en gång hade varit, så var det fortfarande detsamma på sätt hon inte ens själv kunde beskriva.

"Vill du att jag ska följa med dig in?" Återigen så hörde hon knappt Zaafirs röst genom ljudet av sina egna tankar, och likt en tavla som faller ner i golvet och slås i spillror så rämnade minnesbilderna av barndomen. Övergivenhet var åter härskare över gården. Hon svarade honom med blicken fäst på tomheten framför henne:

"Nej, stanna här med Estrid."

"Som du vill, men jag kan inte lova dig att vi stannar kvar i bilen. Vi står mitt under solen, det kommer att bli kokhett härinne."

"Ni gör som ni vill, men jag behöver få prata med mina föräldrar på egen hand. Gå vart ni vill men inte till huset. Du och Estrid behöver inte veta mer än ni redan gör."

"Hedda, jag har precis kört i över två timmar för att hjälpa dig. Vi är redan involverade, det kan du inte göra något åt. Och om jag får lov att påminna dig så var det *du* som bad mig att ta dig hit, inte tvärtom. "

"Jag vet vad jag har sagt, Zaafir. Och jag är tacksam för din hjälp, men just nu så kan du inte göra någonting mer."

"Men..."

"Är vi framme?" Estrids sömndruckna röst stoppade Zaafir innan han hann protestera vidare, och Hedda kände hur hon genast mjuknade i varenda vrå av kroppen vid ljudet av själsdotterns stämma. Hon knäppte upp bältet och vred sig om så att hon såg in i Estrids dåsiga ögon, och sade med len röst:

”Ja, mitt hjärta. Vi är framme nu. Har du fått sova utan mardrömmarna?”

”Mm.”

”Så bra, älskling.” När Hedda hade ringt Estrid på morgonen efter att hon beslutat sig för att ta ledigt och åka till sina föräldrar, så hade Estrid varit vaken sedan klockan halv tre på natten. Minnesmardrömmarna från jordkällaren och monstret som hållit henne fastkedjad där hade väckt henne vid midnatt. Estrid hade försökt att somna om en lång stund, men när mörkret i sovrummet hade blivit för likt det konstanta, ogenomträngliga mörkret i den runda stenkammaren, så hade hon gett upp.

Hedda hade känt sig så värdelös och vilsen när hon hade hört Estrids röst berätta om de återkommande mardrömmarna som fortfarande var lika starka som de hade varit för en månad sedan. Hedda önskade att det fanns ett sätt för henne att finnas vid Estrids sida varenda sekund av varenda minut av varenda timme av varenda dag, men så länge Estrid bodde kvar hos sin pappa och hans flickvän, så kunde Hedda endast vara med henne under sina lediga dagar. De dagliga samtalen med Estrid kunde endast ge henne en viss ro i själen, så därför våndades hon inför de kommande dagarnas arbete innan helgens ledighet. Hedda skulle inte klara av att förlora henne en gång till. Trots att hon visste att Estrid var trygg, så kunde hon aldrig riktigt släppa taget om oron för vad som ändå skulle kunna hända henne.

Hedda såg på Estrid medan hon sakta vaknade till och fick en allt klarare blick. Synen fick henne att minnas när läkarna hade väckt Estrid ur hennes läkekoma för tre veckor sedan, och hon mindes hur lättnaden av att bara se henne öppna ögonen hade fått Heddas hela hjärta att dansa av eufori. Känslan kunde fortfarande fylla henne med kärlek, och hon kände återigen läpparna tänja ut sig till ett leende. Medan Estrid knäppte loss bältet och började sträcka på sig så sade Hedda:

"Jag behöver få prata med mina föräldrar på egen hand, så du och Zaafir får hitta en skuggig plats under ett träd någonstans och ta det lugnt så länge, om det går bra?"

Estrid svarade henne inte med ord, men hennes blick talade högt nog för att Hedda skulle förstå paniken det hade tillfört hennes sinne. Estrid hade träffat Zaafir tidigare, men Hedda hade aldrig lämnat dem ensamma tillsammans förut. Dessutom så var hon förmodligen törstig och kissnödig, och Hedda visste att blotta tanken på att inte kunna få sina behov tillfredsställda kunde få Estrid att bli febrig av panik. –Allting på grund av tiden hon spenderat i kedjor. Det krävdes inte mer än en bedjande, orolig blick från Estrid för att Hedda skulle välta omkull sin tidigare plan. Hon lade huvudet lite på sned och gav Estrid en så lugnade blick som möjligt och försökte förmedla att hon förstod. Med ny beslutsamhet i rösten så vände hon sig mot Zaafir igen och sade:

”Jag har ändrat mig. Jag vill att ni ska följa med mig in.” Hon kastade en snabb blick mot Estrid igen för att försäkra sig om att hon inte såg ut att må sämre, och fortsatte sedan:

”Men snälla lova mig att du håller dig undan, okej?”

”Skäms du för mig?” Zaafir lät ett minimalt, skämtsamt leende fylla hans ögon med värme, men Hedda kunde ändå höra uppriktigheten som låg bakom orden. Utan att tänka så smekte hon hans arm och sade:

”Nej, det är inte dig jag skäms för. Mina föräldrar är väldigt… speciella… Och du måste förstå att jag inte har pratat med någon utav dem på fem år. Jag har ingen aning om vad som kommer att hända.”

”Någon dag så hoppas jag att du kommer att berätta allt för mig, men ja, jag lovar att hålla mig undan idag.”

”Tack.”

”Men om du far illa på något sätt så kommer jag att gå emellan, bara så du vet.”

”Men snälla, Zaafir. Jag vill inte ha ditt beskydd!” Irritationen började puttra inom Hedda, men hon visste att hon inte fick tappa kontrollen på något sätt när Estrid var i närheten, så därför försökte hon lägga band på sig själv. Zaafir, likt alltid, visade inga tecken på ilska, men han fortsatte ändå att kampa med henne. Han sade med ett leende:

”Jag vet det, Hedda. Du har sagt det ganska många gånger nu… men oavsett vad så kommer jag likt förbannat alltid att finnas här för dig." Hedda visste bättre än att protestera mot känslan av skölden som gav vika inom henne, och inom sig så lät hon kärleken ta över. Men hon tänkte inte uppvisa sådan sårbarhet för Zaafir, så hon himlade med ögonen och sade:

"Kan vi snälla inte ha den här diskussionen nu, tack!"

"Du bestämmer."

"Tack." Hedda suckade ljudligt när hon såg leendet som spred sig i Zaafirs solkyssta ansikte. Snart förvreds hans ansikte till en undran, och samtidigt som Hedda sträckte sig fram för att öppna sin bildörr så höjde han en pekande hand mot det lilla gårdshuset på den gräsbeklädda kullen och sade:

"Jag tror de vet att du är här, Hedda. Är du säker att det här är vad du vill?"

Omedvetet så vände Hedda huvudet mot husets nu vidöppna, mörka, gamla trädörr, och hennes blick blev som fastetsad vid den nästan skalliga, grånade mannen som hon endast nätt och jämt kunde känna igen som sin far. Att han tycktes ha åldrats så mycket på tolv år chockade Hedda likt ett slag i magen. Trots att han bar sin gamla rödrutiga linnesskjorta och sina sedan länge utslitna jeans så såg de inte längre ut att hänga på samma kropp som de hade gjort sist hon hade sett dem bli burna. Hans skuldror var skeva och torterade av skoliosen och armarna som en gång släpat dödfödda kalvar från deras råmande, sörjande mödrar var nu avmagrade. Under skjortans tyg så kunde Hedda ana skinnet som hängde löst på hans kropp. Den alltför stora, runda buken som Hedda mindes var som försvunnen. Endast en lös, dallrande massa guppade nu ut över bältesspännet likt kokande lava ur en vulkan. Redan på långt avstånd kunde hon se det fårade ansiktet med de grågröna ögonen som talade om sorgen efter dottern de sett fly från dem. Han var inte densamma, men han var hennes far. Det gick inte att förneka. Hon svarade Zaafir med en hes viskning:

"Nej, jag är inte säker på någonting längre. Men jag måste göra det." Sedan tog hon sig loss från bältet och tog sig ur bilen innan han hann säga något mer. Så fort hon var utanför så vände hon snabbt ryggen åt mannen som sakta hade börjat maka sig mot dem med sneda steg. Över biltaket såg hon Zaafirs mörka kalufs resa sig och snart hördes den nästintill ekande smällen av bildörren som stängdes. Hedda väntade vid bilen med ryggen åt sin far tills Estrid var tryggt utanför den pressande värmen i den hjulbeklädda plåtburken. Omedvetet så strök hon en hand över Estrid mjuka, bruna hår och blev lättad av att Estrid inte tycktes ha någonting emot det. Hon endast såg kisande in i Heddas ögon och sökte efter lugnet som endast Hedda kunde ingjuta i henne.

De hade inte kommit längre än några få meter närmare huset innan Heddas steg abrupt dog ut när hon plötsligt fann sig själv stå ansikte mot ansikte med mannen hon hade lärt sig att hata. Hon kände händerna bli knytnävar och käkarna värkte när hon pressade samman tänderna. I nederkanten av ögonen brann tårarna, men hon tänkte inte låta dem falla. Hennes tunga och läppar började forma orden till en hälsning, men de tycktes inte vilja yttras. Tillslut så fick hon fram en försiktig viskning genom de sammanbitna käkarna:

"Hej, pappa." Mannen lät sig inte hejdas. Tårar rann våldsamt nerför hans skrynkliga, skäggstubbade kinder och det var med framsträckta händer och ett plågat, vädjande uttryck som han stegade ända fram till Heddas rakryggade siluett och omfamnade henne med skakade axlar och en gråtande bön som ljöd:

"Åh, mitt-barn-mitt-barn-mitt-barn! Du har förändrats så mycket! Men du är mitt barn! Du är här-du är här-du är här! Jag trodde jag aldrig skulle få se dig igen! Åh, förlåt mig-förlåt mig! Min älskade unge, så jag har saknat dig!"

Hedda visste inte om hon var rörd eller äcklad av sin fars sårbarhet. Trots att hon motvilligt kände sina egna tårar väta kinderna, så var hon stum och lam på insidan. Hon lade sina händer på hans axlar och pressade honom från sin kropp. Hon sade med blicken på hans bedjande, fuktiga ögon:

"Släpp mig, nu."

Han slutade inte att jämra sig, men hans ord falnade till viskningar och han drog sig sakta bort från hennes svettiga, varma kropp. Likt en slav framför sin överordnade sjönk han ned på huk framför sin dotter, slöt händerna framför sig och fortsatte att be om förlåtelse. Hedda tålde knappt att se på honom. Han såg så svag ut att hon inte kunde förmå sig att tro på hans ord. Han hade haft sina chanser. Hon var där för att få en människa hon råkade ha ett förflutet med att välja livet och hälsan framför döden och cancern.

Inget mer. Inget mindre. Hon var inte intresserad av hans förlåtelse, den kunde han behålla för sig själv.

Hon tvingade bort blicken mot en högrest ek som var årtionden äldre än hon själv. Med ena handflatan torkade hon hårt bort tårarna i ansiktet innan hon sade med iskallt hat i rösten:

"Res dig upp!" Mannes tycktes inte vilja protestera, för även om jämrandet fortsatte så hörde Hedda snart det skrapade ljudet av att han reste sig från rullgruset. Hans gråtfyllda röst var som knivar i hennes själ:

"Du måste förstå att jag och mamma aldrig ville dig något illa. Vi trodde att vi gjorde det som var bäst för dig! Men du var så svår och så envis och kunde vara så elak och tvär mot oss när du inte fick som du ville, att vi inte visste vad vi skulle ta oss till! Snälla titta på mig, Hedda. Jag står ju här och ber om din förlåtelse! Hör du inte det?"

Hedda trodde att hon skulle kollapsa och aldrig mer ta sig upp. Det var det hon hade befarat. Han hade inte förändrat sig. Ingenting var någonsin hans fel. Alltid var det Heddas fel; Hedda var dum; Hedda var grym; Hedda var galen och konstig. Men aldrig kunde *han* göra någonting orätt. Hon var på väg att vända om utan ett enda ord till och återvända till tryggheten i bilen och låta Zaafir ta henne långt därifrån. Men i samma sekund som hon drog efter andan med den smärtsamma klumpen i halsen så kände hon hur Estrid tog henne under armen och låste fast henne i en armkrok. Heddas söndriga själ fick vila från hatet när värmen och kärleken till själsdottern spred sig inom henne. Estrid tryckte sig tätt intill, som om hon ville vara som en sköld mot faderns ord, och det dröjde inte länge innan Hedda i ögonvrån såg hur Zaafir klev framför henne och lade en hand på mannens skakande axel. Hans röst var befallande, men mjuk och vän som alltid:

"Jag tror det räcker nu, Arvid. Hon har hört det du vill ha sagt, och om jag känner er dotter rätt så är jag övertygad om att hon kommer att förlåta er, så småningom. Men ni måste ge henne lite tid."

"Lite tid? Vad ska det betyda? Hon har ju för fasen haft tolv år på sig! Fem år utan så mycket som ett brev eller ett samtal! Hon har haft all tid i världen på sig! Nu är det dags att gå vidare." Han stod framför Zaafir, men orden var inte riktade till honom. De var till för att såra Hedda. Hon visste att det var meningen att de skulle skuldbelägga henne tillräckligt för att hon skulle vilja förlåta honom. Men trots att hon mest av allt var ursinnig och kände blodet koka, så kom inget annat ut än tårar. Alla bleknade ärr inom henne revs upp och blödde från det sorgtyngda hjärtat alltmer för vartenda ord hon hörde. Hon kunde bara gråta, men egentligen så ville hon vråla. Zaafir fortsatte att försöka lugna Arvid:

"Ja, lång tid har gått. Och jag förstår att du är sårad och vill bli förlåten för smärtan du har upplevt. Men om du bara…

"… du förstår inte alls! Du känner inte mig! Jag aldrig träffat dig förut! Du har inte en aning om vad jag och min fru har tvingats utstå på grund av henne!"

Hedda slöt ögonen hårt och hörde hur mannen spottade åt henne. *Låt det inte finnas mer för honom att säga, snälla någon! Jag står inte ut.*

"Lugna ner dig och lyssna! Vem jag är spelar ingen roll, men du ska respektera Hedda, är det förstått? Inte ett enda ord till vill jag höra från dig!"

Någonting Hedda aldrig upplevt förut vibrerade i hela hennes kropp när hon vågade lyfta blicken och iakttog hur Zaafir förvandlades till någon hon aldrig hade kunnat förutspå skulle finnas inom honom. Med nytt mod i själen höll hon hårt om Estrid vid sin sida och lyssnade på Zaafir när han fortsatte med sträng ton:

"Du kanske tror att jag inte känner din dotter. Du kanske till och med tror att jag inte har någon rätt att försvara henne. Men lyssna noga nu, för jag tänker bara säga det här en gång: Hon betyder mer för mig än någon annan människa någonsin har gjort, och jag vågar tro att jag känner henne bättre än du eller din fru gör. Och jag vet hur väl hon förtjänar att bli behandlad, och det här är inte det! Så antingen tar du och lämnar oss ifred och låter henne göra det hon kom hit för att göra, eller så tänker vi sätta oss i bilen igen och köra härifrån."

Arvid flackade med blicken och stod tyst och stilla framför Zaafir. Flera sekunder passerade utan att något hände, men tillslut så suckade Arvid djupt av reträtt. Hans blick blev avslappnad och hans axlar sjönk tillbaka till deras smärtsamma, framskjutna tillstånd. Han lät huvudet falla mot bröstet innan han sakta såg upp på Zaafir igen, och sedan på Hedda. Hans ögon talade inte om något annat än ålderns rispor och sår, och trots att hans blick var närapå tom, så fann Hedda det ändå svårt att se in i den. Hon kände Estrid hålla henne om livet hårt och kärleksfullt. *Likt hur ett barn kramar sin mor*, tänkte hon inom sig och kände värmen ta plats återigen. När Arvid öppnade munnen för att tala igen så kände hon åter hur de sylvassa istapparna högg sig in i hennes själ och fyllde henne med vrede. *Håll dig lugn för Estrids skull. Du måste behålla ditt lugn!*

"Hedda, jag… vet inte vad jag ska säga. Jag vet att du vill att jag ska be om ursäkt… men det kan jag bara inte göra. Jag bara kan inte be om ursäkt för något jag inte har gjort. Det var du som lämnade oss, minns du?" Besten inom henne tog sig i samma ögonblick loss från sina kedjor. Inget kunde hindra vreden nu. De första orden kom ut som en väsande viskning:

"Du kan inte… be om ursäkt?" Estrid kände Heddas puls öka, och trots att hon aldrig hade sett henne arg tidigare så visste hon bättre än att hålla kvar sitt tag om henne. Hedda lät henne dra sig undan, tillbaka till bilen. När hon hörde bildörren gå igen så kunde hon inte hindra sig själv längre. Hon stegade våldsamt fram och skrek med ursinnighet i rösten och gråten i halsen:

"När ska du förstå? Allting var ert fel! Men ni ville aldrig se! Ni ville aldrig lyssna…"

Tårarna hade redan brutit igenom den första barriären av ilska och gjorde hennes röst gäll och hes. Hon började kasta ut nävarna mot sin chockade far men Zaafir klev framför henne och fångade in henne i sin famn och höll om henne. Medan hon fortsatte att försöka slå sin far bakom Zaafirs breda kropp och kved ut sina ord så stod han där och höll om henne. Han kände hennes tårar väta hans axel och nacke, och orden hon skrek ut ekade i hans skalle.

"Ni ville aldrig ha mig! Ni hatade mig. Ni hatade... mig..." Resten av orden som kom ut var inte mer än gråtfyllda, hesa viskningar. Tillslut så kollapsade hon helt i Zaafirs famn. Samtidigt som han stärkte sitt tag om henne och tryckte henne mot sig så pass hårt att hon lyfte från marken så såg hon det välbekanta hatet i Arvids ögon, och det han sade sårade henne likt inget annat:

"Du är ju för fan inte klok!" Sedan skakade han på huvudet på det sätt hon hade sett honom göra alltför många gånger i sitt liv. Han vände sig om och marscherade bort till de övergivna ladugårdarna tills hans bräckliga gestalt tillslut försvann utom hennes synhåll. Hedda slöt de svidande ögonen hårt och borrade in näsan i Zaafirs hals. Med långsamma steg bar han bort henne till bilen och lättade på sitt tag om hennes kropp så att hon åter kunde stå på egna fötter. Hon ville stoppa gråten och smärtan i bröstet, men det kunde hon inte. Tårarna slutade aldrig att rinna och bröstkorgen vägrade bli stilla. Zaafir sade ingenting till henne, utan strök henne endast över håret och ryggen och hyssjade lågmält. Efter några minuter klev Estrid ur bilen igen och slöt sig till massan som deras kroppar hade skapat. Estrids närhet fick först Hedda att gråta allt våldsammare, men tillslut så värmde kärleken till själsdottern henne nog för att den värsta paniken skulle börja retirera.

Det dröjde tio långdragna minuter innan Hedda tog sig ur Zaafirs grepp och istället såg in i hans bruna ögon och viskade:

"Tack."

"Förlåt för att jag gjorde honom arg, det var dumt."

"Zaafir…" Hedda höll hans ansikte mjukt mellan sina händer och böjde försiktigt ned hans huvud tills han tvingades spegla hennes ögonkontakt.

"Lyssna nu, du har inget att be om ursäkt för. Okej?" Han svarade henne inte med ord, utan lät istället sin vänstra kind väga tyngre ned i Heddas handflata medan han blundade och skrynklade samman huden i pannan i ett oroat uttryck. Långsamt slog Zaafir upp ögonen igen, och medan han fortfarande kände värmen från Heddas kupade hand så sade han till henne:

"Vill du verkligen fortfarande stanna?"

"Nej, det vill jag inte. Men jag tänker göra det ändå."

"Du måste inte."

"Jo." Hedda avvek med blicken och släppte taget om hans kind. Utan ett enda ord till så fattade hon tag om Estrids hand och tillsammans gick de förbi Zaafir och upp mot det lilla gårdshuset. De hann inte ta många steg innan även Zaafirs tunga fötter hördes pressa undan gruset.

Att gå längs med samma stenplattor som hennes barnfötter en gång i tiden hade vandrat dag in och dag ut var som att resa i tiden.

Hon kände smärtan från de blödande knäna när hon haft för bråttom; Hon kände sommarbrisen som greppade tag om hennes svarta, långa flätor som på något sätt hade fått sitta kvar i hennes mjuka hår i veckor innan de hade blivit omflätade; Hon såg hur pollenfrön och små flygfän spelade ut sina kamper i kvällssolens brinnande sken, och hon hörde fjärilarnas vingslag och getingarnas surrande när de flög förbi. Men ingenting var äkta, allt var minnen från en svunnen tid. Den tiden var förlorad och borta för alltid. Obehagskänslorna kom krypande uppför hennes ryggrad desto närmare hon kom det röda lilla huset. Det var för tidigt för falläpplen, men ändock kunde hon känna doften av de saliga frukterna som hängde röda och svullna från sina grenar bredvid henne. Gräset doftade frihet och såg ut att ha fått växa i flera veckor, men snart skulle det osa av bensin och förruttnelse. Hedda klev försiktigt upp på den gamla trätrappan som knarrade och knakade under hennes tyngd. Hon ville inte lyfta blicken och se in i huset, men hon visste att hon var tvungen. Ljudligt andades hon in frisk luft i lungorna och kände i samma andetag hur Estrid klämde hårdare om hennes hand. Omedvetet så vände hon på huvudet för att le åt henne, och när hon sedan vände tillbaka huvudet så möttes hon av åsynen av oförändring. Allt i den smala hallkorridoren var detsamma som det hade varit när hon sist hade lämnat den. Väggarna bar fortfarande den grönvita, blommiga, gamla tapeten som tycktes ha fastnat i början av sextiotalet. Mahogny-hatthyllan satt fortfarande lite snett uppspikad på vänstra väggen och metallkrokarna under var överbelamrade med kappor och jackor av alla dess slag. Skorna stod slarvigt uppradade på varandra, och under dem var samma lusbitna, orangea gamla matta som legat där sedan urminnes tider. Den fem meter långa mattan täckte upp nästan hela hallgolvets yta, men tittade hon noga vid dess slitna sidor så gick det ändå att ana parkettgolvet under.

Hedda klev tveksamt över den knarrande dörrlisten och yttrade ett försiktigt:

"Hallå?" Inget svar kom direkt, men bakom den vänstra väggen hördes ett hasande ljud. Hedda visste vad det innebar. Innan hon gick vidare in i vardagsrummet där hon i huvudet redan kunde se sin mor sitta i en av de gamla sofforna, så visade hon Estrid till toaletten och envisades i en halv sekund med Zaafir för att han skulle lämna henne ensam. Den kampen var lika snabbt förlorad som den hade startats. Med Zaafir i släptåg närmade sig Hedda långsamt den dörrlösa, smala ingången till vardagsrummet. Rummet de klev in i var inte särskilt rymligt, men till skillnad från hallkorridoren så badade golvet och väggarna i solljuset som sken in genom ett av de två fönstren. Likt resten av huset tycktes ingenting ha förändrats sedan hon senast varit där. Ovanför den gamla kaminen hängde fortfarande troféskallar och horn av alla dess slag. På golvet under soffbordet låg den manglade kon kvar och väntade fortfarande på tiden då dess hud skulle få återvända till jorden. Bordet hade alla sina forna kaffekoppsringar i behåll, och parkettgolvet hade kvar alla sina långa rivmärken efter hundarnas klor från när de kastat sig ner från soffan med en rivstart för att hinna fram till vem som nu än hade vågat göra entré. De vita spetsgardinerna som brukade lysa mot de gröngula väggarna var nu fulla av damm och tycktes smälta in i sin bakgrund. Det enda som tycktes ha förändrats var kvinnan som satt i en av de filtbeklädda tvåsitssofforna.

Hedda stod som förlamad framför den plufsiga, tunnhåriga figuren som såg upp på henne med rödkantade, svullna ögon. Hon visste att människan framför var hennes mor, men hon såg inte ut som det. Den hårda allvarsamheten som alltid hade vilat över hennes siluett var ersatt av böljande berg och dalar av fett över hela kroppen, och trots att hon satt bakåtlutad mot soffryggen och hade fötterna på bordet så väste hon i vartenda andetag. Hedda kände igen ögonen och den naturligt iskalla blicken, men resten av ansiktsdragen som hon mindes var begravda under flera lager av underhudsfett. De tunga ögonlocken tillsammans med de alltför runda kinderna fick hennes ögon att ramas in svarta likt svarta prickar på en canvasduk.

Kvinnans mun var ständigt öppen och lite dregel kunde anas i mungiporna, men läpparna tycktes aldrig kunna forma något ord. Hedda lät sin blick vandra vidare över detaljerna av hennes kropp för att undgå den genomskärande, sårade blicken. Modern hade låtit håret växa så att gråblonda, slitna hårtestar hängde ner över de kuddliknande axlarna, men längden hade inte gjort något för att dölja de kala fläckarna i skalpen. Hon bar inget annat än en blå, alldeles för stor bomullströja med slarvigt avklippta ärmar och en urringning som endast lämnade lite av den fria bysten till fantasi. Tröjan var lång nog för att räcka henne halvvägs ner på låren, men ändå hade hon gjort sig mödan att dra en gul, urblekt kjol över de till synes smärtsamma valkarna på låren och stussen. Hon hade varken strumpbyxor, strumpor eller några skor på sig, och utifrån de tjocka, genomsvullna anklarna så kunde Hedda förstå varför. Tårna var nästan blålila av den strypta cirkulationen från svullnaden, och Hedda kunde inte låta bli att känna för sin mor som förmodligen knappt ens kunde gå längre än ett par meter utan assistans. Hon kunde inte hejda skuldkänslorna som vällde genom själen, och trots att det fick hennes ögon att tåras igen, så visste hon bättre än att försöka stoppa dem.

Med vattnig blick försökte hon återfå besinningen genom att flytta blicken. Som förväntat så stod en gråvit rullator vid sidan om soffan. En rysning for genom hennes kropp och hon tvingade blicken till bordet istället. På en guldkantad assiett låg en halvuppäten smörgås med luftigt, näringsfattigt bröd, drivor av smör och tre tjocka skivor ost. Bredvid assietten med ostsmörgåsen stod ett halvfullt glas med vit, fet, flytande cancer. Mjölkpaketet stod på mitten av bordet och samlade bakterier från luften genom den korklösa öppningen. Utan att tänka så utbrast Hedda desperat:

"Dricker du fortfarande mjölk?" Hedda gestikulerade med bägge händerna åt bordet som om det kryllade av småkryp. Trots att hennes mor inte tycktes ha förstått varför hon var upprörd, så hade hon hennes uppmärksamhet. Väsandes drog hon in luft i de stackars utarbetade lungorna och nickade tydligt med blicken fäst på smörgåsen, som om hon var en leopard i väntan på rätt tillfälle att fälla sitt byte. Hedda fortsatte:

"Och ost? Och smör? Och vitt bröd?"

"Mm-hm." Flaxandes med bägge armarna och tungtippen i ena mungipan så började modern försöka luta sig framåt medan hon hummade sitt svar. Zaafir, som uppenbarligen tyckt att saker och ting hänt för långsamt hittills slösade ingen mer tid på att beskåda den groteska balettakten i den överviktiga kvinnans försök att resa sig, utan klev snabbt fram till henne och sade så samlat han kunde utan att låta nedlåtande:

"Låt mig hjälpa dig, Hillevi." Hillevi blundade först hårt och skakade aggressivt på huvudet, men när Zaafir väl greppade tag om hennes ena arm och hjälpte henne sitta upprätt så protesterade hon inte. Hon var för utmattad för att yttra någon tacksamhet, men hon gav honom ändå en snäll blick som han genast återgäldade med ett leende. Hedda lade knappt märke till Zaafirs närvaro, men när han var på väg att hjälpa Hillevi greppa tag i smörgåsen så klev hon fram och daskade till de båda på händerna. Med en bedjande blick på modern sade Hedda:

"Men du har ju cancer!"

"Ja, och?"

Det var de första orden Hedda hade hört sin mor yttra på över fem år, men ändå var de hopplöst betydelselösa. En del av henne ville skratta åt absurditeten i hela situationen, men allt som kom ut var en flämtning. Hon borde inte ha blivit förvånad över någonting av det, men istället kändes varenda känsla Hillevi gav henne som ett slag i ansiktet. Hedda sjönk ned på knä framför henne och tog sig tillräckligt nära för att fatta tag om sin mors rödsvullna händer. Hon såg in i hennes distanserade, sorgsna ögon och viskade:

"Men, mamma. Vet du inte vad allt det här gör med dig?"

"Jag är inte din mamma! Du stack! Och det är inget fel på hur jag lever!"

Hillevi drog våldsamt undan korvfingrarna och bröt ut i en hostattack av ansträngningen. Hedda slöt ögonen och vände undan huvudet när den mjölkiga saliven flög ut ur kvinnans mun. Snart kände hon Zaafirs kropp nära sig och hans arm om sina axlar. Tyvärr var det hon kände inget som han kunde bota, eller ens lindra. Det hade varit fel att resa till föräldrarna. Det hade varit fel att ens tänka tanken att de skulle ha förändrats, eller att de skulle vilja ha hennes hjälp. Hon var inte deras dotter längre, hon var deras odåga.

Med slutet ansikte och en ilska inom sig som hon endast kunde försöka dölja så frigjorde hon sig från Zaafirs grepp och reste sig från parketten. Hon plockade med sig assietten, glaset och mjölkpaketet och bar ut det till köket på andra sidan hallen. Hillevi hostade för mycket för att kunna säga emot, men Hedda kunde känna moderns hatande blick brinna i ryggen. Zaafir tycktes tveka i en millisekund vem han skulle stanna hos, men tillslut så beslöt han sig för att följa efter Hedda.

Utan att ens lägga märke till den klirrande smällen när hon alltför hårt ställde ner disken på den låga, gamla köksbänken med endast ett skynke under som skulle dölja det dåliga hantverket, så hällde hon ut all mjölk i glaset och i paketet ner i vasken. Smörgåsen slängde hon i soptunnan bakom skynket, och assietten placerade hon i diskhon. Hon sköljde ur glaset flera gånger tills det grumliga cancer-vattnet blev till rent dricksvatten. Med rappa steg tog hon glaset med vatten till Hillevi, drämde ner det på bordet så pass hårt att det bildades vågor i vattnet, och sade barskt:

"Drick." Sedan vände hon på klacken igen och begav sig tillbaka ut i köket. Utan att tveka så öppnade hon kylskåpet medan hjärtat trummade mot revbenen och svetten åter hade börjat rinna. Hon fyllde sin famn med så många mjölkpaket hon kunde och bar dem den korta biten till diskbänken. När hon började öppna paket för paket och hälla ut innehållet, så gjorde Zaafir ett halvhjärtat försök att stoppa henne. Mjukt greppade han tag om hennes handleder så att hon blev alldeles stilla. Han sade lågmält:

"Hedda…" När han såg in i hennes ögon och beaktade hennes desperation, så förstod han att hon var tvungen att få fortsätta. Han släppte taget om hennes handleder, klev tillbaka och ställde sig i dörröppningen till köket för att vänta ut hennes utbrott. Han visste bättre än att försöka stoppa henne. När Estrid sakta kom smygandes från toaletten vid slutet av korridoren så stoppade han henne från att gå in.

Hedda rev ut allt från mjölk, smör, ost och alla krämer och färdigsåser hon kunde hitta, till allt kött och alla förädlade animaliedelikatesser som hennes föräldrar tydligen hade räknat som mat. Hon rannsakade hela köket och slängde allt med animaliskt ursprung som kom i hennes väg tills inget annat kvarstod än en överfull soptunna, ett kluckande diskhorör och några få äpplen och morötter. När hon var färdig så trodde hon att hon skulle svimma av yrsel och av tårarna som aldrig slutade rinna. Hon hörde inget annat än det konstanta, susande tjutet i öronen. Händerna skakade, hjärtat slog som om hon hade sprungit ett maraton, och blicken var suddig av tårarna. På ostadiga ben så lyckades hon på något sätt ta sig förbi de förvirrade människorna i dörröppningen, och hon tvingades springa med handen för munnen mot toaletten. Så fort toalettdörren var stängd och låst bakom henne så dök hon ner mot toasitsen och kräktes. Knäna värkte av smällen mot det hårda, kalla golvet och ryggen kröktes instinktivt på ett obekvämt sätt. Medan det sista av maginnehållet rann ut från hennes gallbrända mun så insåg hon att hela hennes kropp darrade och att det lilla, klaustrofobiska rummet snurrade oändligt omkring henne. Hon greppade tag om toaletten och lutade sitt huvud mot ena armen medan gallan sakta fortsatte att sippra ut från mungipan. För att få yrseln att avta så slöt hon ögonen, och trots att det hjälpte mot att rummet snurrade, så gav mörkret henne istället känslan av att marken rämnade.

Desto mer lugnet återvände till henne, desto mer udda tyckte hon det kändes. Så vitt Hedda visste så hade hon inte kräkts sedan hon var barn, och även då hade hon väl aldrig mått *så* illa? Vid tanken på den fylliga figuren som fortfarande satt fastkilad mellan soffkuddarna kände hon illamåendet återvända, men yrseln höll sig undan.

Det dröjde vad som kändes som en evighet, men tillslut så var Hedda uppe på sina fötter igen och denna gång utan att rummet snurrade eller att hjärtat slog likt kolibrivingar. Hon spolade undan spyan, uträttade sina behov, tvättade sina händer två gånger om, bara för att dra ut på tiden i ensamheten, och gick sedan ut till köket igen. Zaafir och Estrid mötte henne med sina blickar när hon kom, men hade förnuft nog att inte tala med henne. Hedda letade reda på en gammal inköpslista som till ingens förvåning bestod av mestadels animalier, sedan tog hon fram en penna och skrev ner ett mobilnummer på baksidan. Ovanför numret skrev hon: *"Läkaren"*, och underströk ordet tre gånger om. Sedan tog hon med sig lappen med numret tillbaka in till Hillevi, placerade den på bordet framför henne och sade med blicken på modern:

"Jag vet inte varför pappa ringde mig. Jag vet inte varför han ljög om att du ville träffa mig. Jag vet inte ens varför jag är här, men nu är jag det. Och oavsett vad du säger så är jag er dotter och ni är mina föräldrar, och oavsett vad ni tror om mig så vill jag faktiskt att ni lever. Så du kan säga vad du vill till mig, för det kommer inte att förändra någonting. Ja, jag stack. Det tror jag du är smart nog att förstå anledningen till, och nej, vi pratade inte på fem år. Jag förstår att det var förkrossande för er båda, och för det så ber jag om ursäkt. Men jag kommer aldrig, aldrig, aldrig att be om ursäkt för det som *ni* gjorde mot *mig*! Jag vill bara att du ska veta det. Det är allt. Och därmed så säger jag adjö igen, kanske för alltid den här gången. Men oavsett om vi ses igen om tio dagar eller på din begravning, vilket mycket väl kan vara om tio dagar… Så vill jag att du lovar mig en sak… På lappen står numret till en läkare som använder alternativa behandlingsmetoder. Jag vet att du inte vill ha någon behandling, men snälla, snälla du, bara ring henne och åtminstone fråga om hon vill hjälpa dig. Jag säger inte att det kommer att rädda ditt liv, men det kan lätta bördan av att dö." Sedan marscherade hon ut ur huset med Zaafir och Estrid på släptåg, rusade ner till bilen och inom en minut så var hon borta. I soffan i det gamla huset satt Hillevi kvar och lyssnade på ljudet av bildäcken mot gruset med tårar i ögonen. Hennes dotter var borta. Hur kunde hon ha gjort samma misstag igen?

2

Theodore satt vid det runda köksbordet med sin frukost framför sig och den stundtals sprakande femtiotalsstereon vid sin sida. Från det öppna fönstret ljöd fågelsång och vindbrus, och lugnande dofter av regnvåt mossa och granbarrens starka aromer nådde hans luktsinne med varenda mild vindpust utanför stugan. Med ett utmattat sinne stirrade han ner i majsgröten framför sig och plaskade frånvarande med skeden i skålen tills mjölken stod i vågor. Blåbären Henrietta hade lagt dit som smaksättning hade han redan petat ut och ätit upp, och nu kvarstod endast dess lila juice som förvandlade de gula klumparna till regnbågar. Inifrån badrummet hördes det konstanta, dämpade smattrandet av duschens vattendroppar när de träffade Henriettas hud, men trots att ljudet frammanade bilden av hennes nakna kropp, så gav det honom ingen tillfredställning. Upphetsningen var inte tillräcklig för att få minnet av bunkern att försvinna, och när han slöt ögonen så var han tillbaka därnere. Han kunde fortfarande känna jorden under naglarna och höra regnet slå mot plåtdörrarna två trappor ovanför honom. Känslan av tältsängens magra tilltröst gnagde sig in under hans hud och attackerade hans själ. Överallt omkring honom mindes han hur de massiva stenarna i golvet, väggarna och taket hade varit täckta av glimrande snigelslem och hur de hade avgett en kyla likt ingen annan. Doften av mossa och barr ersattes av minnesdoften av fukt och hans egen avföring. När han öppnade ögonen igen så stirrade han på sitt krucifix. Det hade varit det enda han fått ta med sig ner i underjorden när hans adoptivföräldrar sänt ner honom dit. Det var också det enda han hade tagit med sig upp dagen då hans mor hade svikit Honom och trotsat sin makes order. Hon var fortfarande en syndare likt alla andra som hans far hade hållit gömda i den runda stenkammaren för rening, men ingen skulle röra honom nu, det hade Henrietta lovat.

Nadja Krondamm, hans mamma sedan han var åtta år, var inlåst på en kvinnovårdsanstalt då *de* hade beskrivit henne som galen. Hon hade inte haft någon del i reningen och aldrig gjort något fel, men när hon sett sin dotter dö samtidigt som hon räddat en annan från Theodores kniv, så hade hon mist all sin besinning. Trots att Theodore inte längre hyste några kärlekskänslor för sin adoptivmoder så kunde han ändå tycka synd om henne när minnenas mardrömmar hemsökte honom. Hon hade syndat när hon valt att inte lyda sin man, men hon förtjänade inte det straff hon blivit tilldelad. Om männen i rätten hade förstått att en moders sorg för sin förlorade dotter inte var detsamma som galenskap och hysteri, så kanske hon hade fått ha sin frihet i behåll. Men eftersom Guds ord tycktes vara förlegade i rätten så hade hon blivit dömd för brott hon aldrig begått, brott som egentligen var av Theodores görning. Trots att han någonstans djupt inom sig sörjde både sin döda syster och sin inlåsta moder, så var han samtidigt tacksam. När hon hade tagit på sig ansvaret för att den heliga kniven i

Theodores hand av misstag hade frigjort anden från flickan som nästan fått Guds kyss, så hade det varit det sista moderliga hon någonsin skulle göra i resten av sitt liv. Det kanske hade förstört Nadjas liv, men det hade räddat Theodores, och det hade varit allt bevis han behövt för att veta att han fortfarande var hennes son.

Majsgröten hade med all säkerhet kallnat vid det laget, och Theodore hade tappat aptiten för länge sedan, så han reste sig från den gamla trästolen och gick över det knarrande golvet in i den lilla sovrumshörnan. Från den dammiga ytan på hans och Henriettas gemensamma nattduksbord plockade han upp deras bibel och satte sig varsamt på sängkanten med boken i sina händer. Bibeln hade från början tillhört stugans förra ägare. Men efter att den gamla kvinnan hade fyllt fickorna med sten och gått i sjön så hade boken blivit kvarlämnad av de intet sörjande barnbarnen som endast tömt hemmet på det de hade fått med sig i flyttlastbilen. Tillsammans med flera antika möbler och skatter vars värde endast kunde avgöras av sentimentalitet, så hade bibeln stått kvar i bokhyllan ovanför sängkarmen och samlat damm tills Henrietta tillslut räddat den från förruttnelse för tre år sedan. Dess fagra, bjärt röda skinnomslag var skamfilat och dess gulnade sidor var spröda av ålder. Guldkorset på framsidan var nästan helt bortnött av flitig hantering, men ännu gick det att uttyda de snirkliga konturerna på korsets ändar. Theodore öppnade bibeln med vördnad och tog god tid på sig att leta fram stycket han ville läsa. När han försiktigt lagt ned det guldiga minnesbandet mellan sidorna, så pallrade han upp flera kuddar bakom sin ömma rygg, satte sig tillrätta och började läsa så långsamt och noggrant som hans oroliga själ ville tillåta honom.

Det dröjde inte länge innan smattrandet inifrån badrummet tonade ut till komplett tystnad, och minnena från de regniga nätterna i jordkällaren lyfte likt en fågel som tog vind för första gången från hans sinne. I sin läsning lade Theodore knappt märke till att någon tid passerade och när den bekanta, mörkhyade gestalten uppenbarade sig framför honom med ingen annan tråd på kroppen förutom handduksturbanen i håret, så lade han inte märke till henne förrän han blickade upp från boken för att vända blad. När han fick syn på henne så stängde han med mjuka rörelser bibeln och flätade samman sina händer på dess framsida innan med såg upp på människan framför sig med ett avslöjande leende. Henrietta stod stilla med all sin vikt på det ena kraftiga benet och sina grova händer på midjan. Hennes uttryck var trotsigt och utmanande, och trots skäggstubben som hon ännu inte hade hunnit raka av så fann han henne mer feminin än någonsin. Theodores blick fylldes av åtrå när han lät de trötta ögonen vila på de yppiga, mörka brösten, och när han fortsatte nerför den vaxade magen med den raka midjan och de smala pojkhöfterna så kände han hur hans organ började komma till liv. Utan att försöka dölja det så lyfte han undan bibeln från sitt bäcken så att hans mandom kunde resa sig utan motstånd. När han såg på Henriettas ullhåriga underliv och de manliga könsorganen som ännu inte blivit omgjorda till en vulva, så började någonting brinna inom honom. Han ville ha henne där och då, men han hann inte mer än att göra en ansats till att resa sig innan Henrietta sade med sin mörka mansstämma:

"Det där får du ta hand om själv, jag kommer att få bråttom annars."

"Snälla, bara en snabbis?"

"Theodore, vad har jag sagt om att bedja?"

"Jag vet, förlåt mig."

"Säg inte förlåt till mig, säg förlåt till Honom. Slösa inga böner på mig." Theodore suckade ljudligt men Henrietta ignorerade honom och plockade istället upp sin ankellånga silkeskofta från köksstolen och klädde sig i det mjuka tyget så att hon kunde dölja sin mandom. Sedan återvände hon till badrummet och snart hördes det skrapande ljudet av rakbladet mot den sträva huden.

Skammen Theodore kände över sitt svullna kön och synden det symboliserade fick honom att slänga bibeln i väggen med ett vrål. Medan han hetsigt masturberade så kände han hur hatet för Guden han blivit tvingad att lära sig älska växte sig allt starkare inom honom tills det blev till ett brinnande klot av taggtråd i magen. Han borde hugga av sin hand, samtidigt skulle han behandla sin kropp som ett tempel. Han borde mörda demonen som fick Henrietta att förvränga sig själv, samtidigt skulle hon bli älskad och uppskattad. Han var en syndare och en lärjunge. Hon var en demon och ett helgon. Alltid ett plus och ett minus. Alltid ett fel och ett rätt. Alltid något gott och något ont. Aldrig samstämt. Allting var motsatser och motsatserna var allt.

Theodore ejakulerade sin säd över de mjuka, gamla bomullslakanen samtidigt som Henrietta kom tillbaka in i rummet. Hon gav honom en uttrycksfattig blick men agerade annars som om han inte var närvarande. Det gjorde honom rasande och äcklad av sin egen svaghet. Om han inte kunde motstå köttets lustar och frestelser, hur skulle han då kunna motstå de onda andarna som ständigt försökte suga sig in genom hans hud och penetrera hans själ? Djävulens blodsugare fanns överallt på honom. Han kände deras vassa tänder och deras taggfyllda ben hugga tag i hans pulserande mandom. Han kände deras klibbiga små fötter vandra över hans varma skinn. De sökte sig till blodet. Till kroppens floder. De begärde vätska och näring som han inte ville ge, och kampen de utkämpade mot varandra när de kryllade i osynliga horder över hans kropp gjorde honom galen. Han rev sönder huden där han såg dem para sig och han slog sig i armvecken och på ljumskarna när han såg dem lägga sina ägg i hans bultande ådror.

Henrietta svalde det järnsmakande vattnet i stora klunkar samtidigt som hon hörde Theodore slåss mot sina osynliga monster bakom ryggen på henne igen. I hopp om att ljudet skulle väcka honom ur sin levande mardröm så drämde hon ner dricksglaset så hårt hon vågade mot diskbänkens lortiga yta. I en millisekund så upphörde hans svärande och kvidande efter Guds benådning, men snart ekade ljudet av örfilen han gav sig själv, och gnyendet var tillbaka. Hon vände sig mot honom, gick sakta de fem stegen som skiljde sängen från diskbänken och tog ur handduken ur håret medan hon betraktade Theodore där han låg intrasslad i sängkläderna och kastade sig av och an med ögonen uppspärrade i sina försök att bli av med sina plågor. På den korta tid de levt med varandra så hade han aldrig förklarat för henne vad det var han såg i dessa stunder av sinnesförvirring, men det såg ut som om han trodde han blev attackerad av svärmar av kackerlackor. Åsynen av honom förde alltid samma ovälkomna barndomsminne till hennes sinne, och hon var tillbaka bland lerhyddorna och de öppna vidderna av rött gräs och ljudet av getternas bräkande och de lekande barnens skratt och bebisarnas joller. Hon kände doften från buffelstuvningen och med sina små pojkfingrar slickade hon upp resterna från durragröten. Bredvid henne satt hennes pappas tredje fru och bröt rötter som hon slängde ner i den stora grytan medan hennes tvååring satt i knäet och ammade. När deras blickar möttes och den unga kvinnan gav henne ett varmt leende så kunde hon inte låta bli att fnittra av glädje över att maten snart var färdig. Men fnittret dog snabbt ut när det första skriket kom. Det var högt och gällt. En kvinna i chock. Snart kom nästa skrik från ännu en kvinna, och därefter stämde flera in. Himlen blev mörk och dyster. Män, kvinnor och barn sprang allihop mot hyddan där skriken kom ifrån. Vinden ven i deras öron medan de sprang och det första manliga vrålet kom. Det var inte av njutning. Inte av stolthet eller dominans. Det var av skräck och smärta. För varenda människa som nådde fram till hyddan så var det en flämtning eller ett skrik. Alla ville se faran, men ingen ville fly från den. Pojken som blev Henrietta fick knuffa sig fram mellan benen på de vuxna som stod och skakade av sorg i varandras famnar innan hon tillslut nådde fram till hyddans öppning. Framför hennes tår kryllade jordgolvet av hundratals svarta skorpioner. De kröp under och över varandra, åt på den och det som hamnade i deras väg. Alla ville fram till liket och den snart döda flickan som var ursprunget till det första skriket. Byns äldste var täckt av skorpionerna, endast hans magra fötter var synliga i det svarta havet. Flickan som varit där för att förbereda den äldstes kropp för andarna hade slutat skrika, och hennes kritvita ögonglober svävade iväg i det svarta havet likt två segelbåtar i en storm. Hennes läppar gick fortfarande att ana, och in och ur hennes mun vandrade skorpioner. De gick ner i hennes strupe och åt sig ut ur den. Världen tycktes krympa kring pojken tills inget annat kvarstod än hyddan med skorpionerna, och när djuren började gnaga på hans små fötter så gjorde han inget annat än att stå stilla och gråta, förlamad av sin egen rädsla. Blodet började sippra ut från såren på fötterna och skorpionerna intensifierade sitt ätande. När hennes pappa tillslut lyckades knuffa sig fram till henne och lyfte upp sin förstfödde i sin famn så fick han slå bort skorpionerna från de blödande fötterna då ingen tycktes vilja släppa taget.

Henrietta stirrade ner på ärren på tårna och fötterna. Mot stugans mörka trägolv såg de nästan vita ut, som om hon hade strött riven kokos över fötterna, men hon visste att de var gula. Huden hade bundit giftet från skorpionerna i ärrvävnaden, och tittade hon noga så såg hon hur den gulgröna vätskan flöt omkring mellan de olika hudlagren.

Theodore hade lugnat ner sig. Uppenbarligen så hade han lyckats få bort vad det än var som plågade honom så, och trots att han fortfarande rev sig i handflatan, så var hans kropp stilla. Utmattad som efter en långdragen älskog så låg han bland svettblöta kuddar och skrynkliga lakan och andades tungt och ansträngt. Blicken var fortfarande uppspärrad, men den hade slutat flacka från sida till sida. Henrietta fångade hans blick för att säga något, men släppte den genast igen efter att hon skymtat visarna på vägguret. Med hastiga rörelser satte hon sig ner vid sitt skamfilade sminkbord och började borsta igenom det stripiga, svarta håret som räckte henne till örsnibbarna. Hon pluggade in kontakten till hårfönen och blåste ur håret tills det var torrt nog att ha under perukshättan. De längsta hårtestarna samlade hon ihop i små klämmor och fäste på hjässan, men resten fick plats under nätet. Samtidigt som hon med ena handen försökte peta in några sista hårstrån innanför hättan så började hon öppna sminkaskar med den andra.

Theodore såg att blodsugarna var på Henrietta nu, men hon märkte dem inte. Hon kände inte hur de klöste sig uppför de mörka benen och tuggade sig in i henne. Hur stod hon ut med dem? De var överallt i känsla men ingenstans i syn; De var i puderdosan hon doppade sminkborsten i; De var i läppstiftet hon strök på sina breda läppar; De var i mascaran hon svärtade sina lösögonfransar med; De var på de billiga smyckena hon dekorerade sig själv med och det kryllade av dem i hennes peruk och i tyget på den röda klänningen hon drog över huvudet. Att hon inte såg dem!

Med stressade steg lämnade Henrietta röran på sminkbordet och gick till dörren där hon fattade tag om sin trasiga handväska och klev i de smärtsamt höga klackarna innan hon ropade sitt farväl till Theodore och lämnade stugan med en högljudd smäll i dörren.

3

Hedda tog Estrid i sin famn där de stod på de solheta gatstenarna framför Estrids lägenhetshus och tryckte henne hårt mot bröstet. Hon skulle för alltid avsky deras farväl, och trots att den långa bilresan tillbaka hem från Arvid och Hillevi hade varit tillräcklig för att hindra Heddas tårar, så kände hon återigen halsen svida och ögonen brännas av sorgen hon kände inom sig. Hon ville inte släppa taget om Estrid, ville inte se henne gå ännu en gång. Men vad hade hon för val? Estrid behövde ett hem med mat i köksskåpen och en varm säng att sova i på natten, och Hedda hade inget av det att ge henne. Dessutom så hade hon aldrig varit Heddas från hela början. Hon visste att Estrids mamma var död sedan två år tillbaka, men Hedda skulle aldrig kunna ersätta henne. Inom sig så kunde hon tillåta sig att älska Estrid som sin egen, men det skulle aldrig bli till verklighet. Någon dag skulle Estrid bryta sig loss från Heddas illusion av moderskärlek, och då skulle hon förlora henne för alltid. Men Hedda hade fått en månad med henne, och varenda gryning som blev till skymning var ännu en dag i trygghet.

Estrid lät Hedda hålla henne länge, men tillslut så började hon försiktigt nästla sig ur de starka armarnas omfamning. Ord var inte essentiella i den stunden. Deras närhet till varandra gav tillräckligt med styrka för att orka skiljas åt, men Estrid önskade att det inte behövde vara så. Innan hon tog sig helt loss från Heddas grepp så borrade hon in ansiktet i hennes mjuka hals och inhalerade dofterna som blivit så lika en moders lugnande doft som hon kunde minnas. Hon visste att Hedda aldrig skulle bli hennes mamma. Mamma var död och inget skulle kunna ersätta henne, men det var någonting med Hedda som gav henne en känsla av att vara förstådd och älskad ovillkorligt, och hon funderade ofta över hur hennes liv skulle ha sett ut om hon hade växt upp med Hedda istället. Kanske skulle hon då vara befriad från ångesten över att behöva återvända dag in och dag ut till det hem hon växt upp i, men som innehöll mer mardrömsminnen än kärlek. Lägenheten hon snart skulle vara tvungen att gå in i symboliserade inte trygghet. Hemmet andades misär och lidande, och Estrid kunde fortfarande inte gå in i köket utan att för sitt inre se modern med de uppskurna handlederna och det likbleka ansiktet sitta vid det gamla furubordet med sin döda blick. Vissa dagar åt Estrid inte alls, för hon förmådde inte att gå över köksgolvet utan att känna blodet och glassplittret från vasen med de sönderrivna vita rosorna under fötterna. Om natten kom alltid minnena från den dagen och beblandades med minnena från jordkällaren. Varenda natt såg hon vita rosor med blodstänkta blad dansa runt de levande kedjorna kring hennes kritvita kropp. Hon vaknade alltid med en tro om att hon var död, och varenda gång var det allra sista hon såg innan hon flämtande kastade sig upprätt i sängen, monstrets skräckinjagande leende och mutantens lysande ögon. Men det fanns aldrig någon tröst att få. På natten färdades genom väggarna ljudet av flämtningarna och kvidandet från hennes pappas och Mys sovrum. Aldrig var det en natt utan kärlekslöst sex. Aldrig var det tystnad och ro. Aldrig var det kärlek i deras hem.

Estrid skulle kanske aldrig förstå varför mannen hon av vana kallade sin pappa blivit så besatt av My och hennes sargade kropp, men hon kunde göra sina antaganden. Estrids mamma hade varit hans själsfrände. Han hade älskat henne mer än vad som borde vara möjligt för en människa, och han hade gjort allt för henne. Men det hade aldrig varit tillräckligt för kvinnan han skulle ha gett sitt eget liv för. Med tiden så hade deras romans blivit belastad av ett oönskat barn och en tillvaro bunden till rutiner och vanor, och sakta hade deras kärlek börjat ruttna och rosta. När hon valde att avsluta sitt liv och ge efter för rösterna som så länge hade fått styra hennes sjuka sinne, så hade hans inre krackelerat. Själen blev förvriden till något så mörkt och känslokallt att inte ens den hårdaste av alla hammare kunde slå sig in under hans skinn. Fördärvad av sorg hade han tagit in My, den hemlösa kvinnan som brukade sova i de inneboendes gemensamma tvättstuga. Han hade gett henne mat och värme och trygghet. I sin desperation att hitta en ersättare för sin förlorade själsfrände så började han prisa My som sin drottning, och sakta men säkert så hade han glömt bort dottern som aldrig hade lämnat hans sida.

Så länge My var tacksam och gav honom sin kropp när helst han ville ha den så fanns det någon form av stabilitet i deras liv tillsammans, men likt allt annat gott i världen så hade det goda ett slut. Efter några månader så började My bli hemmastadd i sin nya tillvaro, och hon började ställa små krav på hur han skulle uppföra sig. Han hade tolererat hennes nya beteende i några veckor, men när halvårsdagen för Estrids mammas dödsdag var kommen så hade han fått nog, och morgonen därpå var rangordningen återställd och Mys kropp var för första gången blåslagen. Estrid kunde numera inte minnas en enda morgon då My inte varit insvept i sin alldeles för stora morgonrock för att dölja blåmärkena och svullnaderna från nattens lek, eller då hennes ögon inte varit rödpuffiga av tårarna som aldrig kunde skylas eller torkas bort.

Likt hos alla andra människor så var Estrids barndom tatuerad på hennes själ för alltid. Åren av lidande kanske inte alltid skulle vara det som definierade henne, men det skulle för alltid vara det som hade format henne.

Hedda frigjorde tillslut Estrid från hennes omfamning och höll henne på en armlängds avstånd. Hon såg in i de bruna ögonen och såg smärtan som dolde sig bakom ridån av hennes yttre. Hedda önskade att hon visste ett sätt att få Estrid att berätta om lidandet som Hedda misstänkte inte hade någonting alls att göra med jordkällaren, men hon ville inte pressa henne till någonting. All tid hon fick var fortfarande alldeles för dyrbar för att riskera att förlora, så hon bara kysste hennes panna, strök hennes magra rygg, och sade:

"Jag älskar dig. Ha det så bra nu, och ring mig när som helst om du vill det. Jag lovar att svara."

"Jag vet. Hejdå, Hedda."

"Ta hand om dig, jänta."

Först ett sorgset leende från de båda, och sedan ett lager av kyla som föll ned som ett draperi gjort av dimma mellan dem för att de skulle kunna gå skilda vägar. Ingen ville ta det första steget ifrån varandra, men ingen vågade göra något annat. Med gråten svidande i halsen vände sig Estrid om och gick utan att titta bakåt uppför trapporna och in till sitt helvete.

Hedda väntade tills den gnisslande dörren hade gått igen och Estrid hade försvunnit uppför trapporna innan hon med en djup suck och slutet ansikte återvände till sin plats i passagerarsätet bredvid Zaafir. Hon var alltför utmattad för att hålla tillbaka tårarna som återigen började slingra sig nerför hennes kinder, och hon var outsägligt tacksam för att Zaafir inte sade någonting annat än:

"Direkt hem till dig nu?"

Hedda svarade honom inte med ord, men hummade medgivande och slöt sina ögon när motorns brummande överröstade hennes gråt. Mjukt svängde Zaafir runt bilen och körde mot sjöhamnen samtidigt som han ibland kastade oroade, medkännande blickar på Hedda.

Hedda hade inget sätt att veta om han dömde henne för hennes illusion av att Estrid var hennes själsdotter, och trots att hon visste att han aldrig skulle våga vara elak mot henne, så var blotta tanken av att han tyckte illa om henne plågande. Hon orkade inte med att bli sårad av ännu en människa den dagen, så hon ville inte veta vad som försiggick inom honom, men samtidigt var ovissheten smärtsam och gav henne en ängslan. Tröttheten sög varenda logisk tanke ur hennes sinne och kvarlämnade ingenting annat än ångest. Hon kände sig mer vilsen i sig själv än vad hon gjort på tolv år, och kroppen hon levde i kändes som om den var en främlings.

Det dröjde bara en kort stund innan Zaafir och Hedda rullade upp på gatan framför den gamla tegelbeklädda, övergivna kontorsbyggnaden som Hedda kallade hem för tillfället. Trots att hon var den enda som bebodde det tre våningar höga huset, och trots att det knappt fanns någonting annat än trädamm på hennes golv, så inföll sig en känsla av inre frid när bilmotorn stängdes av och hon blickade upp mot sitt hem. I samma sekund som hon knäppte loss bältet och sträckte sig fram för att öppna dörren så sade Zaafir med en ovanligt bestämd ton, nästan som om han tvingats uppbringa mycket mod för att säga det han ville:

"Jag följer med dig upp." Hedda svarade honom inte, men vred på huvudet så att hon kunde se in i hans ögon. Med ena handen kvar på bilnyckeln i tändningen, och den andra vilandes på dörrhandtaget, så mötte han hennes blick och sade:

"Snälla?" Omedvetet så tvingade Heddas själ henne att le, men orden som kom ut vittnade om skepticismen inom henne:

"Varför då?" Han gav henne inget ordagrant svar, men hans blick var tillräcklig för att hon skulle förstå. Trots att hon fortfarande ännu inte hade fullt lärt sig att acceptera hans förvånansvärt orubbliga trogenhet, så gav hon vika och suckade innan hon fortsatte:

"Okej, då. Men du bör inte förvänta dig någonting, Zaafir. Jag har ingenting att ge dig."

Hedda öppnade bildörren och klev ut på gatan utan att invänta hans respons. Medan Zaafir drog ur nyckeln och öppnade sin egen dörr, så följde han vartenda steg hon tog med blicken och inom sig såg han ingenting annat än sårad skönhet och tänkte för sig själv: *Men, mitt hjärta... Du har redan gett mig hela världen.*

Zaafir följde efter Hedda och hennes pendlande höfter uppför två långa trappor vars väggar tycktes avge en rutten, avslagen doft, som av alltför gammal isolering och förmultnande trä som alla möjliga gnagare valt att ha som sitt levebröd. Husets väggar var tjocka nog att stänga ute ljuden från den lilla sjöstaden utanför, och väl därinne hördes ingenting annat än det ekande ljudet av deras steg mot de knarrande golvplankorna och det plötsliga rasslandet av små möss som flydde undan jättarna som invaderade deras hem. Zaafir kunde inte undgå att uppleva en viss obehagskänsla när han gick genom den breda korridoren vars tapet på väggarna sedan länge fallit av och träpanelerna på vissa ställen blivit så sönderätna av termiter att isoleringen var synlig. Trots de svarta fläckarna runtomkring de trasiga, stora vattenelementen och trots det fallfärdiga taket så kunde han ändå förstå vilken charm Hedda måste se i ensamheten som belägrade sig i det hon kallade hem. Hans egna lägenhetshus var nybyggt och kalt och väggarna var så tunna att det knappast blev en enda tyst sekund.

Tillslut så stod de framför en skamfilad dörr med suspekta riv- och klösmärken på hela dess nederdel. Det krävdes en minut av fifflande fram och tillbaka med nyckeln i låset innan det gav upp och dess klickande ljud tycktes studsa mellan väggarna likt en signalsändning till resten av husets fyrbenta inneboenden om att jätten var hemma. Med ett öronskärande gnissel så drog Hedda upp dörren och gestikulerade med hela armen åt Zaafir att han skulle gå in. Med något tveksamma steg så gick han före henne in i den tomma, vidöppna kontorssalen med blottade, vackra träbjälkar som höll upp det högburna taket. Han lät blicken svepa över de dammiga träplankorna på golvet och den mörka, nötta träpanelen som omringade de många välvda och maffiga, men mycket smutsiga fönstren. Han blev stående med halvöppen mun bara några steg innanför dörröppningen. Han blickade ut över det som må ha varit fager arkitektur en gång i tiden, men som nu endast talade om dess sorgsna tomhet. Till vänster om honom fanns en liten, beige kökshörna med hängande skåpsluckor och sprucket kakel. Rakt fram såg han den enda dörren som fanns i det rektangulära rummet, och han antog att badrummet dolde sig bakom den. I mitten av alltsammans, under den högsta punkten i utrymmet låg en babyblå yogamatta och runtomkring den låg patetiskt ledsamma högar av skrynkliga kläder, de flesta i antingen grå eller svart färgsättning. Orden rann ur hans mun likt en ostoppbar flod:

"Bor du *här*?"

”Ja.” Heddas svar kom emot honom med sådan skärpa att det lika gärna kunnat vara en pil. När han såg på henne med medömkan i blicken så kände han omedelbart hur det inte kunde ha landat mer fel hos Hedda. Utan att spegla hans blick så marscherade hon in i det stora rummet, vände sig om, kastade ut armarna och utbrast:

”Jag vet att det kanske inte ser ut som ett hem borde se ut enligt dig. Men det är *mitt* hem! Om du inte står ut med att vara här så kan du bara dra härifrån, Zaafir! Okej? Jag orkar inte med att du…” De sista orden orkade hon inte ljuda, och rösten brast i samma sekund som knäna gav vika och hon kände kroppens tyngd falla in i Zaafirs armar när han stegade fram till henne i precis rätt stund och fångade henne innan hon hann kollapsa.

”Förlåt mig, Hedda. Det var inte så jag menade… Jag skulle aldrig döma dig för vad du väljer att kalla hem, men även du måste se att du inte kan leva så här.”

Hon höll hårt om hans liv och höll hans tröja fast i sina knutna nävar medan hon viskade orden med ansiktet tryckt mot hans bröst.

”Jag vet.” Tårarna forsade återigen nerför hennes kinder, och ett kraftfullt begär av att få somna i hans famn och aldrig mer vakna upp igen överväldigade henne och fick henne att känna sig maktlös. Med gråten svidande i halsen så mumlade hon:

”Jag är så trött. Jag vill bara få sova. Snälla, älskade, Zaafir! Säg att jag får sova. Jag har inte sovit på så länge, och jag vill bara få sova.” Zaafir hade aldrig hört henne säga *älskade* tidigare, och oavsett hur mycket det lilla ordet fick hans hjärta att svälla över av kärlek till kvinnan han höll i sin famn, så visste han att om han skulle behålla henne i sitt liv för alltid, så fick han inte tala om det för henne. Inte just då, i alla fall. Han visste att där och då så kunde han endast visa sin kärlek på ett enda sätt, och även det var riskfyllt. Trots att han var rädd för att uppröra henne mer så kysste han det korpsvarta håret och viskade med läpparna kvarvarande i hennes skalp:

"Och sova ska du, jag lovar. Hos mig." En vågad chansning. Två oåterkalleliga ord som kunde avgöra slutet, eller början på deras relation. Allt var beroende på hur hon skulle reagera. Utan att röra så mycket som ett finger så kände han till sin förfäran hur Hedda frös till is i hans armar. Gråtandet upphörde och tystnaden omfamnande de båda. Men hon flyttade sig inte. Hon gjorde inga försök att ta sig ur hans grepp, och hon släppte inte taget om hans tröja eller lättade på armarna kring hans kropp. Var det ett gott tecken? Eller hade han skrämt iväg henne för evigt? Han höll andan när han märkte att Hedda försiktigt lyfte huvudet från hans bröst och utan att flytta sig ifrån honom blickade upp på honom med tårdrypande ögon och viskade blygsamt:

"Menar du allvar?" Zaafir pustade ut.

"Ja, min kära. Om du vill… så får du sova hos mig i natt. Jag har en bäddsoffa så du kan sova ifred, och jag lovar att inte göra någonting opassande. Låt mig hjälpa dig, bara för ikväll om så är. Imorgon kan jag följa med dig och se till att du får hem lite möbler och kanske en luftrenare…" Hedda skrattade lågt, och Zaafir trodde hans hjärta skulle explodera av kärlek när han såg henne le trots tårarna som nu sakta singlade nerför hennes kinder. Förutom kvällen då Estrid nästan hade dött så hade han aldrig sett henne så sårbar, och trots att han endast hade känt henne i en dryg månad, så kände han sig redan som den mest lyckosamme mannen i hela världen.

Hedda nickade leendes mot honom med sina blöta, salta läppar, och i den stunden betvivlade han nästan sig själv om att han skulle kunna stå emot begäret av att kyssa henne. Men de stod stilla i varandras famnar utan att säga något mer tills Zaafir kände att Heddas hjärtrytm var lugn igen, och han sedan något motvilligt kunde släppte taget om henne.

”Jag antar att jag borde samla ihop lite saker…”

”Jag väntar.”

”Tack, Zaafir… Inte bara för det här, utan för allting. För idag, och för att du finns här för mig och ja… Allt. Jag vet att jag kanske inte alltid verkar som det, men jag är faktiskt tacksam för att ha dig i min närhet. ” Zaafir log mot henne, för det var det enda han kunde göra som inte avslöjade det han kände, och sedan såg han hur hon vände sig om och gick in på toaletten och stängde om sig. Stunden var förbi. Tillbaka till verkligheten. För att inte drunkna i sina egna tankar så gick han till kökshörnan och lyckades på första försöket hitta ett glas som var rent nog för att dricka vatten ur, men när vattnet som rann från kranen visade sig vara mer brunt än transparent, så ångrade han sig och ställde tillbaka glaset i det dammiga skåpet. I hopp om att hon kanske skulle ha vattenflaskor i kylen så öppnade han det låga, dunkelt belysta kylskåpet och blickade till sin besvikelse in på de nästintill tomma plasthyllorna. Han förstod inte hur Hedda hade kunnat leva den senaste veckan på det stället. Även om han så lät det gå en månad utan att handla så fanns det ändå alltid minst tjugo olika ätbara saker i kylen, och trots att han försökte övertyga sig om att den enda orsaken till att det enda som fanns i Heddas kyl var några stackars rödbetor och ett halvfullt paket med ekologisk havredryck, var att hon alldeles nyss hade flyttat in, så var det svårt att kringgå misstankarna om att det inte var där problemet låg.

Efter en liten stund så hördes ljudet av att toaletten spolades och att badrumskranen vreds på. Strax därefter kom Hedda ut från badrummet bärande på sin tandborste, tandkräm och hårborste med flera svarta hårdsnoddar virade kring skaftet. Ur väskan hon använt som kudde tog hon fram en svart necessär som hon hävde ner badrumsartiklarna i och drog igen för att sedan lägga tillbaka den i väskan tillsammans med ett par rena trosor och strumpor. Medan hon försökte hitta ett rent klädesplagg att byta om till så uträttade Zaafir sina behov inne i badrummet och när han kom ut igen så stod hon vid dörröppningen med väskan hängandes över ena axeln och ett nervöst uttryck. Trots att det var tydligt att hon försökte trycka undan sin oro för att hon kanske hade låtit sig själv luras in i en fälla, så kunde Zaafir inte låta bli att se den lilla, oroliga flickan i den rakryggade kvinnan framför honom. I hans ögon såg hon i den stunden ut som ett barn som för första gången skulle sova utan sina föräldrars trygghet, och han visste inte om det roade honom eller bara oroade honom att hon var så osäker. Han sade:

"Är du färdig att åka?" Hedda nickade. Tillsammans gick de nerför de två trapporna och ut på gatan igen. Fiskmåsarnas skri välkomnade dem ut i den friska luften igen, och när de blickade ut mot hamnen så tycktes himlavalvet brinna i solnedgången. De ultravioletta och gulröda, vidsträckta strålarna var eldens flammor, och de rosaaktiga, tunna molnen ovanför var dess rök.

Bilfärden till Zaafirs ställe var skrämmande kort och Hedda insåg snabbt att det inte skulle ta henne särskilt lång tid att gå till fots. Insikten av hur nära de hade till varandra gjorde henne obekväm på sätt hon inte ens kunde beskriva för sig själv, och när Zaafir parkerade bilen på den livlösa asfalten framför de kritvita blockbyggnationerna som tydligen räknades som hus, så vred hon på sig i sätet och ångrade sitt beslut av att låta honom erbjuda henne vila i hans hem. Ingen man kunde väl någonsin endast göra något sådant av vänlighet? Fanns det inte något bakomliggande begär? Något han förväntade sig skulle komma av hennes närvaro hemma hos honom? Han kunde väl inte vara så vänlig att han på allvar endast ville hjälpa henne, utan att få något i utbyte?

Alla dessa tvivel, ändå förde hennes fötter henne fram över plattorna och in genom entrédörren till en av de enorma sockerkuberna som människor tydligen bebodde. Han talade inte till henne en enda gång, och trots att hon inte förmådde sig att vända om och gå därifrån, så kändes vartenda steg som om hon var på väg att trampa ner i en rådjurssax. När han slutligen stannade framför en vitlackerad, slät lägenhetsdörr med prydlig namnskylt på andra våningen vände han sig mot henne innan han vred om nyckeln i låset. Han öppnade munnen och formade läpparna som om han var på väg att tala, men inga ord kom. Ett dåligt tecken?

När inga ord lyckades bryta igenom barriären så fokuserade Zaafir återigen på att öppna dörren och när den stod på vid gavel så gestikulerade han henne välkommen. Med tveksamma steg och ett slutet ansiktsuttryck så klev Hedda in över tröskeln och med ens så slog en lugnande vaniljdoft mot henne och de ljusa, vita tapeterna sken upp likt en lampa framför ögonen. Hon visste inte vad hon hade väntat sig, men Zaafirs hem var så olikt hennes eget att hon nästan blev avskräckt från de perfekta ytorna och mjukheten som tycktes vilja kväva henne. När hon inte tog något steg längre in i den smala, ljusa hallkorridoren så klev Zaafir in framför henne, lät dörren gå igen, tog av sig skorna och lade dem prydligt tillrätta bredvid sina sandaler på skohyllan. Hedda följde hans exempel, men hon kunde fortfarande inte slappna av. Flera gånger om såg det ut som att Zaafir var på väg att säga någonting, men sedan skakade han nästintill omärkbart på huvudet och gick vidare in i vardagsrummet rakt fram med Hedda i släptåg. Rummets ljusa väggar och tak fick det att verka större än det var i verkligheten, men trots den komprimerade ytan så hade Zaafir lyckats få in en ljusgrå tresitssoffa med divan i hörnet framför tv, två likadana små avlastningsbord som stod på varsin sida om soffkanten, en högrest bokhylla i vit ek, samt en avlång bänk med lådor nertill och hyllor bakom glasluckor upptill. På dess dammfria yta stod flertalet ramar med bilder som i Heddas utmattade ögon tycktes smälta samman till en enda hopsmetad färgplatta, motiven hade hon inte kunnat beskriva om hon så hade tvingats se på dem genom universums kraftigaste förstoringsglas. För att förhindra yrseln som redan börjat få henne att svaja så slet hon blicken från färgklickarna i ramarna och riktade den istället tillbaka till Zaafir, som stod framför soffan och uppenbarligen upprepade något som yrseln orsakat henne att missa:

"Hedda? Hörde du vad jag sade om soffan?" Hans röst var så len och så mjuk, som om han hade talat till ett sömnigt barn. Men ändå kunde hon inte svara honom med något annat än:

"Va?" Han suckade, men verkade inte upprörd över hennes utspridda sinne.

"Jag sade bara att soffan är väldigt enkel. Du behöver bara dra fram nederdelen här och fälla upp den såhär. Sängkläder finns här…" Han petade med foten på den högra lådan i bänken.

"Ta vad du vill därifrån. Jag har ett par extra kuddar i min garderob som du får låna. Eftersom jag går och hämtar Skrållan snart så får du ro att använda duschen. Jag lägger fram en ren handduk till dig nu direkt så får du göra som du vill." Medan han pratade så gick Zaafir in i sitt sovrum och sträckte sig efter två kuddar i sin garderob som han sedan återvände med och placerade i soffhörnet. Sedan gjorde han en gest åt Hedda att följa efter honom och han ledde henne in i det lilla, ljusa köket där det knappt fanns någon yta kvar att röra sig på då det lilla, fyrkantiga matbordet tog upp det mesta av rummets area. Bredvid en av de tre stolarna som ockuperade varsin sida av bordet stod Skrållans mat- och vattenskål på höga ben av stål som blivit flammiga av dregel och torrfodrets uppblötta smulor. Skrållans matplats tycktes vara det enda som inte var hundra procent hyperrent i lägenheten, men ändå hade Hedda en stark känsla av att Zaafir aldrig lät det gå mer än en vecka innan hela ställningen kördes på steriliserande hög temperatur i diskmaskinen igen. Desto mer hon såg av hans hem, desto mer förstod hon avskyn som uppstått i hans blick när han klivit in i hennes hem.

”… om du inte orkar vänta på att jag lagar mat. Är det säkert att du är okej med att jag lämnar dig? Jag kan be mamma att komma hit med Skrållan annars…”

”Allt det här är mer än jag kunde ha bett om... Tänk inte något mer på mig nu, utan gå och hämta din hund.”

”Säkert?”

”Ja! Men är *du* så säker på att Skrållan är okej med att ha en främling i sitt hem?”

”Nej, självklart inte! Hon lär slita dig i stycken så fort hon får syn på dig. Att jag inte tänkte på det...” Äntligen. Ett första, frigörande skratt som spred sig mellan dem och reparerade det som varit trasigt.

"Nej, du. Det finns en anledning till att hon inte klarade karaktärsprovet... *För mycket av en mjukis*, tror jag det stod i protokollet."

"Jag vill bara inte uppröra henne..."

"Det kommer att gå bra." Hedda yttrade sin förståelse genom det där leendet som alltid fick Zaafirs hjärta att värka av kärlek, men sedan avvek hon med blicken och fortsatte:

"Gå nu." Zaafir hummade lågmält innan han sträckte på sig så att ryggen knakade och gick tillbaka ut till hallkorridoren där han ur en smal hallmöbel med flera mindre lådor plockade fram ett vitt badlakan som han räckte åt Hedda. Omedvetet så höll hon badlakanet likt ett invirat spädbarn i famnen, och när hon upptäckte det själv så var hon av en outgrundlig anledning tacksam över att Zaafir stod med ryggen till och tog på sig sina skor. Med ena handen på handtaget, så vände han sig mot Hedda igen och sade:

"Jag är tillbaka om en timme. Är det något..."

"... så ringer jag. Jag lovar. Men snälla, gå nu."

"Hejdå, då." De speglade varandras leende en sista gång och sedan var han ute ur lägenheten. Tystnaden han lämnade efter sig var tom och ihålig, men det gav Hedda en chans att andas för första gången på hela dagen. En del av henne ville inget hellre än att retirera till bäddsoffan direkt, men eftersom hon visste att tankarna skulle tränga sig på så gick hon istället in i det blåkaklade badrummet och lät badlakanet och kläderna falla till golvet.

Med blicken fastetsad på sina egna trötta och mörka ögon i spegeln så lyfte hon en senig arm och befriade det korpsvarta håret från dess fängelse i flätan. Sakta upplöstes konsten till en svart flod av torra slingor som forsade ner över skuldrornas starka klippor och försvann vid midjan. Med slöa fingrar kammade hon långsamt bak håret tills det låg i vågor över hjässan. Hon gav sig själv en sista dröjande blick och klev sedan in i den rymliga duschen i hörnet. Trots att vattnets strålar träffade hennes hud som tusen heta kyssar, så vred hon vattnet till det kallaste möjliga och kände med njutning hur kylan trollade bort värmeklådan i skalpen och i skrevet. Hon lät vattnet skölja över den varma huden och det våta, tunga håret under en lång stund, men tillslut så vred hon av flödet och blinkade tills flaskorna på den smala gallerhyllan gick att uttyda. Det enda som stod framme var en flaska med ekologiskt hundschampo och en större flaska med schampo för män. I brist på annat så öppnade hon ena glasdörren till duschen och tassade på tå fram till handfatet och tog med sig handtvålen och hårsnodden tillbaka in i duschen. Vattnet droppade ständigt från henne och lämnade ett blött spår bakom sig på det kalla kakelgolvet. Väl inne i duschen igen så samlade hon ihop håret i en trasslig halvtofs och smorde sedan in hela sin kropp med handtvålen. Det fick duga.

Efter att sköljt sig ren igen så klev Hedda ur duschen och ställde tillbaka tvålen vid kranen innan hon plockade upp badlakanet och med långsamma drag torkade sig ren. Brösten ömmade så att hon instinktivt sköt bak ryggen vid den sträva beröringen, och inom sig så svor hon över att mensen aldrig ville komma. Hon hade inte varit regelbunden på flera år, men eftersom hon alltid började blöda förr eller senare så visste hon bättre än att oroa sig. Utan att tänka något mer på den stundande mensen så släppte hon ut håret igen med ena handen och lutade sig sedan framåt och snurrade in håret i badlakanet. Hedda plockade med sig sina kläder och återvände till vardagsrummet. Väskan hon haft med sig placerade hon på divanen och omedveten om det stora balkongfönstret, så rotade hon fram sina rena underkläder och tog genast på sig dem. Eftersom allt tryck mot brösten gjorde ont så undvek hon att ta på sig sin bh och drog istället på sig den svettdoftande, beigea linneströjan direkt. Shortsen ville hon låta vädras, men när hon vände sig om för att hänga ut dem på balkongen så möttes hon av den groteska synen av en gammal man med malätna kläder som stod i sanden på lekplatsen utanför där två små barn gungade obekymrat utan någon förälders närvaro. Trots avståndet som var mellan Hedda och mannen så såg hon hur hans blick var dåsig och glasartad, och i mitten av det gråa, trassliga skägget som räckte honom ner till magen så var hans läppar särade och han flåsade upphetsat. Den gröna kepsen han bar dolde en del av hans ansikte, men det gick inte att undvika att Hedda var den hans ögon fixerat sig vid. Hans högra arm fanns inte längre kvar på hans kropp och ärmen på den slitna arméjackan hängde löst från stumpen. Hans vänstra arm skakade krampaktigt i takt med handens upphetsade rörelser innanför byxorna.

Hedda dröjde endast framför fönstret i en sekund innan hennes blick återigen fastnade på barnen och någonting inom henne exploderade. Med våldsamma rörelser så tog hon på sig shortsen och sprang ut i hallen. Dörren gick igen bakom henne med en smäll när hon sprang nerför trapporna och ut på gårdsplanen. Med bankande hjärta och blodet kokande i ådrorna av avskyn så rundande hon sockerkubshuset så snabbt hon kunde och inom tio sekunder så var hon framme vid lekplatsen där mannen hade stått. Dessvärre var han borta. Det avtagande gnisslet från gungorna tjöt i hennes öron när hon med hastiga rörelser såg sig omkring efter spår av äcklet. Hon såg groparna efter hans fötter i sanden, men det fanns inga spår som ledde därifrån. Likt magi så tycktes han ha trollat bort sig själv, och trots att Hedda var säker på att han var nära, så visste hon inte i vilken riktning hon skulle gå. Men barnen på gungorna var kvar, och trots att deras blickar vittnade om rädsla för den främmande kvinnan som stod flämtande framför dem så tycktes de vara oskadda. Hedda såg sig omkring en sista gång innan hon accepterade att chansen var förbi. Hon svalde för att återfukta halsen och väntade tills hon hämtat andan innan hon vände sig mot barnen på de nu alldeles stilla gungorna och sjönk ner på knä framför dem. De var så lika varandra att hon var säker på att de var syskon, och hon hoppades att det skulle ge dem mod. Trots att deras ögon var osäkra såg de på henne med nyfikenhet, och hon gjorde sitt bästa för att le ett så moderligt leende hon behärskade trots det kvardröjande ursinnet. Hon sade med mjuk stämma och en allvarsam blick:

”Är ni okej?” Barnen nickade.

”Bra… Gjorde han något mot er?” Barnen skakade på sina huvuden.

”Då så. Såg ni vart han tog vägen?” Den yngsta pojken skakade frenetiskt på huvudet och tårarna steg i hans ögon. Hedda tvingades lägga band på sig själv för att inte ta honom i famnen. Men den andra pojken, som såg ut att vara ett par år äldre än sin lillebror höll sitt huvud stilla och pekade med hela armen mot ett avlångt parkeringsskjul bakom grannsockerkuben.

”Gick han däråt?” Den äldsta pojken nickade.

”Okej. Bor ni här?” Båda nickade, och precis när Hedda öppnade munnen igen för att tala så lyfte barnen sina blickar från henne och såg på någon som kom bakom henne. För ett ögonblick trodde hon att det var gamlingen som återvänt, men när hon såg hur deras ögon glittrade och den yngstes tår- och snorblöta läppar sträcktes ut till ett brett leende, så vände hon sig och såg motsatsen till det hon förväntat sig. Från samma plats där pojken pekat ut att mannen skulle ha försvunnit så kom Zaafir lugnt gåendes med sin tigrerade kompanjon i flexikoppel. Så fort Skrållan fick syn på pojkarna, så blickade hon livligt upp på Zaafir med tungan lyckligt hängande utanför den kraftfulla underkäken. När han nickade åt henne och talade ord som blev bortburna av vinden så sprang Skrållan fram till barnen och slickade deras ansikten hämningslöst tills de låg och vred sig av skratt i sanden. Utöver att Skrållan höll ett av sina mörkbruna öron ständigt riktat mot Hedda så ägnade hon all sin uppmärksamhet åt barnen, och den högburna svansen med kort päls som skiftade om brun och svart, vispade frenetiskt i luften. Hedda satt orörlig bredvid Skrållan och pojkarna i sanden tills Zaafir kom fram till dem och efter en enda blick på Hedda frågade oroat:

"Vad är det som har hänt?"

"Det stod en man här, precis bredvid pojkarna när de satt och gungade, jag tror han var hemlös och ja, han…" Hedda pausade och kastade en snabb blick på barnen innan hon fortsatte:

"Han stod och tittade in genom ditt fönster och… han… liksom… hade lite kul med sig själv, så att säga."

"Menar du allvar? Har det äcklet alltså kommit tillbaka?"

"Vet du vem jag menar?"

"Mm, han rör sig häromkring när de har slängt ut honom från tvättstugan. Jag har försökt att prata med honom men varje gång jag fått syn på honom så har han försvunnit inom några sekunder… Är du okej?"

"Ja. Jag är rasande, men oskadd. Jag sprang ut hit för jag trodde han skulle skada barnen."

"Du gjorde rätt, Hedda. Vet du vart han tog vägen?"

"En av pojkarna pekade åt garaget, men du såg ingen när du kom där, eller hur?"

"Nej, och det är lönlöst att försöka hitta honom nu." Zaafir drog en hand över ansiktet och suckade uppgivet innan han satte sig ner bredvid Skrållan med öppna armar och talade till pojkarna på ett språk som var främmande för Hedda, men vars uttal påminde henne om något hon hört tidigare. Barnen kravlade sig genast upp från sanden och försökte med tafatta försök avvärja fler pussar från Skrållan. Med sandiga kläder kastade de sig in i Zaafirs famn och pratade snabbt på urdu. Hedda gissade att de upprepade hela historien för Zaafir eftersom det dröjde flera minuter innan deras entusiastiska tal tog slut och Zaafir fick en chans att svara. Hans uttryck var milt och tröstande, och rösten mjuk och betryggande. När den yngsta pojken började gråta igen så fångade han in honom i sin famn igen och lyfte upp honom i sitt knä. Medan han fortsatte konversationen med den äldsta pojken så strök han försiktigt lillebroderns mjuka, svarta hår och Skrållan satt bredvid och slickade varsamt bort tårarna som rann.

Hedda visste inte hur barnen och Zaafir kände varandra, men scenen som utspelades framför henne var en ömhetsbetygelse likt inget annat hon någonsin sett. Det satte hennes hjärta i brand och fick allt ursinne att rinna av själen likt en flod av silke. Men kärleken hon såg gav henne också smärta. Från en plats hon trodde Estrid hade fyllt så ekade saknadens böner om ett barn, och skammen tvingade henne att titta bort för att inte börja gråta.

Sakta så torkade den yngsta pojkens tårar, och snart stod han på sina egna ben igen och höll sin bror i handen. Tonen i Zaafirs röst förändrades från tröstande till lättsam, och efter att de kramat om Zaafir en sista gång så började de springa iväg. Innan de ens hunnit tre meter så sade Zaafir något som fick dem att stanna, vända om, och springa fram till Hedda istället. Den yngsta tycktes inte våga se henne i ögonen, så det var den äldsta pojken som talade till henne. Med pliktskyldig ton sade han:

"Tack."

"Det var så lite så."

Pojkarna sprang iväg igen och stannade inte förrän de var framför ett av sockerkubshusen längre bort, då de vände sig om och vinkade till Zaafir innan de försvann in bakom entréns vitmålade träplank. När Zaafir var säker på att de var i trygghet så reste han sig och riktade sin uppmärksamhet mot Hedda och räckte henne sin hand. Samtidigt som hon fattade tag om hans hand och lät honom hjälpa henne upp så sade hon:

"Jag antar att du känner pojkarna?"

"Ja, de är mina kusinbarn."

"Ah."

"Jag sade åt dem gå hem till sina föräldrar, så du behöver inte oroa dig mer för dem ikväll. De är trygga." Hedda förstod att han sade det mer för att försäkra sig själv än henne, men hon lät det bero och gav honom ett så varmt leende hon lyckades uppbringa. När hon var uppe på fötter igen så insåg hon att hon fortfarande var barfota och hade håret i en handduksturban, att gylfen på shortsen var nere, samt att hon var utan bh. Hon kände att han lät blicken glida över hennes kropp och hon sade generat:

"Jag sprang ut i all hast…"

"Du behöver inte säga något, jag förstår. Du skulle bli orolig om du visste hur många gånger jag själv har sprungit ut halvnaken i knappt mer än strumplästen och kalsonger för att få tag i den där gubbjäveln."

Skrattet som ljöd mellan dem släppte på spänningarna, och i samma sekund som de slappnade av och Skrållan insåg att husse godkänt främlingen så blev Hedda slungad bakåt av att en enorm kraft kastade sig mot hennes bröstkorg. Inom en millisekund låg hon ner i gräset utanför sandlådan med malinoistiken stående över henne med de tunga framtassarna vilande på hennes ömma bröst och fick sitt ansikte avslickat tills huden var flottig och våt av dregel och saliv. Hedda ville lyfta bort henne från den smärtande bysten, men eftersom hon aldrig träffat henne tidigare så bad hon istället Zaafir:

"Alltså, inte för att det här inte är jättemysigt... men kan du snälla ta bort henne, det gör väldigt ont." Endast enstaka ord kom fram när Skrållan inte slickade henne över munnen, men det var tillräckligt för att Zaafir, som hittills bara hade stått och skrattat, skulle locka till sig Skrållan länge nog för att Hedda skulle ha en chans att resa sig. När hon väl stod upp igen så började de gå tillbaka till Zaafirs sockerkub.

Väl inne igen så följde Hedda honom med blicken när han tyst gick in i sitt trånga kök och började skramla med en gryta. Genom de tunna väggarna hördes det knarrande ljudet från sängens stålfjädrar när Skrållan hoppade upp och lade sig, och Hedda fick en obehaglig känsla av att inte existera. Hon kände sig som en skepnadslös inkräktare i deras liv som inte hade någonting där att göra, och behovet av att fly fick henne att vilja packa ihop sina saker och lämna dem ifred. Men hon var där för att han ville det. Hon var där för att hennes närvaro hade en mening. Inte sant? Eller var allting endast en lögn? En illusion och en fantasi?

Hennes fötter ville styra henne därifrån, men själen ville stanna. Hon tog ett djupt andetag och låste in sig i badrummet. Händerna fick bära kroppens vikt när hon vilade sig mot det kalla handfatet. Hon klarade inte att se sig själv i spegeln, men det fanns ett lugn i att vara ensam. Utanför väggarna som omgärdade hennes trygghet så pågick en vardag likt alltid. Främlingens närvaro var den enda abnormiteten. Hon var den enda abnormiteten. Innebar det att hennes närvaro var fel? Innebar det att hon borde gå? Eller borde hon stanna? Hade hon gjort fel i att lita på Zaafir? Han var trots allt en man, innebar inte det fara?

Den sakta ankommande ångesten pockade på hennes uppmärksamhet, men hon dränkte den i kallvatten. Handduken som lossnat så pass av all rörelse att den knappt ens satt kvar på huvudet längre lät hon falla till golvet, och med det blöta håret hängandes likt en svart slöja kring hennes ansikte så dränkte hon paniken i huvudet i vattnet under kranen. Fötterna som ville ta henne därifrån kvävde hon med varmvatten. Hon sköljde bort sandens och grusets och smutsens tvivel tills det enda som kvarstod var renhetens betryggande självklarhet. När ansiktet och fötterna var rena återigen så torkade hon dem länge nog för att beröringen skulle trösta och lugna henne tillräckligt för att kunna överge all ångest. Tillslut så vågade hon se sig i spegeln igen, och hon mötte sig själv som den hon var, och inte som den hon aldrig skulle bli.

Efter att ha dragit upp gylfen och hängt upp handduken på den värmande handdukstorken så lämnade hon slutligen badrummet. Med lugna steg tassande hon tillbaka in i vardagsrummet och medan hon gick hon gick så lät hon fingrarna kamma genom det lockiga, mörka håret.

Zaafir såg skönheten smeka hans hem med sin närhet när han korsade dörröppningen för att nå kylskåpet vid andra sidan. Han hade aldrig tidigare sett henne med det dramatiska hårsvallet utsläppt, och när hon drog fingrarna genom de våta, krulliga lockarna som räckte henne ner till midjan så tycktes varenda rörelse sakta ner. Han såg henne inte mer än en sekund, men han stod orörlig kvar i dörröppningen framför den smala hallkorridoren och spelade upp scenen i sitt huvud om och om igen. Sådan råhet. Sådan fägring. Sådan äkthet. Ingen annan hade spelat an hans hjärtestringar på det sättet. Han önskade inget hellre än att få älska henne i all evighet. Hon var hans allt och hans själ skulle för alltid vara hennes kärlek trogen. Men skulle det någonsin vara tillräckligt? Han kunde inte förlora henne, för hon skulle alltid finnas inom honom, men hur skulle han kunna leva utan henne? Hade han besuttit makten att få henne att älska honom lika djupt så skulle han inte tveka, men nu var han så rädd att avskräcka henne att han inte ens vågade bekänna sina känslor. Men hon var hos honom nu. Det var väl det enda som spelade någon roll?

Efter att ha släppt ner och vridit igen persiennerna till de två fönstren i vardagsrummet så tog Hedda på sig sin bh och sina strumpor och borstade håret tillräckligt för att det skulle gå att fläta. Hon lät den tjocka, lösa flätan falla ner mellan skuldrorna som vanligt och drog sedan igen väskan med hennes saker och ställde den bredvid soffan. Det tog henne inte mer än ett par minuter innan madrassen i soffan var utfälld och bäddad i rena sängkläder. De tjocka soffkuddarna hade hon staplat framför balkongdörren som extra skydd mot insyn, och rummet var mörkbelagt och sömnvälkomnande. Från köket kom milda, smakinbjudande aromer av matlagningen, och desto närmare hon kom, desto mer vred sig magen av hunger.

Hedda satte sig på stolen bredvid Skrållans nyligen renslickade matskål och iakttog hur Zaafir rörde sig från en del av diskbänken till den andra när han gjorde det sista med maten. Hon hann inte ens halvvägs igenom att fråga om hon kunde hjälpa till med något innan han hyssjade henne och började duka fram bestick och glas. Det milda leendet på hans läppar var otydbart för Hedda, och trots att hon var för trött för att egentligen bry sig så gjorde det henne frustrerad. Det fick henne att känna sig förd bakom ljuset, och hon gillade det inte. Men när han började tända levande ljus på det lilla bordet så förstod hon varför han betedde sig så annorlunda. Hon gjorde sitt bästa för att se neutral ut, bara för att inte inge några som helst förhoppningar. Hon tänkte: *Kära Zaafir, om du inte vill bli sårad, så borde du glömma mig. Jag är omöjlig att älska.*

4

De spjutliknande klackarna på Henriettas skor borrade sig fast i den mjuka, regndoftande mossan för vartenda steg hon tog. Trots att hon fortfarande kunde se stugan om hon blickade över axeln så hade fotlederna redan börjat ömma, och daggen från gräset vätte nylonstrumporna och fick henne att glida omkring i skorna så att hon vart och vartannat steg fruktade att hon skulle förlora balansen. Hon hade vandrat samma stig genom skogen för att nå busshållplatsen vid den smala, spruckna asfaltsvägen i tre år. Inom sig såg hon en visare som snurrade alltför fort i sitt ur, och trots vätan och smärtan och de drunknande klackarna så manande hon på sig själv att öka tempot. Om hon inte hann med bussen så skulle hon missa sina tre första möten, och utan dem så skulle hon inte kunna betala för resan hem. Vid tanken på människorna hon var på väg för att träffa så kände hon omedelbart illamåendet skölja över henne likt alltid, och omedvetet så sträckte hon ner sin ena hand i handväskan och försäkrade sig om att kondomerna fanns där.

Genom de högresta stammarna och de spretiga granarna skymtade Henrietta bussen komma körande en bit bort på vägen och hon började genast att röra sig framåt så snabbt hon förmådde. Hon sprang de sista metrarna fram till skylten och bussens bromsar skrek när den stannade endast ett par meter från hennes bröstkorg. Hon behövde inte ens se på busschauffören för att veta vad han tänkte. Det var med avvikande blick och generat ansiktsuttryck som hon höll upp sitt kort och intog sin plats utan att hälsa eller söka ögonkontakt med någon av de vilsna själarna på bussen. Från sitt säte vid fönstret kände Henrietta hur en gammal dam stirrade på henne med sin dömande blick. Henrietta visste sin plats i samhället, hon visste vad hon var värd och hur hon förväntades agera, men i den stunden fick hon en brinnande impuls av att vilja vända sig om och vråla:

"Vad fan glor du på?" Men istället stirrade hon ut genom det fläckiga fönstret och teg. Hon tänkte: *Vad är det du anser vara så fel, damen? Är det min hudfärg? Är det mina kläder? Är det mina bröst? Är det min mandom som jag vet att du kan se genom klänningstyget när jag korsar mina ben såhär?*

Hon iakttog allt det gröna utanför som hon en gång i tiden lovat sig själv att aldrig betrakta som hemma, men som nu var det enda hon föreställde sig när hon tänkte på sitt hem. Allting hade varit så främmande de första månaderna. Ljuden. Dofterna. Naturen. Människorna. Varenda plats hon hade passerat hade varit som en helt ny värld, och tillslut hade hon blivit tvungen att sluta fly. Inte för att hon hittat trygghet. Inte för att blåsorna på fötterna eller såren efter repen hon använt för binda fast sig själv till fiskebåtarna blivit infekterade. Det var inte ens för att ögonen endast varit mörka hål i ansiktet eller för att hennes överkropp hade sett ut som om hon hade svalt en fågelbur, men det hade varit för att vägarna hade tagit slut. När hon varit redo att ge upp så hade hon tvångsvårdats på ett sterilt, känslokallt sjukhus. Sakta hade revbenen blivit dolda av underhudsfett igen, ögonen blivit livliga igen, och orken hade mot hennes vilja återvänt. Men hon hade förlorat allt hon en gång hållit kärt. Hon hade inte velat fortsätta leva, men ändå levde hon.

Henrietta visste att det fanns liv i skogarna, men ändå såg hon endast livlöshet. Ingenting var som det en gång hade varit. Inte ens hennes kropp var densamma. Minnena fanns kvar, men vilket värde kunde en historia ha, när nutiden var så mycket mer skrämmande? Ingen talade till andarna där hon var, ingen bejakade livet i varenda organism. Allt var dött och känslolöst och all nyfikenhet var slaktad av vetenskapen. Hon levde på en plats där kärlek blev förklarat i hormoner och nervtrådar. Där passion aldrig var något mer än ett driv att föröka sig, och där livet inte hade någon annan mening än den att invänta döden. Myter, legender och folksagor var sedan länge förglömda och det enda människorna vågade lita på var det som var undertecknat av en läkare eller en forskare. De välkomnade främlingar, för att sedan ge dem ett bedrövligt liv i fattigdom. Henrietta såg, hörde och kände det tysta inbördeskriget som pyrde och puttrade på alla håll i landet. Visste de ens om det själva? Visste de ens om att de var på väg in i en konflikt som skulle förbli olöst tills tidernas ände? Eller hade de bara blivit förblindade av sina egna spegelbilder? Levde de i ständig förnekelse där det enda som fick andrum var deras ego?

Blicken färdades från skogen som sakta började omvandla sig till stugbyar och samhälle, och landade på damen på motsatta raden. Den åldrande kvinnan satt och tittade rakt in i sätet framför henne och trutade med de glansiga, spruckna läpparna som om hon iakttog sig själv i spegeln. Henrietta betraktade den slitna varelsen, och återigen så kände hon avsky stiga i hennes själ.

Efter fem stopp saktade bussen in framför hotellet där Henriettas första bokningar var, och hon drog sitt kort och klev av utan att lyfta blicken från det gråa golvet. Väl ute på asfalten så såg hon sig omkring. Staden pulserade av människor som for fram och tillbaka på gatstenarna i hopp om att komma i tid till alla sina förutbestämda livsplaner. De rörde sig utan den minsta notis om att de var medvetna om varandra. Portföljer pendlade våldsamt i takt med människornas aggressiva gång. De lungförpestande avgaserna från bilarna sved i näsan och beblandade sig med de många caféernas och matståndens inbjudande dofter av nybakt bröd och sockerdränkta kanelbullar. Trots de många ljuden från folket och trafiken hördes från andra sidan staden skriande fiskmåsar och lärkor när de letade efter överbliven skräpmat, och bland det hela fanns explosioner av färger; Kläder, paraplyn, barnryggsäckar, parasoll och mängder av onödigt skräp och meningslöst ornament som prydde vartenda skyltfönster. Folket tycktes vara så besatta och fascinerade av saker, att Henrietta undrade om de någonsin skulle inse att ingenting av det som de skapade någonsin skulle försvinna. Tillsammans skulle de en dag att dö i sina egna sopor. Hur mycket skulle en klocka, ett halsband eller en drömfångare vara värd då?

Henrietta drog in dofterna hon lärt sig att hata i ett djupt andetag innan hon med bestämda steg började gå mot det lilla hotellets glasdörrar. Det var inte mer än tio meter att gå från busshållplatsen till hotellentrén, men på den korta vägen hann förvånansvärt många människor stirra på henne länge nog för att tillslut snubbla över sina egna fördomar. Två blonda småflickor stannade och pekade på henne och talade till sina mödrar ord som blev bortförda av vinden. Mödrarna stirrade på henne i en halvsekund. Ingen utav dem var mindre dömande än barnen, men ändå så ryckte de tag i varsitt barn och drog dem bort från henne medan de muttrade något om att det var oartigt att peka. Henrietta var van vid att bli iakttagen av främlingar, men vissa dagar fick de henne att känna sig som en smittbärande fästing. Det enda rätta var att elda upp henne.

Innanför hotellets dörrar kunde hon lämna blickarna bakom sig. Den enda som tog ögonkontakt med henne var portiern, och han välkomnade henne med ett bekant, neutralt leende. Eftersom hon inte visste om kunden var på rummet eller på väg mot henne från gatan utanför så saktade hon ner sin gång och pendlade sensuellt med höfterna i vartenda steg. Framme vid receptionen så sade hon lågmält:

"Det ska finnas ett rum i namnet Yvesson." Portiern nickade diskret och plockade fram ett kort som han räckte åt Henrietta samtidigt som han sade:

"Rum sju, andra våningen."

Henrietta log och gick iväg uppför den första trappan. När hon började bestiga den andra trappan och kunde se den silvriga plåtsjuan som hängde på dörren vid andra våningens korridorsmynning så kände hon hur hjärtat började hamra mot revbenen. Hon hade gjort det tillräckligt många gånger för att inte vara nervös, men hon tycktes aldrig kunna undkomma känslan av att vilja fly därifrån. Fotlederna pulserade av smärta när hon stannade på den mjuka mattan framför rummets dörr och förde ner kortet i kortläsaren ovanför handtaget. I samma sekund som hon hörde det mjuka pipet och klicket när dörren låstes upp så färdades ljudet av en tung kvinnas steg i trappan till hennes öron. Henrietta kände igen flåsandet och stånkandet och stod kvar med handen på handtaget. Den ansträngda andningen kom allt närmare tills ljudet av stegen tillslut avtog, och Henrietta kände kvinnans mjuka, tjocka armar omfamna henne bakifrån. Den flåsande kvinnan strök sin kind mot hennes skuldra och viskade med sträv och dov röst:

"Hej, min älskling." Henrietta svarade henne inte, men tvingade sig själv att sänka axlarna och försöka verka avslappnad. Kvinnan viskade upphetsat:

"Öppna dörren!" Återigen så förblev Henrietta tyst medan hon öppnade dörren och släppte in den korta, mulliga kvinnan med grånat hår, rynkigt ansikte och svart kvinnokostym. Inne i det lilla, mörka hotellrummet så stannade kvinnan framför sängen med solkiga sängkläder, slängde sin svarta läderväska på golvet och vände sig mot Henrietta med eld i ögonen. Hon sade lågmält:

”Ta av dig kläderna.” Henrietta kastade en snabb blick ut genom fönstret och sade:

”Vill du inte dra för?”

”Nej, jag vill kunna se dig i solljuset.” Ett upphetsat grin drog i kvinnans mungipor när Henrietta lät handväskan falla till golvet med en mjuk duns efter att ha gömt en kondomförpackning i handen. Långsamt drog hon ner dragkedjan på klänningens sida. Samtidigt som hon försökte ta så djupa andetag som möjligt så drog hon klänningen över huvudet och släppte ner den till sina fötter. Hon klev ur klackarna, drog ner strumpbyxorna och stod sedan naken framför kvinnans brinnande blick. Kvinnan stönade och bet sig i läppen innan hon viskade:

”Klä av mig nu.” Långsamt stegade Henrietta fram till kvinnan och började ta av henne kavajen. När hon knäppte upp pennkjolen och trädde den över hennes väldiga höfter så stönade kvinnan ljudligare. Desto närmare hennes hud Henrietta kom, desto djupare blev hennes stön, och för vartenda litet ljud så steg illamåendet inom Henrietta. Kvinnan sparkade av sig de låga klackarna samtidigt som Henrietta knäppte upp hennes ljusrosa blus och försiktigt drog av den från kvinnans svettiga hud. Henriettas varma händer gled över ryggen och hon såg hur huden under hennes handflator blev knottrig av upphetsning. Hon svalde hårt och tvingade ner en uppkastning medan hon letade sig in bland fettvalkarna för att hitta fästet på kvinnans behå. Med hårda rörelser greppade kvinnan tag om Henriettas bröst och masserade dem med sina feta korvfingrar. Kvinnans behå träffade golvet och de stora, mörka bröstvårtgårdarna tvingade sig in i Henriettas synfält trots att hon försökte hålla sin blick på sänggaveln.

Kvinnan slöt sina ögon och välvde sitt bäcken när Henrietta drog ner de gulnade trosorna och den fräna doften från kvinnans underliv spred sig omkring dem. Med tung andning klev kvinnan ur sina trosor och backade intill sängen där hon satte sig på kanten och särade på benen. Henrietta förstod vad hon ville och gick ner på knä framför henne utan protest. Stanken från den redan våta slidan fick henne att rygga undan, men kvinnan hade fortfarande ögonen stängda och yttrade inget annat än sina ohämmade stön, så Henriettas avsky gick obemärkt förbi kvinnans medvetande. Med en hand på vardera låren så tryckte hon isär kvinnans ben ytterligare och genom den smala springan som framstod mellan innanlåren så skymtades den mörka, lätt grånade massan av hår. Henrietta trodde att hon skulle storkna av den demoniska doften när hon pressade in sitt huvud mellan kvinnans ben och började suga på den svullnade lilla knoppen. Hon fick knappt någon luft bland valkarna och det krulliga håret som stack i hennes ansikte, men på något sätt så stod hon ut länge nog för att kvinnan skulle börja kvida av njutning. Snart började kvinnan dra i Henriettas hår och krälade längre upp i sängen likt en snigel som fått syn på mat. Hon drog upp knäna mot sig så långt som valkarna tillät och flåsade våldsamt fram:

"Kom... in... i... mig... nu!" Henrietta tog sin tid för att ta sig upp i sängen. Med sin högra hand försökte hon få den obevekligt slaka penisen att styvna så hon kunde få färdigt jobbet, och med den vänstra så fortsatte hon att massera kvinnans uttänjda underliv. Hon var inte kåt på kvinnan, men mandomen var hård nog för att kunna föra in, så Henrietta trädde på kondomen och placerade sig över kvinnans omständliga kroppshydda. Med hjälp av sin hand tryckte hon in sitt organ och pumpade med snabba, små rörelser för att kunna hålla sig inne i henne. Kvinnans bäckenbotten var svag och åldrad och hennes kroppsliga respons på Henriettas försök att tillfredsställa henne var knapp. Hon orkade knappt gunga med i rörelserna och det fanns inget motstånd i vaginan. Slemhinnorna var så sköra att endast en liten mängd sekret utsöndrades, men tillslut så började hon skaka av extas, och snart fick vulvan en egen puls. Henrietta gled ur kvinnan och lade sig bredvid henne. Med tom blick stirrade hon upp i det vattenskadade taket och kände hur en tår sakta slingrade sig nerför hennes kind.

5

Hedda hade vaknat klockan tre av att Estrid ringt efter en mardröm. Så tyst hon förmått hade hon hasat sig upp i bädden och med lugnande hummanden hört på när flickan beskrivit nattens maror och orden de viskat i hennes öron. De hade talat länge nog för att Skrållan tillslut med sömndrucken blick hade svansat fram till henne i morgonsolens dunkla ljus för att lägga sig vid hennes sida. När Estrids dämpade gråt tynat bort och endast tröttsamt hesa viskningar genomträngt luren så hade hon långsamt vaggats till sömn igen av Heddas berättelse om hunden vars päls avgav så mycket kärlek under hennes vilande hand att ingen ondska tycktes kunna existera i världen. Först när Estrid varit tyst en lång stund och hennes djupa andning endast hördes på avstånd hade Hedda avslutat samtalet och smugit ut i hallen med ljudet av tikens trampdynor mot parkettgolvet tätt bakom sig. Av ett slitet koppel som hängde bredvid Skrållans sele hade hon gjort en enkel snara som hon trätt över hundens mjuka huvud innan hon låst upp dörren och med försiktighet tagit sig ut ur lägenheten. Skrållan hade tvekat och stannat vid trappavsatsen först, men efter noga övervägande så hade hon skakat liv i de högresta benen och följt efter Hedda nerför trappan och ut genom ytterdörren. Med blicken mot det eldröda himlavalvet hade Hedda hälsat en ny dag välkommen medan Skrållan lättat sig i gräset. Tillsammans hade de långsamt gått omkring lekplatsen för att sedan återvända till lägenheten där Zaafirs sömn fortfarande låg som ett vakuum av tystnad i luften.

Två timmar senare satt Hedda och Zaafir vid köksbordet och åt av bovetegröten med jordgubbar som flöt omkring i havremjölken i deras skålar. Den något fräna doften av Skrållans torrfoder dröjde kvar i rummet trots att hennes matskål var renslickad sedan länge och lagd i blöt i diskhon. Den mörka, pälsbeklädda skepnaden låg nu utsträckt över Zaafirs fötter och gav inte ifrån sig något annat ljud än ett enstaka tjut då och då när hennes drömmar tycktes bli intensiva. Zaafir och Hedda hade inte talat många ord den morgonen, men ändå fanns det ingen kylighet mellan dem. Tystnaden var där av bekvämlighet snarare än av obehag, och trots att Hedda inte kunde skaka av sig den starka känslan av olustighet som kom naturligt av att vara i Zaafirs hem, så kände hon sig mer utvilad och avslappnad än hon gjort på länge, och hon önskade mer än något att tiden skulle stanna. Även Zaafir tycktes ha släppt nervositeten från gårdagen, och slurpade njutfullt sitt örtte medan han såg på Hedda med en vänlig blick. När han ställt ned koppen igen så harklade han sig och sade lågmält:

"Så, jag har tänkt lite… och jag funderar på om du och jag inte skulle ta och kika in i några möbelaffärer idag?" Hedda visste vart han ville komma, och trots att hans förslag var väntat, så var det inte välkommet. Hon ansträngde sig för att inte låta frustrationen som började pyra under skinnet skina igenom i hennes svar:

"Varför då?"

"Du har inte ens en säng, Hedda."

"Jag har min matta."

"Och hur bra sover du på den?"

"Tyst med dig!" Hedda försökte få det att låta skämtsamt och daskade till honom med handen i tomma luften samtidigt som hon forcerade fram ett spänt skratt. Zaafir log medlidande vilket fick Hedda att vilja slå till honom på riktigt innan han fortsatte:

"Du vet lika väl som jag att du behöver lite möbler till ditt hem. Och kanske lite mat. Och kanske lite tvål. Och toalettpapper och några handdukar och sängkläder och en dammsugare och..."

"Okej, jag förstår!"

"Så då går du med på att låta mig hjälpa dig?"

"Ja."

"Bra! Annars hade du varit tvungen att bo kvar här."

"Vilken mardröm!" De delade varandras ironi i skrattet, men ännu var tråden han spunnit mellan dem spänd, och han kunde bara hoppas på att den skulle lösa upp sig själv.

De satt i tystnad resten av frukosten och yttrade inget mer än enstaka tacksägelser när de hjälptes åt med disken efteråt. Zaafir gick ut med Skrållan direkt därefter för att ge Hedda ensamtid till att göra vad det nu än var som alla män tycktes tro att kvinnor gjorde i sin ensamhet inne på toaletten på morgonen. I över en halvtimme tassade Hedda omkring och gjorde det lilla som hon kunde komma på att göra; Hon plockade ur sina sängkläder och lade dem i vad som för henne var en ovanligt prydlig hög för att tvättas; Hon fällde in bädden i soffan igen och lade tillbaka samtliga kuddar och filtar; Hon borstade sina tänder och sitt hår, uträttade sina behov och lade ner alla sina saker i påsen hon haft med sig och ställde den vid ytterdörren. Sedan satte hon sig på en av de två svarta rottingstolarna på balkongen och inväntade att Zaafir och Skrållan skulle komma tillbaka. Det dröjde en halvtimme till, men tillslut såg hon de komma gåendes i raskt tempo från trottoaren vid infarten. Promenaden och tiden ifrån varandra tycktes ha gjort dem båda gott, för när Hedda reste sig, lutade sig ut över balkongräcket och höjde sin hand i en hälsning, så svarade Zaafir henne med sitt varma, genuina leende. Någon minut senare hördes det mjuka ljudet av dörren som öppnades och en svalkande pust från korsdraget som smekte Heddas hud där hon stod i hallen och välkomnade dem tillbaka. Skrållan agerade som om de inte sett varandra på en evighet och kastade sig med stor glädje in i Heddas famn när hon satte sig ner på huk med öppna armar. Snart bar huden i Heddas ansikte en glansig ton från Skrållans saliv när hon oupphörligen slickade henne. Hon slutade först när Zaafir tog av henne selen och Hedda slutade fnittra. Då tassade hon iväg mot sin vattenskål och drack så vattendropparna flög högt upp i skyn innan de föll ned mot handduken på golvet. Sedan planade hon ut framför frysen i ett försök att adsorbera åtminstone lite av kylan. Människorna hade betraktat henne i stillhet, och nu frågade Hedda mjukt med en nickning åt hunden:

"Redan så varmt ute?"

"Mm-hm. Tyvärr. Det är precis på gränsen att asfalten är för het för tassarna."

"Du får ta med henne ut i skogen eller till en sjö sen."

"Mm, får nog bli så." Zaafir pustade ut av värmen och vädrade sitt ansikte med handen medan han gick in i köket och drack ett stort glas med vatten i ett svep. Hedda iakttog honom med försiktighet för att inte ge in för impulsen att stirra på hans pumpade skinkor och sade lågt:

"Vi måste inte åka och handla idag om du tycker det är för varmt." Glaset slog ner i diskbänken med en smäll hög nog för att Skrållan skulle lyfta på huvudet igen och ifrågasätta vad människorna höll på med. Zaafir torkade munnen med baksidan av handen och log fånigt åt henne innan han brast ut:

"Nonsens och struntprat! Du ska köpa dig en säng idag även om det så kräver att jag släpar dig till affären med mina egna, bara händer!"

"Okej-okej!" Hedda satte upp händerna framför sig och såg hur Zaafirs ögon återigen blev skämtsamma och ur tystnaden brast de båda ut i ett frigörande skratt som klippte den spända tråden mellan dem. Hedda följde efter Zaafir in i hans sovrum och medan han började bädda sin säng så lät Hedda omedvetet ett finger löpa längs med den bysthöga byrån med flertalet slitna fotoramar på. Flera utav dem var bilder på Skrållan som valp, och vid åsynen av den oskyldiga uppsynen av den mörka skepnaden i en hög av söndertuggade skor på golvet så kände Hedda hur det ryckte i mungiporna och hennes blick mjuknade.

"Visst önskar man att de kunde förbli så små och oskyldiga för evigt?" Zaafir kikade över hennes axel på fotot och suckade.

Med den betryggande känslan av Zaafirs kropp endast ett par centimeter bakom sig strök Hedda fingret vidare över byråns släta yta och utan att veta varför så fastnade hennes blick på ett foto längst fram i mitten. Där, bland fagert blommande vallmo och högresta råg stod två kvinnor med armarna om varandra och log brett mot Hedda. Kvinnan till höger höll en bukett av hortensior, astilbe och ormbunkar i sin ena hand, och bar en lång, elegant brudklänning med spets och chiffong som tycktes lysa likt stjärnor på natthimlen mot den matta, mörka huden. Enstaka hårtestar av bläcksvart hår hade blåst ur flätorna som låg i mjuka, tunna kringlor över hjässan. Den andra kvinnan höll sin arm om sin hustru och log milt. Hennes ljusblåa brudklänning var till större del täckt av brudslöjan, som var lång nog för att lägga sig som ett hölje över de närmaste vallmoblommorna. Hennes hy var ljus och ansiktet sken av glädje. De skarpt rödmålade läpparna var enbart tunna sträck runtom det breda leendet. Med mjuk röst frågade Hedda lågt:

"Vilka är de?"

"Det är min syster och hennes hustru på deras bröllopsdag. Kvinnan till höger är min syster."

"De ser så lyckliga ut."

”Ja, det var de också. Är fortfarande, antar jag. Jag träffar min syster alldeles för sällan för att avgöra.”

”Varför?”

”Varför… Jag vet inte. Vi lever väl helt olika liv bara.”

”Ni ser inte särskilt lika ut.” Hedda vred på huvudet för att se in i Zaafirs ögon så att deras ansikten hamnade skrämmande nära varandra. Zaafir återspeglade hennes blick, men såg ner på fotot när han talade:

”Det är förståeligt. Hon är min adoptivsyster.”

Hedda kände att någonting gnagde sin väg ut när hon såg hur hans ansikte sakta sjönk in i ett mörker hon aldrig tidigare sett honom belägra sig i. Hon förblev tyst men släppte inte hans blick. Långsamt hörde hon en röst börja tala från djupet av hans hjärta, och sakta så särade han på läpparna igen och fortsatte med en så obekymrad röst han kunde frammana:

”När jag var sju år gammal så fick min mamma äggstockscancer. Det upptäcktes tidigt nog för att hon skulle överleva, men på grund av risken för att tumörerna skulle återkomma så valde hon att sterilisera sig. Hon har alltid sagt till mig att det var ett lätt beslut, eftersom hon vid den punkten av sitt liv inte trodde att hon ville ha några fler barn, men något år efter operationen så kom hon på att hon trots allt inte var nöjd med mig, så mina föräldrar adopterade min syster och min lillebror.”

”Är det din lillebror?” Hedda pekade på vad som såg ut att vara ett gammalt skolfoto på en ung, mörkhyad pojke med samma runda kinder och samma ögon som systern på bröllopsfotot. Bredvid ramen låg en vit prydnadsängel på sin kulle av keramik. Zaafir iakttog fotot på pojken länge innan han tillslut hummade lågmält och sorgset till svar. Instinktivt så vände Hedda runt så hon stod mot Zaafirs slokande kropp. Hans blick föll till golvet och hon fattade försiktigt tag i hans hand, lyfte upp hans haka med sina fingrar och viskade:

"Jag beklagar din sorg." Zaafir såg på henne med en blick som innehöll lika mycket sorg som förundran. Med hes röst sade han:

"Men hur visste du…"

"Jag ser det på dig." Han slöt ögonen stillsamt och en glimrande tår singlade sig ner längs dalen i hans tyngda ansikte. Hedda kupade handen kring hans kind och kände vikten av hans huvud vila sig mot den. Snart syntes sårbarheten som kom krypandes från hans inre, men innan orden ens hann lämna hans läppar så hyschade Hedda honom och drog honom in en omfamning. Hon inhalerade doften av honom, kände hur hans axlar sjönk ihop och hans huvud landade tungt vid hennes skuldra. Snart var hennes tröja våt av hans tårar, men hon stod stillsamt kvar och tog emot känslorna som flödade. Inte förrän hennes kropp värkte av att hålla hans vikt ledde hon dem båda utan ord till sängkanten där de satte sig ner tillsammans och sakta släppte taget om varandra. Zaafir började torka bort snoret med sin underarm, men Hedda fick syn på ett paket med pappersnäsdukar på hans nattduksbord och räckte sig efter det. Med vana rörelser drog hon ur en näsduk ur paketet, vecklade ut den, höll upp den framför Zaafir och sade med ett mjukt leende:

"Minns du?" Zaafir svarade henne inte med ord, ändå anade hon hur minnet spelades upp inom honom från dagen då Hedda och Zaafir först hade träffats. För sitt inre såg Hedda hur allt han behövt göra för att trösta henne den dagen hade varit att erbjuda henne en näsduk. Minnesbilden fick henne att le omedvetet, och utan att veta varför så fick det hennes kinder att hetta så pass att hon stirrade ner i golvet för att dölja sin rodnad.

Med ett ytterst svagt leende tog Zaafir emot näsduk efter näsduk tills de enda tecknen som fanns kvar av hans gråt var de puffiga ögonen och den rodnade nästippen. Med ena näven full av hopskrynklade näsdukar suckade han djupt innan han tyst gick iväg till köket och slängde sitt skräp. På de få sekunderna han var borta lyfte Hedda blicken nog för att få syn på den svarta koranen som låg på ett sidobord bredvid garderoben. Hon reste sig och gick närmare boken som var så älskad, och så hatad av hela världen. Boken var inte gammal och inte läderinbunden, men sidorna var nötta av envist fingrande. Trots att den låg skyddad från solljus i sitt hörn på det runda, lilla bordet och sidorna ännu var bleka och avgav en svag doft av bläck, så kändes pappret strävt mellan fingrarna och Hedda fruktade att de skulle börja smula. Zaafir återvände till sovrummet i samma sekund som hon slog igen boken. Med ena fingret kvardröjande på bokens skamfilade kant så sade hon förundrat:

"Jag visste inte att du var troende." Zaafir tog några steg in i rummet, öppnade ena garderobsdörren och plockade ut en frottéhandduk samtidigt som han svarade i en monoton stämma:

"Är vi inte alla det på ett eller annat sätt?" Hedda betänkte hans svar en kort stund innan hon sade:

"Hur menar du?"

"Alla tror på någonting. Enda skillnaden är vad vi kallar det."

"Nej, alla tror inte någonting. Jag växte upp i ett kristet hushåll men inte gjorde det mig till en troende."

"Du kanske inte tror på Gud, och du kanske inte är mer kristen än vad jag är muslim, men det gör dig inte till en icke-troende."

"Jo, det är det som är själva innebörden av att inte tro; Jag tror inte att det finns något slags mäktigt väsen, som skapat allt och alla och som bevakar vartenda litet steg jag tar. Alltså, är jag inte troende." Zaafir stängde garderobsdörren och såg på Hedda med en fascinerad blick. Med en vag glöd i rösten talade han igen:

"När du vidrör barken på ett träd, så känner du väl en del av dess existens? Inte sant?" Hedda nickade tveksamt.

"Och när du känner vinden fatta tag om ditt hår, känner du dig då inte trygg?"

"Jo, men…"

"Och när du söker efter tröst och sinnesro, vart för dina steg dig?"

"In i skogen."

"Precis. Jag vet att du inte tror på Gud, Hedda. Men din tro ligger i naturen." Hedda kände hur osäkerhet drog i mungiporna på henne, och hånfullt svarade hon:

"Försöker du påstå att jag är en schaman?" Zaafir skrattade till innan han fortsatte:

"Nej, jag försöker inte påstå någonting. Jag vill bara få dig att inse att oavsett om det handlar om kärleken, naturen, vetenskapen, bibeln, koranen, Tora-rullarna, Vedaböckerna eller den åttafaldiga vägen, så är allt detsamma; Tro. Du må inte benämna dig själv som en religiös anhängare, men ändå så tror du på något. På samma sätt som dina steg för dig in i skogen, för mina steg mig in i moskén. Att vara troende är inte en dålig sak, Hedda. Det betyder att du är mänsklig, för som människa så vill du hitta någon eller någonting att bevara din tillit i, och för dig så är det kanske anateism, och för mig så är det Allah."

"Ja, men om alla är troende, vad är då ateister och agnostiker?"

"Ateister tror på ateism. I religiös benämning så kanske de inte tror på någonting, men de tror fortfarande. Det är detsamma med agnostiker eller så kallade fritänkare. De tillhör inte en namngiven religion, men de tror ändå på något, även om den tron endast handlar om övertygelsen om att allt som vi betraktar som övernaturligt inte kan existera."

"Så, egentligen... så är det du säger att alla är troende men samtidigt så är ingen troende?"

”Visst, om det är det du vill tro, så låt gå…” Hedda stönade ljudligt och slängde huvudet bakåt i frustration. Zaafir skrattade lågmält åt henne. Sakta lät Hedda huvudet falla framåt igen och fäste blicken på hans fötter. I en ljuvlig, flyktig sekund var allt stilla. Sedan mumlade Zaafir att han skulle ta en dusch, varpå Hedda hörde sig själv humma medgivande, och den ljuva stillheten var förbi. Hon hörde honom stänga badrumsdörren och sjönk tröttsamt ner på golvet. Snart smattrade vattendropparna från duschen mot glasväggarna, men ändå tycktes tystnaden kring Hedda vara mättad och bedövad mot dess hårda ljud. Inifrån köket hördes ett njutningsfyllt, utdraget stön från Skrållan när hon sträckte på sig innan hon svansade in till Hedda och lade sig ner vid hennes sida. Hon suckade djupt och vilade sitt huvud i Heddas knä med slutna ögon. Omedvetet så föll Hedda in i samma fridfulla andning som den vilande hunden. För att inte somna såg hon sig omkring. Allting i Zaafirs rum såg så mycket större ut från golvet. Garderoberna reste sig som träd från parketten och byrån med fotona tycktes vara dubbelt så magnifik. När Heddas blick återigen landade på fotot på Zaafirs lillebror så smärtade det inom henne. Hon önskade att hon kunde lindra hans sorg, ändå visste hon att det var fullständigt omöjligt. Förluster var eviga påminnelser om livets enigma. De allra flesta hade upplevt frånfälle, och alltför ofta etsade sorgens mörker sig fast i själen. Utan att veta varför lade hon handen på magen och pressade handflatan mot sin själs skal, som om hon var rädd för att förlora någon hon inte ens visste fanns där.

Hon undrade hur länge hon skulle vara en del av Zaafirs liv, och hur mycket tid det fanns kvar att lära känna hans förflutna och bli en del av hans framtid. Rädslan för att förlora honom var fortfarande större än modet att våga tro på hoppet om en ljusare framtid, så därför höll hon varenda sekund hon tillbringade med honom nära sitt hjärta. Det de skulle komma att dela i livet kanske skulle vara över inom ett ögonblick, men då skulle hon åtminstone ha minnena. Verkligheten varade inte för alltid, men minnena skulle göra det.

På ena väggen i sovrummet hängde en stor tavla som drog till sig Heddas blickfång. Målningen bestod av en gärdesgård som omgärdade en liten torpstuga omgiven av vissnande grönska och högresta rönnstammar. Med noggrannhet bejakade Hedda penseldragen som följde likt havets strömmar genom det gulnande, böljande gräset vid de åldrade träpålarnas glesa inramning. Löven som fallit till marken av torkan var duttar och precist placerade klumpar av orange, rödlila och ljusgrön. Den klassiskt blodröda träpanelen på det distanserade huset tycktes flagna där den beigea canvasduken skymtades under tunna lager av färg. De tjocka trådarna i dukens väv ingav utrymme för tavlan att komma till liv bortom konstnärens förkroppsligande av sina känslor, och ändå hängde den så livlöst stillsamt mot den vita väggen. Hedda följde konturerna av målningen och lät blicken fasta vid det som tycktes vara ett litet vindspel, som skymtades hänga utmed taket till verandan. Där hon satt kunde hon inte se mer än mörka prickar, men inom sig frammanades minnesbilden av snigelskal genomträdda av garn i varierande färger hänga i olika längder från den gamla brudkronan med sedan länge vissnade myrtenblommor trädda kring dess ram. Det var då hon insåg varför torpstugan hade väckt någonting till liv inom henne.

För flera år sedan, under Heddas ungdom, då hon fortfarande bodde tillsammans med sin farmoder, så hade det funnits en gammal man, Edmund Thorsson. Hans grånade hud hade legat i drivor av lösa veck över hans bredaxlade, slokande kropp och hans ögon hade varit så insjunka att den klarblåa färgen doldes av det täta mörkret kring dem. Endast några hundra meter från Heddas hem hade han tillbringat de sista åren av sitt liv. Varenda morgon hade han långsamt haltat ut på sin mörknade, lutande träveranda och med svajiga rörelser hängt upp vindspelet han en gång berättat för Hedda att hans hustru hade givit honom som ett minne av henne. Dagen efter Edmund tagit emot gåvan hade hans käraste dukat under för tuberkulosen som förpestat hennes kropp, och utan hans sällskap hade hon rest till sin viloplats i jorden. Vad Hedda kunde minnas från söndagsmiddagarna i Edmunds hus med sin då fortfarande livfulla farmoder vid bordsänden, så hade Edmund aldrig haft särskilt mycket i sitt hem. Ändå mindes hon tydligt spåren av hans resor genom kontinenter och över hav vars djup ännu var ett mysterium för människoarten. Sparsamt utplacerade i husets enda rum, med bröstpaneler i grovt granträ och långa, breda golvbrädor av ek, fanns bevisen på det enda Edmund fyllt sitt liv med efter hustruns död; Resor. Långvarande, världsomfattande resor vars enda uppdrag varit att maskera och förtränga sorgen. Som Edmund hade beskrivit det hade hans beslut att stanna bredvid hennes farmor varit lika naturligt för honom som det var att andas. Hennes skröpliga händer hade skänkt honom tröst och värme tills jordfästningen, och långt därefter höll samma händer blommorna vid hans gravsten levande och höstlyktan brinnande. Nu vilade de under samma träd. Deras hjärtan mötte inte varandra förrän romantisk kärlek tycktes vara förlegad för dem båda, men ändå hade deras liv flätats samman av ödets lyckokast. Trots förruttnelse och kistor lyckades de skapa kärlek under jord. Samma molekyler som funnits i deras kroppar fanns nu i grässtråna som växte ovanför dem.

Bakom sig hörde Hedda Zaafirs fotsteg och instinktivt så vände hon sig om och iakttog den blänkande huden utan att försöka dölja vad hon kände vid hans åsyn. Med ena handen höll han fast handduken som hängde runt hans höfter, och den andra drog han genom sitt tjocka, svarta hår så att det lade sig i våta drivor över hans huvud. Under ett ögonblick så stannade han upp och följde Heddas blick som vandrat tillbaka till målningen på gärdesgården och stugan då hon känt kinderna hetta till. Hon kunde känna hans blick i nacken, och med mjuk röst frågade hon:

"Varifrån kommer målningen?"

"Jag vet inte, hittade den på en loppis för några år sedan. Hurså? Känner du igen den?"

"Nej, jag har aldrig sett själva tavlan tidigare... Men den påminner mig om ett hus bredvid min farmors hem. Vet du vem som har målat den?"

Hedda insåg att de långa penseldragen och det utsökta djupet som låg begravt i målningen, var något hon hade sett förut, men motivet i minnet framstod endast i fragment. Inom sig såg hon böljande vågor och strandgräs som i en förevigad vals. Resten av minnesbilden tycktes ha vissnat med årens gång.

När Zaafir endast hummade som svar, så vred Hedda huvudet bakåt och drog åt sig de mörka ögonens uppmärksamhet. Hon kunde nästan höra kugghjulen inuti hans hjärna gnissla av ansträngningen, men i slutändan så endast han ryckte på axlarna och svarade:

"Det finns säkert en signatur någonstans nere i kanten, men jag har aldrig lyckats tyda konstnärens namn." När Zaafir vände sig mot garderoben och helt obekymrat lät handduken falla till golvet så vände Hedda kvickt tillbaka blicken mot målningen. Försiktigt hasade hon sig fri från tyngden av Skrållans huvud, reste sig och gick närmare målningen med blicken sökande längs med dess kanter. Vid första anblicken såg hon endast färg, inget bläck och ingen främmande krusidull. Sakta lät hon fingertopparna löpa över nederkanten. Färgen var sträv och kompakt mot hennes hud. Hon slöt sina ögon och kände efter något som kunde liknas vid en bokstav eller en avvikelse i penseldragen, men allt hon kände var de mjuka kurvorna och de släta vågorna där flera lager färg plötsligt

102

föll ner i en grop av rå canvas. När hon utan framgång låtit känna över hela konstverket fick hon en impuls av att vilja vända på ramen och undersöka baksidan, men innan hon lät händerna lyfta av tavlan från väggen så höll förnuftet henne tillbaka, och till sin milda förtret så släppte hon ner armarna och ryggade ifrån väggen.

"Hittade du något?" Zaafirs djupa, sammetslena stämma fick hennes inre att vekna av trycket från det brinnande begäret som belägrat sig inom henne. Så stillsamt hon förmådde vände hon sig om och skakade på huvudet. Zaafir, som nu åtminstone fått på sig kalsonger och byxor, var i färd med att trä ett linne över sin breda bringa och sade utan något riktigt intresse i rösten:

"Kanske är signaturen gömd i målningen, eller så finns den kanske på baksidan av väven."

"Det spelar ingen roll oavsett. Det var förmodligen bara min hjärna som spelade mig ett spratt."

"Kanske det, men om du verkligen vill ta reda på vem konstnären är så kan vi säkert..."

"... Zaafir, det är snällt av dig, men jag behöver inte veta mer än vad jag redan gör. Jag tyckte att jag kände igen den, bara."

"Okej, då."

6

Estrid visste inte vad hon skulle skriva, så hon skrev ingenting alls. Istället kastade hon ner mobilen på sängen och vände åter de trötta ögonen ut mot den folktomma gatan utanför fönstret. Hon satt med benen pressade mot sitt bröst på den breda fönsterbrädan och omfamnade sig själv. Det var som om hon försökte krama ur odjuren som vägrade lämna hennes sinne. Hon stirrade ner på värmevågorna ovanför asfalten och svor inom sig åt solen som försökte kväva henne till döds med dess solsken och omåttliga glädje. Skulle hon öppna fönstret mer skulle hon kunna falla ner och bryta nacken på gatstenarnas hårda kant. Det var en befrielse att hålla livet i händerna. Att veta att om hon skulle vilja, så kunde hon sluta existera där och då, utan någons vetskap. Hon besatt inget hat åt de som fördärvat henne, men hon önskade att deras närvaro på jorden snart var över. Endast de som var sjuka blev galna, och i Estrids värld, tycktes universum allt oftare likna ett fältlasarett. Människor stred för kung och fosterland för att överleva i en värld så främjad från deras ursprungliga natur, att de tillslut drev sig själva till vansinne. Hur många besöktes inte av sina maror på nätterna? Hur många levde inte i en konstant solförmörkelse? Hur många hade inte förlorat fler kamrater i livets oändliga krig än de hade kvar? Att se skönhet och liv när de öppnade sina ögon på morgonen var få förunnat, och Estrid skulle för evigt avundas dem.

Det fanns inget liv utanför hennes fönster. De gamla lärde sina barn att alltid sträva efter det som låg så långt ögat kunde se, men hur kunde det finnas en framtid, om nutidens öga endast såg tegelbruk, betong, asfalt, stål och mumier? På asfalten låg koagulerat blod kvar efter skatan som fallit offer för en bilist under natten. Estrid hade legat vaken när smällen hade nått hennes öron. Den hade varit så momentan, så mättad. En tjock, högljudd duns av fjäderdräkt mot kaross, och sedan åter tystnad. Mot sitt förnufts vilja hade Estrid tassat fram till fönstret och tittat ner på djuret som legat övergiven på den kalla marken. Båda vingarna hade blivit brutna och felvridna, och från ett mörkt hål på den vita magen hade blod stillsamt sipprat ut. Bilisten hade inte stannat, förmodligen inte ens reflekterat över livsljuset han nyss släckt. Många människor tycktes inte vara kapabla att se värde bortom storlek, och vad kunde en skatas liv eller död innebära för dem?

Estrid hade hållit sig från att berätta om det när hon ringt Hedda, men hon hade gått ner till skatan och hållit den i sin famn så försiktigt hon kunnat, medan dödsryckningarna sakta slukat den sista gnistan av skatans livsljus. Det hade inte funnits något sätt att begrava varelsen på, så allt hon kunnat göra för djuret hade varit att sänka ner kroppen i sjön, och lägga sin tillit i att vågorna skulle gunga den till skogsbrynet. När hon kommit tillbaka hade hon lagt det blodiga nattlinnet i tvättkorgen. Hon visste att My inte ens skulle reflektera över saken.

Oavsett hur högt hon höjde blicken så kunde hon aldrig se himlen från sin plats i fönstret, men på grannbyggnadens rödgråa tegelfasad såg hon skuggan av en fågel som tycktes cirkulera över gatan, och snart flög en skata, mycket större än den hon lämnat till sjöss, ner på asfalten och trampade varsamt kring blodfläcken. Hon viskade en förlåtelse för att hon inte kunnat rädda hans vän, och med kolsvarta ögon stirrade fågeln upp på henne, öppnade näbben och började skria. Djuret slöt sina runda ögon och flög upp bortom hennes synhåll igen, men aldrig tystnade dess skri.

Estrid svepte undan tårarna som rann nerför hennes kinder. Utanför den stängda dörren hörde hon sin pappas mörka, släpiga morgonröst. Framför sig såg hon vad som pågick utanför dörren likt en pjäs tillämnad för endast henne; My stod iklädd sin ankellånga, bylsiga morgonrock och bredde en macka, samma sorts macka som hon brett varenda dag sedan hon fått flytta in hos dem. Med en plastkniv karvade hon ur gul cancer ur en bytta, sedan skar hon loss kalvlöpe i flera tjocka skivor, och till sist öppnade hon den dödsosande förpackningen av tunna skivor av griskadaver som hon lade på de två demensframkallande, vita brödbitarna. Hon lade ihop dem till en dubbelmacka som hon sedan slog in i plastfolie som troligtvis skulle hamna i havet, luckras upp till mikroplast, plockas upp av en välmenade Havssula, matas till fågelbebisarna, och sedan döda alla ungarna innan de ens blev gamla nog för att stå på sina ben.

My gav mackan till Rasmus som ostadigt hasade in i köket, kliade sin nyrakade haka och nickade stillsamt åt stolen där Estrids mamma en gång suttit för två år sedan när hon skurit upp sina handleder och tagit sitt liv. My låtsades inte märka av den sorgedränkta gesten av änkemannen. Hon strök sin misshandlares magra arm och ställde sig på tå för att ge honom en känslokall kindkyss, som han likt alltid besvarade med att vända bort ansiktet i avsky. Hon stirrade ner på golvet där hustruspökets blod en gång legat i pölar beblandat med glasskärvor och sönderrivna vita rosor. Sedan skakade hon på huvudet, påminde sig själv om alternativet till livet med Rasmus, och gick på sina blåmärkestäckta ben fram till kaffemaskinen och hällde upp den svarta, beroendeframkallande vätskan i en kopp. Med snabba rörelser placerade hon koppen framför Rasmus som glidit ner på stolen mittemot hans framlidna makas plats, och My sprang vidare till kylskåpet där hon plockade fram ett paket bröstmjölk som hon lät rinna ner i kaffekoppen.

Medan Rasmus slurpade i sig sitt kaffe så hällde My upp en kopp till sig själv, som hon smuttade på under tiden hon bredde sin macka. Ständigt kastade hon blickar på klockan som hängde på väggen, hon räknade sekunderna tills när han skulle gå. Estrid visste att när väl hennes pappa lämnat lägenheten, så skulle My stå framför köksfönstret och blicka ut på asfalten, tråna efter friheten som hon låtit sig luras till att tro hon aldrig kunde få. Men sedan skulle hon rycka till, som om rädslan för att bli hemlös igen slagit

107

henne i ansiktet, och hon skulle ställa koppen i diskhon och gå till badrummet där hon skulle göra sitt bästa för att skölja bort såren som trots hennes försök, aldrig skulle kunna skrubbas in i glömska.

Estrid väntade sittandes på fönsterkarmen tills hon hörde ljudet av porlande vatten från rummet intill. Då tog hon sin väska med en bok och frukost som hon packat när mardrömmarna varit som värst under natten, och begav sig ut ur lägenheten. Den friska luften omfamnade henne med starka vindar när hon klev utanför höghusets dörr. Hon slöt ögonen och kände med njutning hur en bris smekte de osminkade ögonlocken innan hon satte av mot den lilla hamnen. Trots att vinden fick löven på kullerstenarna att virvla, var sjöns vågor mjuka när de slog emot den hårda kanten där asfalt blev till vatten. Estrid följde långbryggan som löpte utmed hamnen. Det hade varit längesedan hamnen varit i bruk, och de breda träplankorna under hennes fötter hade blivit silvergröna och var väderbitna av många års utsatthet för naturens obarmhärtiga krafter. I den tjocka stammen längst ut satt rostiga förtöjningsringar, i vissa hängde kättingar eller gamla rep som vittnade om hamnens forna glansdagar, men de flesta gapade tomma och tycktes ha frusit fast i en sorglig längtan. Utmed långbryggan fanns flera smalare bryggor som sträckte sig ut i sjön likt förgreningar på ett träd. Två av dem hade rasat ner i vattnen under en storm, endast deras spruckna stompålar stack upp ovanför den mörka ytan och sjöng tysta sånger om de förglömda båtarna som dragits ner i djupet med bryggan. En ensam andhona simmade sakta kring en utav pålarna på jakt efter mat. Estrid stannade och iakttog henne en kort stund. Flera gånger dök hon ner under ytan, men varenda gång hon kom upp var näbben tom. Efter ett tag simmade hon vidare, och Estrid fortsatte gå. Hon hörde stressade vingslag och vände blicken mot himlen. En kaja flaxade frenetiskt med vingarna ovanför hennes huvud i sin flykt från ett barn som sprungit efter den. Bakom sig hörde hon hur barnet gapskrattade när det sprang tillbaka till sin pappa. Vinden bar med sig barnaskrattet ut över sjön och dränkte det i vågornas susande. Estrid kände en överväldigande vilja att få följa efter, ner i djupet, där tystnaden var komplett. Hon hade inga vingar, som fågeln. Så hon kunde inte fly. Hon var inget skratt som kunde dränkas med vinden, så hon kunde inte fly. Sakta slingrade paniken sina händer sig uppför hennes kropp. De sträckte sig efter hennes strupe, de ville strypa henne. Få henne att minnas att vart hon än hade vänt sig, hade hon varit fast. Hon kunde inte fly. Mörkret var tillbaka. Det omringade henne och attackerade henne. Högg mot de mest sårbara delarna av kroppen. Hennes sinne var i kammaren igen. Fastkedjad och naken. Lika fångad i skräcken som en vild kanin i en bur. Hon tvingade sig själv att öppna ögonen, att se träden och människorna och husen och kullerstenarna och vattnet och bryggan och allt det som var frihet istället för fångenskap. Hon stirrade ner på sina handleder, gnuggade hårt med fingrarna över ärren från klovarna. Det fanns inga kedjor där. Hon var trygg. Kättingen som låg hoprullad likt en huggorm framför hennes fötter höll henne inte bunden. Hon kastade blicken ner på sina ben, de var klädda i tyg, de var varma. Likaså var hennes fötter, och hennes armar och magen och brösten och ryggen och rumpan. Hon var klädd. Hon var säker. Ingen hade henne inlåst. Mörka moln drog in över himlen och dolde solen. Värmen försvann, men hon var trygg. Hon såg världen. Hon såg hur monstrets ansikte avtecknade sig i molnen, men hon visste, hon var trygg. Hon vågade sluta ögonen igen, och när de öppnade sig, var hon hemma.

Långsamt började Estrid låta fötterna föra henne vidare igen. Hjärtat slog snabbt och hårt i bröstet på henne. Det var fortfarande uppskrämt, men hon kunde andas. Tårar rann nerför hennes kinder, minnenas smärta skulle aldrig lätta. När den kom, kom den med kraft. Var gång slog den omkull hennes inre, lät henne aldrig glömma. Men hon hade lärt sig att hantera det. Hedda hade lärt henne att kanalisera sin skräck. När hon trodde sig vara tillbaka hos monstret, så var det enda som kunde hjälpa henne att fokusera på det som var handfast. Det kunde vara en blomkrukas mönster eller en rispa i tapeten. En spricka i asfalten eller en fjäder på jorden. Det kunde vara vad som helst, och ibland allting, men det fanns där. Om hon såg på det, rörde det vid det och kände att det fanns där, att det var verkligt, då blev det enklare att inse vad som var illusion och vad som var äkta.

Estrid önskade att hon bara skulle glömma, att hon kunde få vakna upp en dag och inte minnas någonting av de fem dagarna hon spenderat fångad i monstrets fängelse. Vad skulle hon inte ge för att vrida tillbaka klockan? För att aldrig ens ha gått på det där kalaset? Att få slippa undan minnets plåga var värt mer än guld och diamanter för henne, och ändå var det just det enda hon kunde vara säker på att hon aldrig någonsin skulle få.

Jordklotet roterade runt sin axel i samma tempo som alltid, men ändå tycktes tiden gå alldeles för fort. Estrid hade synat tiden för det den verkligen var. Hon visste att tid var människans påhitt för att kunna hitta ett uns av syfte i sitt ständiga löneslavande, så varför var hon då fortfarande besatt av den? Hon längtade konstant till framtiden, utan att riktigt veta vad framtiden var. Hon trånade efter ett annat liv, en annan version av sig själv där hon kunde spela en annan roll i livet. Inom henne fanns en obotlig törst efter att fly, att få förtränga sin ungdom och allt det som hon visste den skulle komma att innebära. Det var en pina att tänka på hur många år som kvarstod innan hon hade någon slags frihet att göra det hon själv ville med livet. Trots att ingen höll henne instängd, trots att ingen höll henne i ett koppel, trots att ingen höll henne tillbaka. Trots att hon var fri att gå dit hon ville och göra vad hon än behagade, så kände hon sig ändå fången. Det var som om hon satt på ett tåg som förde henne framåt i hiskelig fart, utan någon som helst möjlighet att stiga av. Samhällets förväntningar och orubbliga rutiner hade henne fastspänd. Världen tycktes ha ett oändligt kretslopp av födsel, skoltvång, löneslavande, begravning, och alla som försökte ta sig ur det kretsloppet blev hånade av dem som varit fast i karusellen så länge att de glömt hur det känns att gå på fast mark.

Estrid var övertygad om att det fanns någonting mer. Någonting med mening och ett djup och någonting som fick livet att kännas värt att levas. Problemet var att hon inte hade någon som helst aning om hur hon skulle finna det. Så hon lade sin tilltro i framtiden, övergav hela sitt väsen åt att tänka att saker och ting skulle bli lättare när hon var äldre. När världen kanske var lite annorlunda, lite mindre sträng, innehöll lite mer kärlek och lite mindre kärnkraft.

”... och nästa gång vi lämnar av Skrållan hos min mamma så kanske du vill kliva ur bilen och hälsa? Zaafir talade till Heddas rygg där de stod utanför hennes port i den värmande kvällssolen. Hon var utmattad efter att han släpat omkring henne hela dagen lång och övertalat henne att köpa varor hon egentligen inte behövde. De sista av sakerna låg staplade i hennes famn, och hennes armar hade börjat värka av ansträngningen. Allt hon ville var att få vara ensam med sina tankar, och desperationen i Zaafirs röst drev henne sakta till vansinne. Hela dagen hade försvunnit i ett enda svep medan de vandrat från den ena affären till den andra och handlat matvaror och hushållsartiklar, sängkläder och möbler. Hon kände redan att hon uppoffrat sårbara dimensioner av sig själv genom att sova hos Zaafir och låta honom hjälpa henne fylla sitt hem. Det sista hon ville var att uppoffra något mer av sig själv. Hon hade skrattat med honom under dagen, och till hennes fruktan så insåg hon att hon var på väg mot ett stup utan några bromsar. Vände hon inte där och då fanns det inget sätt att stoppa det som komma skulle, och trots att hon förstod vad hon kanske skulle förlora, så var hon också rädd för att ha det kvar. Hedda hoppade till när Zaafir talade igen:

”Vill du att jag ska komma med dig upp och hjälpa dig montera ihop sängen?”

"Nej!" Hedda vände sig hastigt om och mötte Zaafirs vidöppna ögon. Hedda insåg inte hur tonen i hennes ord måste ha nuddat hans sinne förrän hon såg besvikelsen i hans blick. Genast sade hon med en så mjuk röst hon förmådde uppbringa:

"Vad jag menar är... Tack, Zaafir. För all din hjälp, igår och idag. Det var verkligen så snällt av dig. Men jag behöver inte din hjälp något mer."

"Jag gör det inte bara för att vara snäll." Han ställde sig ett steg närmare henne och sträckte ut handen mot hennes midja men drog snabbt tillbaka den när Hedda ryggade undan. Begär och förnuft utkämpade ett dövstumt krig. Med flackande blick yttrade hon hans namn i en viskning, men innan hon kunde fortsätta säga orden som ännu inte nått hennes läppar, så skakade Zaafir bestämt på huvudet, fångade hennes blick, och viskade tillbaka med smärta i rösten:

"Säg ingenting, inte nu. Inte redan." Hedda granskade honom under vad han upplevde som en evighet, men sedan lät hon axlarna falla ner och hennes uttryck mjuknade. Ännu hade han inte förlorat henne.

De båda stod stilla utan att yttra ett ljud. Zaafir följde Heddas blick när hennes ögon drogs till hamnen och vågorna som fridfullt slog emot långbryggans massiva träpelare. Vad skulle han inte ge för att få hennes kärlek? För att få vara en del av hennes värld och allt det som hon tycktes förstå, men som han var för blind för att ens kunna se? Han kunde bli berusad av detaljerna i det valnötsfärgade ansiktet, och när han lät ögonen vandra vidare upp på det nästintill fallfärdiga rucklet som hon envisades om att kalla hem, så kände han hur det smärtade i hjärtat. Han ville ge henne sitt allt, men aldrig skulle hon ta emot gåvan. Med ovälkommen medkänsla i hans röst hörde Hedda hur Zaafir lågmält sade:

"Vill du verkligen sova här? Bland råttor och möss och..." Han tvekade och stirrade från den rostiga eldtunnan i gatuhörnet till sotet som blåst in framför deras fötter. Utan att vika av med blicken från den avlägsna hamnen så fyllde Hedda i det som Zaafir tycktes oförmögen att säga:

"Hemlösa?" Hedda kände hans blick bränna ett hål i hennes kind igen, och hon vred huvudet mot honom och sade:

"Ja, det här är mitt hem."

"Men vad innebär hem? Vad får dig att hellre sova här, i det här rucklet, än hos mig?"

"Det du känner som hem, är inte mitt hem. Jag inser att det vore att be om för mycket att kräva av dig att förstå, så jag tänker inte ens bevärdiga din fråga med ett svar. Men du ska veta detta; jag sover hellre bland råttor och möss och folk som har förlorat allt än i en betongsockerkub som tryckt en hel skog under jord för att fem ynka människor ska kunna ha fem rum var."

"Vad ska det betyda?"

"Ingenting, glöm att jag sade något." Hedda suckade och blickade återigen bort mot den avlägsna hamnen innan hon fortsatte:

"Kan du snälla bara gå nu."

"Förlåt om jag upprörde dig på något sätt, jag menar bara väl."

"Jag vet det, men du måste förstå att även fast jag uppskattar allt du gör för mig så vill jag inte ha…"

"Mig?"

Hedda stirrade på honom. I hans blick såg hon att han var rädd och sårad, och det gjorde henne rasande. *Varför är han tvungen att tycka så förbannat synd om sig själv?* Hon tog ett djupt andetag, slöt ögonen hårt och sade så milt hon orkade:

"Jag kan inte ge mig in i någonting som jag kanske inte kommer kunna ta mig ur sen."

"Men jag skulle aldrig göra dig illa…"

"Snälla, bara gå!" För ett kort ögonblick såg han uppriktigt chockad ut, men sedan blev hans blick mörk och han muttrade:

"Förlåt för att jag överhuvudtaget sade något." Med långa steg marscherade han tillbaka till sin bil och körde iväg. Hedda vände sig om och drog upp dörren med svordomar på läpparna och tårar brännandes innanför ögonlocken. Hur kunde hon ha varit så dumdristig? Hon hade ju betett sig som en kärlekskrank liten flickunge! Hon om någon borde väl veta bättre än att tro att en man kunde vara vänlig och behjälplig utan baktankar och förbehåll! Aldrig mer, sade hon till sig själv. Aldrig mer skulle hon låta sig bedras av charm och… Hur kunde det bli som det blev? Halvvägs uppför första trappan ramlade hon ihop och lät gråten gripa tag om lungorna och pressa ut luften i högljudda yl. Hon kramade varorna i famnen som om det var det enda sättet att inte falla ner i djupet.

Halsen värkte och med varenda gråtfylld hulkning så trodde hon att hon skulle spy. Runtomkring henne rasslade mössens tassar och råttornas svansar när de sprang in i sina bonader i väggar och golv för att undkomma hennes bölande. Ingen av uteliggarna hade kommit in för natten än, och ensamheten trängde in i hennes själ som ett spjut. Trappan tycktes börja snurra omkring henne. Runt och runt och runt. Tills plötsligt allt stod stilla, och tystnaden var ett faktum. Tårarna fortsatte att rinna nerför hennes ansikte, men hon grät inte mer.

Hon tryckte sig upp med ryggen mot det sviktande trappstaketet och började långsamt gå uppför igen. Hennes huvud kändes ihåligt, som om någon gröpt ur all massa ur hjärnskålen. Utan att tänka en tanke fortsatte hon gå genom mögeldoftande korridorer och på knarrande trappsteg tills hon var inne i det salsliknande rummet och dörren gått igen bakom henne. Hon släpade sina fötter fram till köksbänken och lät sakerna hon höll i famnen rasa ner på dess yta medan hon lät blicken färdas över samlingen av kartonglådor i alla dess storlekar och papperskassar med obestämbart innehåll som låg utspridda över golvet kring yogamattan och tygväskan i mitten. Hennes blick fastnade på några smala, avlånga kartonglådor som var staplade ovanpå varandra under det fönster som släppte in mest av solnedgångens eldsflammor. Med trötta rörelser torkade hon undan tårarna med handflatan innan hon satte sig på knä framför lådorna, och började dra i förslutningstejpen.

Hon vaknade med solen nästa morgon. För första gången på länge låg hon inrullad i ett tunt täcke som påminde henne om en tid hon helst skulle vilja glömma. Det kändes obehagligt att ha en hel säng för sig själv, som om någonting saknades. Som om *någon* saknades. Med dåsiga ögon vandrade hennes blick över siluetten av hennes ben under det ljusa påslakanet och vidare ner till golvet som fortfarande var belamrat med kartonger och papper. Hon hade inga gardiner, så den plågsamt ivriga morgonsolens ljus flödade obehindrat in genom alla de högresta fönstren och trängde undan nattens skuggmaror. Hedda gäspade stort och flyttade blicken upp mot taket. Från takbjälken över sängen hängde långa trådar av spindelväv som dittills varit dolda i mörkret för Hedda att se, men som nu skimrade i det mjuka skenet från fönstret. En bit ovanför henne hissade dess inneboende sakta ner sig. Hedda sträckte upp armen mot den svarta spindeln som stannade tvekandes i luften innan den tillslut beslöt sig för att landa på Heddas ena finger. Hon iakttog det lilla djuret länge medan det spann sin florstunna väv mellan hennes fingrar. När det började krypa längre uppför hennes arm lät hon spindeln klättra upp på hennes andra hand som hon långsamt sänkte ner till golvet där hon inväntade att den skulle gå ner på golvet. När hon väl steg upp ur sängen hade solen redan hunnit resa sig från horisonten. Den värmde hennes hud när hon gick från sin sovplats till toaletten där hon lättade sig utan att bemöda sig om att stänga dörren.

Hon lämnade badrummet och kände hungern riva i magen, så hon tog sig till köket och greppade tag om ett paket havregryn som hon, likt resten av de nyligen införskaffade matvarorna, inte orkat ställa in under gårdagen. Medan hon med tröttsamma rörelser rev upp förpackningen lät hon tankarna färdas till kvällen innan, och de smärtsamma minnena flödade tillbaka. Sorg och ilska utkämpade ett tyst slag inom henne vid tanken om allt som Zaafir hade sagt, och allt det som hon inte hade yttrat. De hade menat så mycket, trots att orden mellan dem varit så få. Så många osanningar hade blivit sagda, att lögnerna skapat en barrikad mellan dem.

Hedda bannade sig själv högt när hennes hand sträckte sig mot mobilen på köksbänken. Vad hade hon för anledning att ringa honom? Deras historia var över. Det var hon övertygad om, och ändå plågade insikten henne likt en dolk i hjärtat. Hon trodde att hon visste att deras vänskap var över, så varför vägrade hennes själ känna det?

Tid, tänkte hon. Vad hon behövde var tid. Om hon bara stod ut och försökte svälta lidandet med tid, så borde väl smärtan tillslut tyna bort?

Genom sina ögon såg hon hur koppen med havregrynsgröt roterade inuti mikron. Tankarna hade hållit hennes medvetande så upptaget att hon knappt ens märkt av vad händerna hade gjort. Allt hon gjorde styrdes av vana, inte av medvetenhet. Hon ryckte till när maskinen plingade. Allt i världen hade ljud numera. Ur en låda plockade hon fram en sked innan hon satte sig på golvet med korslagda ben och grötkoppen i händerna. Sakta slevade hon i sig den sötaktiga massan medan blicken svepte över de bleka papperskassarna och kartongerna omkring henne. Åsynen av alla saker överväldigade henne med trötthet. Hur hade hon låtit sig övertalas till att ta till sig så mycket skräp? Allt hon behövde höll hon i sina händer eller bar på sin kropp. Det fanns ingen trygghet i skräp, om hon behövde fly skulle det bara hindra hennes flyktväg, så varför fann hon sig själv omgärdad av det?

Blicken sökte sig till sängen. De ljusa tygen låg i högar på madrassen och kallade henne till sig. Hon hade hittat sängkläderna i en andrahandsbutik och efter upprepade protester från Zaafir så hade de fått komma med henne hem. Deras minnen av hud gjorde dem mjuka mot hennes kropp, och omhuldade henne likt en moders famn. Zaafir hade velat att hon skulle sova på nya, hårda, sträva tyg. Lika döda som en kropp under jord. Hur kunde han inte förstå att ingenting dött hade någon plats i hennes hem? Var han så naiv att han fallit offer för kapitalismens konsumtionsfanatism? Insåg han inte att för varenda radioaktiv vattendroppe, för varenda bitumenfyndighet och för varenda GMO-odlad bomullsboll så klev människan ännu ett steg närmare sin undergång? De levde på en döende planet och han ville att hon skulle lägga sig ner, varenda natt, på lakan som krävt hundratals liter med vatten att producera, vars giftiga bomull odlats på monokulturella fält, och som pumpat ut ofattbara mängder med koldioxid i atmosfären i sin resa jorden runt endast för att hon skulle få sova på vad han ansåg vara *rena* lakan? Nej. Hon hittade hellre gamla ampuller insydda i madrassen än högg den kniven i Moder Jords redan sönderhackade rygg.

Hedda kände hätskheten flöda tillbaka till henne i våldsamma vågor. Återigen stod det klart för henne varför kvällen slutat på det sätt den gjort, och sorgen över att kanske ha förlorat Zaafir för alltid var som bortblåst. Han kunde brinna i de kruttorra skogarnas helvetesbränder om han så ville. Varför skulle hon älska någon som inte älskade jorden som gett honom liv?

Telefonens gälla rington skrek i hennes öron, och i hopp om att det var Estrid så reste hon sig snabbt upp från golvet för att svara. Hoppet falnade bort i samma sekund som hon plockade upp mobilen i handen och såg att numret tillhörde någon okänd. Det var åtminstone inte Zaafir som tänkt krypa till korset, så hur illa kunde det vara? Hon svepte med fingret över skärmen och satte den lilla apparaten mot örat. Blodet frös till is i hennes ådror när hennes mors raspiga stämma nådde henne.

”Hedda?”

”Ja.” Genom luren hördes det hur Hillevi drog en djup suck av lättnad, som om hon inte hade förväntat sig att faktiskt få ett svar. Hedda avbröt henne innan Hillevi kunde förvandla luften i de ansträngda lungorna till ord. Hon sade barskt:

”Varför ringer du till mig? Jag trodde du hade sagt allt du ville säga till mig i förrgår.”

”Hedda, lyssna på mig bara, snälla…”

"Så då är du alltså inte ute efter att be om förlåtelse, bra att veta... Jag lyssnar."

"Jag måste få prata med dig igen... Det är något jag behöver få berätta."

"Vi pratar nu."

"Jo, men du förstår inte. Att se dig fick mig att inse något..." Hillevi blev tyst, endast de tunga andetagen hördes. Uppenbarligen var det en utmaning för hennes kropp att prata. Hon hade blivit sämre. Hedda ville lägga på, men en djupt begraven omtanke för kvinnan hon talade med fick henne att stanna kvar. Lågmält sade hon:

"Vad insåg du?"

"Jag insåg att du behöver få veta sanningen."

"Sanningen om vadå?"

"Bara... sanningen. Kan vi mötas idag? Så kan vi talas vid då?"

"Säg vad du vill få sagt." Tystnad igen. Några plågsamt långdragna sekunder passerade, men snart drog Hillevi efter andan och fortsatte:

"Nej, det behöver sägas mellan fyra ögon." Hedda drog handen över ansiktet och suckade. Hon tänkte säga nej och lägga på, men när hon öppnade munnen för att tala var det andra ord som kom ut:

"Okej, då. Vi kan träffas. Men du får komma till mig."

"Det går inte, pappa är iväg med bilen." Hedda slängde huvudet bakåt och gnuggade sin panna. Vad hade det varit för fel på att spendera resten av dagen i sängen? Trygg och skyddad från ovälkomna människors ord och dömande blickar. Varför hade hon ens gått med på att träffas? Med mer irritation i rösten än hon tänkt sade hon:

”Kan du inte ringa en taxi? Eller ta bussen?”

”De kör inte hit ut, det vet du… Snälla Hedda, du måste förstå att det här är viktigt.”

Fan, den här kärringen kommer att bli min död.

”Jag kommer om tre timmar.”

Hedda stängde dörren till den blåa hyrbilen med en smäll. Grusvägarnas damm hade lagt sig som ett täcke på den glansiga lacken och hon kunde endast föreställa sig hur hyrfirman skulle få skura för att få den tillbaka till dess skinande originalskick. Med ena handen på magen som gjort revolt hela bilresan såg hon sig omkring på gården som tycktes fastnar i en tid hon mer än allt annat ville förtrycka från sitt minne. I hamnen hade solen rest sig med all prakt på morgonen, men där hon stod nu var den för skygg för att ens våga visa så lite som en ljusglimt. Hennes blick flöt mellan träd till ladugårdar till grusgångar som en gång varit täckta av blod från när galtarna lyckades fly undan slaktkniven. De hade aldrig hunnit längre än några meter, innan människorna kastat sig över dem och dragit kniven genom deras hals. Alla människor som passerat genom gården under åren hade tagit sig an rollen att spela allsmäktig. Under år som var för smärtsamma för att ens räkna hade liv och död blivit distribuerat med obarmhärtig effektivitet. Aldrig fick en ko leva som inte kunde mjölka tillräckligt. Aldrig fick en kalv dia. Aldrig fick en sugga som inte skulle bli mor leva längre än sju månader. Det fanns ingen heder i vad människorna kallade djurindustri. Ingen kärlek. Inget hopp. Ingen logik. Födas och dödas var ledorden i samtliga stallar på samtliga gårdar vart blicken än riktades. Hur många år skulle det ta innan världen vaknade? Hur länge skulle lidandet bli ignorerat och manipulerat av de som såg in i deras ögon, och endast såg pengar? Människorna hade redan försökt utrota sina egna en gång i tiden. Vad trodde de gav dem rätten att göra det igen?

Vart än Heddas blick svepte, så såg hon endast alla de tusentals spöken som aldrig skulle lämna gården. Hur rostiga slaktkrokarna än blev. Hur tysta slaktsvinsboxarna än var, så skulle minnet av ångest och plåga alltid finnas där. Vad skulle hon inte ge för att få det att rämna? Hur mycket skulle hon inte ge för att få se hela gården jämnas med marken, och bli till skog, igen? Hur hon hade stått ut i femton år var bortom hennes förståelse. Det enda som gav henne tröst, var vetskapen om att ingen mer föddes i fångenskap på marken längre.

Ett rop från en röst som stod vid gränsen till dödens avgrund fångade hennes uppmärksamhet och hon vred sig mot Hillevi som satt i en trästol på gräset framför trappen med ena armen i luften som en hälsning. Hedda ägnade inte tid åt att vinka tillbaka, eller att ens le, utan gick istället med blicken på marken framför hennes fötter och stannande inte förrän hon stod framför kvinnan hon kallade sin mor. Hillevi hostade så bröstkorgen skälvde, endast de mjölkiga ögonen avslöjade att hon hade märkt av sitt barns närvaro. Medan Hedda väntade ut att den gamla kvinnans hostande skulle avta så flyttade hon undan hennes rullator och satte ner den andra trästolen vid hennes sida. Hon hade velat ha det runda lilla träbordet mellan dem egentligen, men gräsmattans lutning gjorde det omöjligt att sitta mittemot varandra. På träbordet med den flagnande bruna färgen fanns två koppar, en gammal visselkanna i gjutjärn, samt en silverbricka med en burk honung, en vit porslinskanna med kalvföda, en liten skål med socker med en liten träslev nerstoppad i, samt en silversked till honungen på. Runtomkring sakerna på fatet låg olika tepåsar prydligt upplagda. Vad det var som var annorlunda denna gång mot då Hedda besökt dem två dagar tidigare, visste hon inte. Men vad det än var så var det uppenbarligen viktigt nog för att duka fram te. Hedda ville inte ens tänka på hur pass mycket energi det måste ha tagit Hillevi att ordna alltsammans. Det var gruvligt sorgligt att en kropp kunde förfalla så, men hur skulle den annars ta ut sin hämnd på själen den bar inom sig?

Sakta men säkert blev Hillevis hostningar alltmer dämpade, och medan hon torkade sig om munnen med tygbiten hon i alla tider haft nerstoppad i sin ficka, så började Hedda hälla upp tevatten i deras muggar. Hon visste alltför väl att te innebar allvar, och det var motvilligt som hon tog emot någonting som erbjöds av Hillevi. Hon lät en påse med torkad kamomill sjunka ner i koppen innan hon lutade sig tillbaka i den hårda stolen med blicken fäst på Hillevi. Bara att vara stillasittande i Hillevis närhet sände krypningar genom hela kroppen, men hon tvingade sig själv att ge det tid. Ingen hade forcerat henne att komma dit, och oavsett hur stark viljan att fly därifrån var, så var begäret efter en förklaring starkare. Hon såg hur Hillevi med skakiga, bleka händer sträckte sig efter honungen. Mot sin vilja rusade minnena från alla testunder de någonsin haft tillsammans tillbaka till henne, och utan närmsta eftertanke mindes hon hur Hillevi alltid drack sitt te. Det skulle vara en sked honung i vattnet, tre skedar socker och en skvätt mjölk. Hedda tvingade undan leendet som desperat ville nå hennes mungipor. Hon ville inte minnas, ville inte veta. Nostalgi var tortyr likaså historia var att strö salt i gamla sår. Men ändå värmde det hennes hjärta att minnas någonting annat än lidande från sin barndom. Det gjorde henne äcklad. De minnena borde vara fängslade, bortglömda och övergivna. Det var så mycket enklare att hata någon hon inte ens hade så mycket som ett minne av att ha älskat.

Hillevi hade tagit honungsburken i sina händer och höll nu fast den mellan sina ben och försökte kränga loss locket. Med blicken fäst i fjärran mumlade hon lågmält:

"Pappa brukar alltid öppna den åt mig."

Hur svag hade kvinnan blivit? Hon som hållit fast skrikande kultingar medan de blivit kastrerade utan bedövning, kunde hon inte ens öppna en burk med honung längre? Hedda kände ett oväntat styng av medlidande för Hillevi, och sade:

"Ge den till mig."

Hillevi såg för första gången sedan hon anlänt in i sin dotters ögon. Hennes uttryck mjuknade något när hon med tacksamhet i blicken räckte burken till Hedda som skruvade av locket utan ansträngning. Hon log stelt mot Hillevi när hon gav tillbaka burken, och det var tillräckligt för att bryta barriären mellan dem. Med så mjuk röst hon lyckades uppbringa sade Hedda:

"Så, vad var det du ville berätta för mig?"

Hillevi vred genast tillbaka blicken mot skeden med honung som hon stillsamt rörde runt i koppen med. Hon harklade sig och utan att ta blicken från koppen svarade hon med skrovlig röst:

"Har någon någonsin berättat för dig…vet du om… att… jag inte är din riktiga mamma?" Hedda svarade sarkastiskt:

"Nej, det har jag aldrig ens haft en tanke på… Mörkbruna ögon och hår som en korps fjäderdräkt, men mina föräldrar är de vitaste människorna man kan hitta? Tanken har aldrig slagit mig." Hedda insåg med ens att sarkasmen landat alldeles fel. Hon gjorde sig beredd att be om ursäkt, men innan orden nådde hennes läppar så tog Hillevi till orda igen. Hon talade med sträng röst, men med ett förvånansvärt lugnt:

"Hedda, snälla! Det här är viktigt. Skämta inte bort det."

"Förlåt. Ja, farmor berättade för mig när jag var liten att ni hade adopterat mig, men hon ville inte så gärna prata om det när jag blev äldre, och tillslut så slutade jag ställa frågor. Så ja, det vet jag. Hur så?"

Hillevi suckade. Det var en sådan där suck som fortfarande fick håren på Heddas kropp att resa sig och hennes hjärta att slå snabbare. En sådan suck som bar vittne om det som komma skall. Som varnade henne om raseriet och ursinnet och ilskan som lurade i mörkret. Hon önskade att hon kunde intala sig själv att det bara var en suck, att det inte var värt att sätta skräck i henne, men erfarenhet hade lärt henne det motsatta. Hon gjorde sig beredd att fly. Hur dum var hon egentligen? Vad krävdes för att hon skulle förstå att den förlåtelse och den upprättelse hon så gärna önskade sig, aldrig skulle komma? Hon gjorde en ansats till att resa sig upp, men till hennes innerliga förvåning så lade Hillevi sin rynkiga hand på Heddas arm. Hur tafatt ömhetsbetygelsen än var, så var den tillräcklig för att få Hedda att sjunka ner i stolen igen och stirra in i ögonen på den gamla kvinnan utan att ens försöka dölja sin chock. Under alla sina barndomsår så hade Hedda fått lära sig att Hillevis hand var den som sårade, aldrig den som tröstade. Nu visste hon inte vad hon skulle känna.

"Snälla, stanna hos mig. Hör på vad jag har att säga." Hillevis ord var knappast mer än viskningar, men i Heddas öron lät det som om hon sjöng. Hon märkte inte ens tårdroppen som singlade nerför hennes kind. Allt hon såg och hörde var Hillevi, och hennes fortsatta viskningar:

"Det där jag sade till dig igår, om att du inte är mitt barn, att du inte är min dotter… Jag kan endast föreställa mig hur det måste ha låtit, jag var så upprörd då. Men jag vill ändå att du ska förstå, att jag talade sanning. Jag sade det inte för att vara elak, jag sade så för att jag sörjer verkligheten. Jag sörjer det faktum att jag vet, att när du får veta sanningen, så kommer jag ha förlorat dig för alltid. På riktigt. Då har jag inget barn längre." Hedda var förstummad. Hon vågade inte röra sig eller tala, hon ville bara att Hillevi skulle fortsätta. Så hon satt tyst och stilla, och lyssnade på det hon hade att säga.

"Du vet hur jag arbetade som lärare innan vi fick dig…" Hedda nickade stillsamt.

"Jo, du vet väl, för hur hade det kunnat undgå dig… att jag och din far inte var barnlösa av val. Redan som ung fick jag klart för mig att jag skulle ha svårt för att bli med barn. När jag och pappa först träffades såg vi det aldrig som ett problem att inte ha några barn, utan snarare som en lättnad. Jag hade mitt arbete, och pappa hade gården att ta hand om. Våra liv rullade på utan att vi hade en tanke på att något saknades, men så blev vi äldre, och när alla våra vänner började få barnbarn så var det som om något brast. Vi båda kände det. Men du vet, vi var över femtio och att adoptera kändes som något vi var alldeles för gamla för, så vi trodde att det inte fanns något hopp. Det var inte tänkt att bli som det blev, jag bara kunde inte låta henne sova under en bro med sin stora mage…" Hillevi slöt ögonen hårt och tystnade, uppenbarligen smärtade det att berätta något hon svurit evig tystnad om. Hedda kände på sig att hon redan visste svaret, men ändå frågade hon:

"Vem kunde du inte låta sova under en bro?"

"Din biologiska mamma. Hon var en av mina elever på högstadiet. Hon var bara fjorton när hon blev gravid. Jag visste självklart inte om det i början, men så småningom så blev det svårt för henne att dölja. Hennes pojkvän, alltså din biologiska pappa, var en odugling som genast flydde fältet när han fick reda på att hon väntade hans barn, och hennes föräldrar var, ja... låt oss bara säga att de inte var de mest omtänksamma människor jag träffat. Hur som helst så märkte jag att flickans prestationer sjönk bemärkningsvärt, så en dag satte vi oss ner i mitt klassrum, hon och jag, och pratade. Det visade sig att hennes pappa hade slängt ut henne ur huset i samma sekund som han fått reda på att hon var gravid, och i en månad hade hon levt på gatan. Hon var i femte månaden då, och trots att jag alltid varit strikt med att aldrig bli vän med mina elever, så insåg jag ju att hon inte kunde föda barn på det viset, så jag lät henne flytta hem till oss. Det fanns väl ingen riktig plan med det hela, annat än att jag tänkte att hon kunde få bo med oss tills hennes föräldrar tog tillbaka henne. Men veckorna gick och desto större hennes mage blev, desto mindre pratade hon med sin mamma. När det endast var ett par veckor kvar så gick det tillslut upp för mig att den här flickan inte skulle flytta tillbaka till sina föräldrar, så jag började leta efter ungdomsboenden eller fosterfamiljer, jag ringde till och med till en och annan kvinnoklinik, men det ledde ingenvart. Det stackars barnet hade ingenstans att ta vägen, det fanns inte ens en släkting som var villig att ta sig an henne. Och hon var ju inte föräldralös, så inte kunde vi adoptera henne heller. Det hela var en enda stor röra. Tre dagar innan du föddes kom hennes mamma hit och sade att om flickan gav bort barnet, så skulle de låta henne komma hem igen, annars var hon aldrig mer välkommen. Jag försökte övertala din mamma att lämna dig, men hon var lika förbannat envis som du är. Hon bad mig fara åt helvete, gång på gång, sade att hon hellre skulle dö än se barnet växa upp hos någon annan. Stackarn förstod sig inte på vad hon gjorde… Men, barn föds i tid och otid, oavsett om du ber om det eller inte. En stormig natt kom du till oss. Du var så angelägen om att komma ut att vi aldrig ens hann förstå att du var på väg, förrän det blivit försent att ringa efter ambulans. Du föddes i en bäddsoffa, men du skrek aldrig. Du bara stirrade på oss med de där mörka ögonen. Hon ville hålla dig direkt när du kom ut, men det var motvilligt jag lade dig vid hennes bröst. Men när ni såg på varandra för första gången…Åh, hon älskade dig mer än någonting annat i hela världen, det vet jag. Och det var därför det var så…så sorgligt att… att du bara låg vid din mors bröst i en och en halv timme innan hon dog."

Hillevi drog efter andan, tårar vätte hennes kinder. Hon stirrade uppgivet ner på sina svullna fötter i gräset. Hedda hade aldrig sett henne i sådana plågor, men det var som om hon såg den gamla kvinnan bredvid sig genom ett spegelglas. Hon såg hennes lidande, men ändå kunde hon inte nå henne. Hedda var fast i det hon nyss fått berättat för sig. Hon hade alltid vetat att hon kom från andra människor, men hon hade aldrig haft modet att fråga. Det hade aldrig verkat viktigt nog för att ta risken det inneburit att kräva sanningen. Det hade aldrig känts så verkligt. Hon hade haft en mamma som burit henne inuti sin kropp, som hade älskat henne mer än hon älskat livet självt, som delade samma blod och samma gener. Känslan var bitterljuv. Hennes hjärta skrek av begäret att veta vem hennes mamma varit, och samtidigt sköljde sorgen våldsamt över henne likt tidvattenvågor som slungas mot en redan trasig mast. Hur kunde hon sörja förlusten av någon hon aldrig träffat?

Kanske var det att hon aldrig hade känt sin mamma, som gjorde det så mycket värre. Tanken av hur annorlunda allting hade kunnat varit kändes hånfull, allt det hon hade kunnat få, bortryckt från henne, för vad? Orden rann ur hennes mun innan hon ens visste att hon skulle säga dem:

"Vad dog hon av?"

"Moderkakan förlöstes aldrig, eller jo, fast… den var inte hel när den kom ut. Delar av den blev kvar i livmodern, så hon förblödde." Hillevis röst var sträv, aktsam. Hedda visste bättre än att tro att det var av vördnad, hon visste att aktsamheten berodde på skulden som aldrig skulle kunna tvättas bort. Sorg blev till vrede och tårarna blev till eld. Hedda reste sig våldsamt ur stolen, slängde ut armarna och skrek:

"Och ni gjorde ingenting? Du vet vad som händer om inte hela moderkakan kommer ut! Du har förlöst hundratals djur! Varför ringde ni inte efter hjälp? Eller körde oss till sjukhuset? Ni hade kunnat rädda henne! Jag hade kunnat ha en mamma!" Rösten sprack. Hedda sjönk ner i stolen igen, begravde ansiktet i handflatorna och viskade:

"Hon hade kunnat leva. Min mamma hade kunnat leva." Hillevi såg på barnet hon kallat sin dotter i så många år. Gråten gjorde halsen tjock och orden svaga, hon viskade:

"Du förstår inte! Hon var bara fjorton! Hon kunde inte ge dig något liv!"

"Så du lät henne dö?"

"Vad skulle jag ha gjort? Det fanns ingen tid. Jag hann inte ens förstå att hon var död förrän... Jag gjorde det för din skull..."

"Hon var min mamma! Hennes kropp hade burit mig i nio månader! Hon hade min modersmjölk i sina bröst och hon älskade mig! Min mamma älskade mig! Hur kunde du ta henne ifrån mig?"

"Jag tog henne inte ifrån dig! Jag kunde inte rädda henne! Och dessutom så... Jag älskade dig också! Jag visste att hon aldrig skulle kunna ge dig det jag kunde ge dig så jag lät henne... jag lät henne dö." De sista orden var inte mer än en flämtning. Hedda ville inte tro på det, men vad hade hon för val? Blicken blev suddig av tårarna när hon blickade upp från handflatorna och mötte den hon en gång kallat moder med iskall blick. Hennes inre kändes som om det stod i lågor. Hon sökte djupt i Hillevis blick, men såg inte så mycket som ett uns av ånger. *Må hon ruttna.*

"Hedda, jag vet att du aldrig någonsin kommer att förlåta mig för det jag gjorde mot den där flickan. Men, snälla försök att förstå varför…"

"Varför du dödade min mamma? Hur törs du be mig förstå? Du har en förgiftad själ."

"Jag vet."

Hedda mådde illa. Hennes hjärta rusade och hon kämpade ständigt emot viljan att springa därifrån. Hon visste inte ens varför hon kämpade emot flykten så starkt, vad hade hon för anledning att stanna? *Jag stannar därför att jag åtminstone vill få veta min mors namn.* Tårarna rann saktare nerför Hillevis kinder nu, och när hon tog till orda igen hade rösten fått tillbaka lite kraft:

"Jag vet att det är fel och att jag inte har någon som helst rätt att be dig stanna och lyssna, precis som jag inte hade någon rätt att låta flickan dö. Och jag vet att du hatar mig och jag kan bara hoppas att du inte låter det hatet ta över ditt liv, så lyssna." Hedda rörde inte en min, hon lät tystnaden tala i hennes ställe. Hillevi fortsatte:

"Minns du Kiriti?"

"Varför skulle jag ha glömt honom?"

"Så du minns, hur han blev gammal och sjuk och jag ville få ett slut på hans plågor…"

"… genom att sätta en kula i skallen på honom."

"Men du lät mig aldrig ens komma nära honom, du sov i stallet på nätterna och vaktade vid hagen på dagarna. Du såg honom bli sämre och sämre, men ändå lät du mig inte skjuta honom. Minns du vad jag gjorde då?"

"Du smetade honung över en tysklönns frökapslar, som du lade i hans krubba på kvällen. Du sade att det skulle lindra hans smärtor. Du ljög för mig så att du skulle kunna förgifta honom. Han var död inom en timme."

"Förstår du nu? Hon ville så gärna få vara din mor, men när hon dog så visste vi att skulle hon inte själv få uppfostra dig, så hade hon velat att du skulle bli vår. Jag gjorde det som var rätt. Oavsett vad du tror. Det var inte helt enkelt att få adoptionen att gå igenom heller. Socialen ville ge dig till dina biologiska morföräldrar, som inte ens ville veta av dig. Men tillslut så blev du vår ändå. Åh, mitt hjärta, snälla säg att du förstår. Du betyder allt för mig" Hedda skulle aldrig förstå. Hon reste sig från stolen, vände sig mot Hillevi och innan hon gick sin väg frågade hon lugnt:

"Vad var hennes namn?"

"Hiya Aibel, och hon döpte dig till Iana."

8

Henrietta satt vid det lilla bordet i stugan med huvudet i handflatorna och stirrade ner i kaffekoppen framför henne. *Det här går inte*, tänkte hon förgäves. Hon var fast i en spiral som hon inte kunde ta sig ur. I en värld där hedersamma arbeten enbart gick till de mest giriga så var det ingen gåta att de som inget krävde heller inget fick. Hur länge skulle hon kunna försörja sig genom att sälja sin kropp? Hur många fler kunder skulle hon möta innan hon skulle låta hatet vinna? Fanns det någon gräns på olycklighet? Skulle själen kunna bli hel, eller skulle den förtäras av mörkret som växte inom henne? Alla dessa frågor, men inga svar.

Hon lät blicken färdas ut genom fönstret som vette mot skogsbrynet. Långt in bland granar och tallar såg hon skymten av Theodores röda tröja. Han stod stilla med sina ögon fäst vid den gråmulna himlen som sorgset och stillsamt grät ut sitt regn. Armarna höll han ut som om han inväntade en omfamning som aldrig skulle komma. Henrietta visste att han gått ut för att söka Guds beskydd från demonerna som aldrig lät honom vila, och hon kunde bara be för att Herren skulle visa honom kärlek. Hon kände alltför väl till hur Herren kunde vara lika grym mot de som felat, som han var god mot de som gjorde det rätta. Hur djupt hon än ville tro på att Theodore var godhjärtad, så kände hon honom inte nog för att veta om det skulle vara tillräckligt i Herrens ögon.

Hon hade enbart känt honom i ett par veckor, och trots att hon tagit honom till sig som sin egen familj, så visste hon inte mer än fragment av det han varit med om tidigare i sitt unga liv. Hon hade mött honom en sen kväll när hon gått hem från en kund. I mynningen av en gränd hade han legat på en gammal kartong från en bananlåda. Med tårar i ögonen och ett fast grepp kring sitt krucifix hade han blickat upp på henne där hon kom gåendes längs med gatutrottoaren. I vanliga fall så brukade hon bara gå förbi de hemlösa utan att ägna dem så mycket som en blick, med det var någonting med de utsvultna ögonen som hade fått henne att stanna. De hade inte yttrat många ord till en början, men när hon fått reda på att han inte hade ätit på tre dagar så hade hon lyckats få med sig honom upp från marken och köpt dem båda varsin hamburgare. I det milda månskenet stod de och åt, och för varje tugga så hade utmattningen blivit alltmer synlig i Theodores ansikte. Efter midnatt hade Henrietta beslutat sig för att låta den unge mannen följa med henne hem, men bara för att han skulle få vila upp sig och inget mer. Men väl hemma i stugan så hade det ena lett till det andra, och snart hade en natt blivit till tre dagar, och sedan till en vecka, och nu hade han bott hos henne i fjorton dagar. Det var inte så att hon älskade honom, men hon visste hur svårt det kunde vara att komma på fötter igen efter att man fallit ner till marken i ett land där skyddsnätet hade väldigt många revor. Dessutom så var han det närmaste gott sällskap hon kunde komma i sina stunder av ensamhet. Så hur tom hans närvaro än gjorde hennes plånbok så lät hon honom stanna, för vart annars skulle han ta vägen?

9

Det fanns inget fridfullt med sättet Hedda gick utmed hamnen den kvällen efter att hon återlämnat hyrbilen. Hennes blick var riktad ner mot marken och benen förde henne raskt framåt medan milda vindar blåste hårtestarna som tagit sig loss från flätan kring hennes ansikte. Hennes ilska fick henne att öka takten omedvetet, och hennes mage vände sig. Hon avskrev det som hunger och tänkte inget mer på det. Det enda hon inte lyckades skaka av sig var känslan av att något inom henne var döende. Galenskap, såklart. För hur kunde någon som redan förlorat så mycket, förlora ännu mer?

När hon blickade ut över sjön så kände hon hur världen stod på ända. Ingenting var som det skulle den kvällen, och ingenting skulle någonsin bli detsamma igen. Ibland var det som om de mest galna tankarna i själen var det enda som hade någon mening. Ett mörker var annalkande, det visste hon så säkert som märgen fanns i hennes ryggrad. Hon hade bara aldrig trott att det skulle vara så illa.

Det dröjde inte länge innan hon var tillbaka i det närmsta hon skulle kalla hem, och låg invirad i sitt täcke i sängen och försökte att inte tänka på varför det var så kallt. Trots att det var högsommar och den ljumma kvällsluften tog sig in genom de öppna fönstren, så kunde hon inte sluta skaka. Det kändes som om hennes insida stod i brand, som om hon kunde känna rökdoften från lågorna inom henne var gång hon andades ut. Men hennes armar och ben var knottriga av kyla som om hon stod naken mitt ute i en snöstorm. Hon hade bara fått i sig några skedar av gröten hon tillagat till sig själv när hon kommit hem, men det var inte hunger som fick hennes mage att värka. Hon huttrade så våldsamt att kroppen skakade och tänderna skallrade, ändå rann svettpärlor nerför hennes panna.

Allteftersom natten sänkte sitt naturliga lugn över staden utanför, och månen kastade sitt svaga ljus in genom de stora, välvda fönstren, så blev Heddas krämpor allt värre. Smärtan i magen hade först sträckt sig till hennes rygg och sedan vidare ner i bäckenet, tillslut skälvde hela hennes underkropp av värkarna. Hedda förstod ingenting av vad som hände. Hon var livrädd men förmådde sig inte att ta sig hela vägen till sin telefon på köksbänken för att ringa efter hjälp. Så hon låg kvar i sängen, och vred sig i sin smärta. Våndan fördunklade hennes sinne, så när blodet började väta hennes lakan så märkte hon det inte förrän det täckte halva madrassen. Hennes första och enda tanke vid åsynen av allt blod var: *Nu dör jag.* Men det slutade inte, dödens lättnad kom aldrig. Värkarna bara fortsatte att tillta i kraft under nattens gång.

Det var inte förrän morgonsolens orangeröda sken började klättra uppför horisonten som smärtorna började avta och värkarna minskade i intensitet. Vid det laget hade Hedda fallit ur sin säng när hon kastat sig av och an i krämporna, och hon satt lutad mot sängen omgiven av en liten pöl av klumpblandat blod. I händerna höll hon det minsta barn hon någonsin sett, inte större än en vindruva, men oundvikligt för alla som kunde se, ett barn. *Hennes* barn.

Hon stirrade på den livlösa lilla kroppen hon höll i handflatan. Hon visste inte hur länge hon hade suttit så. Tiden så som hon hade känt till den hade upphört i samma sekund som hon fått syn på den lilla klumpen mitt bland allt blod. Först hade hon inte vågat röra den, hon ville inte få bevisat för sig det hon vägrade tro. Att hon hade fött ett barn, eller i alla fall ett foster, en cellklump för den som var oförmögen att känna. Det hade varit ett missfall. Hon hade varit gravid. Någon hade levt inom henne utan hennes vetskap. Det kändes fortfarande för omöjligt för att kunna vara sant, men samtidigt så höll hon ju beviset i sina händer. Hur kunde hon inte tro det hon såg med sina egna ögon. Ett barn av hennes kropp.

Blod av mitt blod, varför kunde du inte få ha levat?

Hon hade inte kunnat röra sig från där hon satt även om hon så hade velat, smärtan skulle ha slagit henne till golvet direkt, så hon kunde inte tvätta sitt barn för att se det tydligare. Allt hon kunde göra var att stryka med fingret över den lilla, ofärdiga kroppen i ett försök att ge någon slags kärlek överhuvudtaget.

Det fanns inte mycket att se, men Hedda kunde ända urskilja huvud från torso och armknoppar från benknoppar. Det var mer än tillräckligt för att få henne att känna kopplingen. Det där omedelbara bandet som skapades mellan en mor och hennes barn. Oavsett om det var när spädbarnet lades upp på bröstet efter födseln, första omfamningen av adoptivbarnet, eller om det var vid första anblicken av ett livlöst foster. Det fanns inget sätt att namnge kopplingen. Det fanns ingen logisk, vetenskaplig förklaring. Det bara fanns där. Lika självklart som att solen steg vid gryningen, lika momentant som en blinkning.

Det värsta var att se de där mörka hålen som skulle ha blivit ögon. Barnet var mer likt en larv än ett riktigt barn, men Hedda såg inget annat än perfektion. Hon höll en del av sig själv i sin handflata, hon höll *sitt barn* i händerna. Det var något hon aldrig trodde att hon skulle få göra. Innan hon själv visste att hon skulle göra det så lyfte hon händerna närmare ansiktet, slöt ögonen och kysste mjukt sitt barn. Hon blev chockad av mjukheten i dess kropp. Hon hade förväntat sig att det skulle vara som att kyssa en sten, men det var motsatsen på alla sätt och vis. Trots att hon visste att barnet var bortom räddning så hade hon fortfarande svårt att förstå alltsammans. En irrationell del av henne ville tro att eftersom dess kropp fortfarande var varm, så fanns det en liten chans. Men när hennes läppar torkat av lite av slemmet och blodet, så såg hon hur kroppen hade bleknat. Ett så litet liv, hur älskat det än var, var inte ämnat att överleva.

För endast några timmar sedan så hade hon varit så övertygad om att hennes liv hade varit så fyllt av plågor att det omöjligen kunde finnas en smärta hon ännu inte upplevt. Så fel hon hade haft. Ingen och ingenting kunde ha förberett henne på det hon kände när hon satt med sitt döda barn i händerna. Inget av det Hillevi hade sagt dagen innan, ingen av sorgerna hon känt som barn, inte ens sorgen från att ha förlorat sin älskade farmor. Ingenting av det kom ens nära det hon kände i den stunden. Det enda som påminde henne om samma smärta var när hon trott att hon förlorat Estrid, bägge gångerna, men samtidigt så var inte ens det samma sak. Barnet, *hennes* barn, var dött. Ingenting skulle någonsin få det tillbaka, och för första gången i sitt liv så förstod vad det innebar att vara villig att döda för den hon älskar.

En tanke som blivit blockerad av chocken kröp sig sakta inpå i samma långsamma takt som solen steg utanför hennes fönster. Hur hade barnet ens kommit till? Någonstans i hennes undermedvetna mindes hon hur åskan hade sjungit sina klagosånger, hur blixten slagit ner som i ett vredesutbrott, hur hon varit så ensam den kvällen. Hon mindes känslan av hans hud mot hennes, hur han med tårar i ögonen hade viskat hennes namn i lyckan över att äntligen få röra vid henne, vara nära henne, på det sättet igen. Hon mindes hur hennes kropp blivit ett med hans, hur de hade älskat en sista gång. Hon mindes hur det hade varit ett sätt att säga farväl till en man hon en gång i tiden hade trott att hon skulle älska tills den dagen hon dog. Hon insåg hur ingen utav dem hade kunnat ana att det som var slutet på ett liv, blev början på ett nytt.

Det hade tagit lång tid för Hedda att ens ta sig upp från golvet, att resa sig från sängen kändes omöjligt. Så hon lade sig ner på de blodiga lakanen igen och drog täcket över sig, trots att feberfrossan hade avtagit. Där blev hon liggande. Timmarna gick, men hon förmådde inte att röra sig, och hon släppte aldrig taget om barnet. Hon höll det kvar i sin hand utan att egentligen veta varför. Så småningom så koagulerade blodet i lakanet, tillslut så frasade det varenda gång hon rörde sig. Men hon brydde sig inte. För varenda sekund som chocken blev lite mindre, så blev sorgen allt större. Sanningen hade börjat landa, och det var outhärdligt.

Hon låg som förstummad i sängen, med det klibbiga barnet omsluten av hennes fingrar tills nattens mörker sänkt sig än en gång. Månen var dold bakom tjocka moln den natten, som om den ville visa sin respekt genom att hålla sig undan. Trots molnen så släppte sommarnatten ändå in ett svagt sken genom hennes fönster som sken upp tillräckligt av golvytan för att hon skulle kunna hasa sig bort till toaletten när behovet av att kissa blev tillräckligt stort för att tränga igenom den andra smärtan. Hon satt på toalettstolen i en kvart innan hon slappnade av nog för att kunna lätta på trycket. Fortfarande höll hon barnet i sina händer. För ett ögonblick så övervägde hon att spola ner det i toaletten, men den tanken försvann lika snabbt som den kom. Hon kved till av smärta när hon tillslut reste sig från toaletten igen och började hasa tillbaka till sängen. Hon insåg att hon lämnade ett blodspår bakom sig, men vad spelade det för roll?

10

Hedda hade inte somnat, men för henne kändes det ändå som om hon väcktes av den irriterande ringsignalen som ljöd vid klockan åtta nästa morgon. Utan att ägna en tanke åt det faktum att sängen var blöt av färskt blod så bokstavligen rullade hon ur sängen och kröp fram till köksbänken. Hon höll fostret i en hand och tog hjälp av en stol för att sträcka sig efter mobilen. Så fort hon kände sina blodiga fingrar gripa tag om manicken så föll hon ihop på golvet igen. Displayens starka ljus bländade henne, men fingrarna visste per automatik vad de skulle göra. Med släpig röst sade hon in i mobilen:

"Hallå?"

"Hedda?" Hedda visste att hon kände igen den bestämda kvinnorösten som svarade henne, men hennes hjärna var för trött och vilsen för att kunna identifiera rösten. Det enda hon fick fram var ett lågmält hummande, varpå kvinnan rappt frågade:

"Ligger du och sover?"

"Nej." Hennes röst var bräckligare än hon själv förstod, och hon började redan bli frustrerad över telefonsamtalet. Hon ville inget hellre än att få återvända till sängen. Hon var på väg att lägga på när kvinnan sade allvarligt:

"Men varför är du inte på jobbet då?" Hedda insåg med detsamma vem det var hon pratade med, och insåg också att hon aldrig hade brytt sig mindre om sitt arbete. Hon harklade sig och sade långsamt och lågmält, nästan som en viskning:

"Jag är sjuk."

"Men du är ju aldrig sju..." Innan kvinnan ens hann avsluta meningen så hade Hedda avslutat samtalet. Hon stängde av mobilen och slängde den i väggen innan hon sakta kröp tillbaka till sängen. *Fan ta hela världen.*

Zaafir stod utanför Heddas dörr med handen höjd i luften som om han var på väg att knacka. Handen stannade där av någon anledning, han förmådde sig inte knacka, i rädsla för att det bara skulle göra det hela värre mellan dem. Var han ärlig mot sig själv så visste han inte ens varför han var där. Han hade redan gått in och ut genom den olåsta porten och upp och nerför trapporna fem gånger om. Hela dagen hade han haft svårt att fokusera på sitt arbete eftersom hans huvud varit upptaget med att tänka på Hedda. En del av honom tyckte det hela var barnsligt. Det var hon som hade blivit upprörd, inte han. Det var hon som drivit undan honom, så varför skulle han be om ursäkt? Det var den delen av honom som fått honom att gå nerför trapporna och ut genom porten. Men samtidigt så stod han inte ut med hur han hade lämnat det mellan dem, och han kände sig skyldig att be henne om förlåtelse, trots att det inte bara var han som gjort fel. Han hade försökt att ringa henne flera gånger under dagen, och för vartenda telefonsamtal som hon inte svarade på, så hade han blivit alltmer orolig. Den oron hade varit tillräcklig för att få honom att köra direkt till Heddas hem efter jobbet istället för att hämta Skrållan som vanligt, och det var den oron som drivit honom uppför trapporna gång på gång.

Tillslut så insåg han att det var en lönlös kamp mot sitt hjärta att försöka gå därifrån en sjätte gång, så han lät sin knutna näve studsa mot dörrens yta. Inga fotsteg hördes, inget rop om att stiga på, så han knackade igen, och igen. Kanske var hon inte hemma? Medan hans sinne redan börjat fundera över vart annars hon skulle vara så lutade han sig närmare dörren och sade högt:

"Hedda? Det är Zaafir, jag vet att vi inte direkt pratar just nu. Och om du är därinne så vill bara att du ska veta att det är okej… vi behöver inte prata och om du vill att jag går så gör jag det. Men snälla kan du bara öppna dörren så jag får se dig? Jag vill bara veta att du mår bra, och sen lämnar jag dig ifred." För ett ögonblick så tyckte han sig höra ett svagt ljud komma inifrån andra sidan dörren, men han antog att det bara var vinden. Så han gav upp och började gå nerför trappan igen när ljudet av en dörr som öppnades nådde honom och han snabbt snodde om. Hedda stod inte i dörröppningen, men dörren var öppnad och stod på glänt. Med något tveksamma steg så klev han tillbaka uppför de få trappsteg han hunnit gå nerför och tryckte försiktigt upp dörren. Först trodde han att ett spöke öppnat dörren åt honom, men sedan lät han blicken falla och där satt hon. På golvet vid hans fötter, med nerblodade, bara ben, iförd inget annat än en för stor, grå t-shirt satt hon hopkrupen som en trängd mus. Hennes hud var blek och hennes ögon var röda och puffiga. Håret föll över hennes axlar som ett svart vattenfall över ett klippsprång. Hon såg upp på honom med desperat blick och han sjönk ljudlöst ner till henne. Allt han ville var att få hålla om henne och trösta henne, men hon såg så bräcklig ut att han var rädd för att minsta lilla beröring skulle få henne att falla isär likt en porslinsvas som faller ner på ett stengolv. Hon började skaka. Han lät sina fingrar följa linjen av hennes kind ner till hennes haka där han kunde lyfta hennes ansikte så att hon såg in i hans ögon. Han viskade utan att dölja sin oro:

"Vad har hänt?" Hon svarade honom inte, utan lät istället blicken falla ner på sina händer igen. Sakta öppnade hon sina slutna händer. I hennes handflata låg vad som såg ut som en liten, blodig larv. Först förstod han inte alls, men när hans blick återigen drogs till hennes nerblodade ben, så förstod han med detsamma.

"Åh, Herregud!" Han tog henne i sin famn och höll henne så hårt han vågade. Hedda kurade ihop sig mot hans kropp och han kände hur hon blev allt tyngre i hans armar. Hon gav ifrån sig en kvävd snyftning, men sade ingenting. Zaafir viskade med ansiktet begravet i hennes hår:

"Varför har du inte sagt någonting? När hände allt det här?" Hedda förblev tyst. Zaafir kände hur tyget vid hans bröst blev vått av hennes tårar. Han sade:

"Du behöver hjälp, Hedda."

Först trodde han att hon drog sig undan för att säga något, men istället så sköt hon honom långsamt ifrån sig med förvånansvärd styrka i armarna. Hennes blick föll ner på golvet igen, och hon drog sig närmare dörren så att hon kunde luta sig mot dörrkarmen. Zaafir förstod inte vad hon ville, allt han kände var hur hans egen oro och rädsla växte vid åsynen av blodspåret hon lämnade efter sig. Han följde blodet med blicken, reste sig och började sakta gå längs med de djupröda fläckarna. Det första han såg när han gick längre in i hennes hem var inte sängen och blodpölen, utan alla kartonger och varukassar som fortfarande stod där han själv hade lämnat dem för flera dagar sedan. Varför hade hon inte plockat upp dem?

Han gick närmare en utav kassarna som hade matvaror i sig, den såg helt orörd ut. De få möbler han övertalat henne att köpa låg fortfarande i separata delar i sina kartonger, och de nya handdukarna, pappersrullarna och de två filtarna han valt ut till henne låg fortfarande på golvet. Vad hade egentligen hänt? Vad hade han missat?

Tillslut så fick han syn på sängen och genast kom känslan av att en knut bildades i magen. Det var så mycket blod. Blod på lakanet, blod på täcket, blod på golvet. Han smög närmare för att se hur färskt det var. Koagulerat blod blandades med färskt blod. Paniken började stiga inom honom. Vad hade han tänkt när han lämnat henne i skithålan hon envisades med att kalla hem? Det var inte första gången han såg så mycket blod, med det var annorlunda nu. Det var Heddas blod, och hon kanske skulle dö på grund av hans ignorans.

Han slet blicken från sängen och såg istället på Hedda igen. Han försökte fånga hennes blick, men den var som fastetsad i golvbrädorna. Han sade så bestämt han förmådde:

"Du behöver få vård, du måste träffa en läkare."

"Nej." Zaafir trodde han hört fel. Det hon sagt hade inte varit mer än en hes viskning, och hon såg inte upp på honom. Han klev närmare henne och sade:

"Va?"

"Nej." Den här gången så gick det inte att missuppfatta vad hon sagt.

"Vadå nej? Vad menar du med nej?" utbrast Zaafir upprört. Trots att han inte hade menat det, så hörde han sin röst bli förändrad. Han lät argare, mer angelägen. För ett ögonblick så var det som om Hedda kom tillbaka. Hon såg in i hans ögon med vrede i blicken och sade allvarligt:

"Jag menar nej, som i nej!" Lika snabbt som hennes vrede anlänt, lika snabbt var den försvunnen, och hon sjönk ihop med blicken på golvet igen, utmattad. Hon viskade:

"Vad finns det som en läkare skulle kunna säga mig, som jag inte redan vet? Jag fick ett missfall. Mitt barn dog. Det finns inget mer att säga om det." Zaafir kände hur han blev alltmer otålig, men han tvingade ner sig själv på knä framför henne och sade:

"Men du behöver hjälp. Du har förlorat så mycket blod, Hedda." Flera sekunders tystnad passerade, sedan viskade hon:

”Så hjälp mig då.” Zaafir suckade ljudligt. Det han ville göra var att skrika, men istället så gick han närmare Hedda, plockade upp henne i famnen och reste sig upp. Han hade ingen aning hur han skulle kunna hjälpa henne om han inte fick ta henne till sjukhuset, men det bästa han kunde göra var att ta det steg för steg. Steg ett: få upp henne från golvet.

Han bar henne till hennes säng, eftersom det var det enda mjuka att sätta ner henne på som han kunde se. I ljuset från fönstret bredvid sängen så såg han hur blek hon var, och när han hade satt ner henne på sängkanten så frågade han:

”Hur längesen var det du åt eller drack?” Hon ryckte på axlarna och sade med hes röst:

”Vilken dag är det?” Okej, så det var steg två: Få i henne vätska och näring. Han gick fram till köksbänken där en skål med kvarbliven gröt stod, och lyckligtvis, en mugg. Han fyllde muggen med vatten och återvände till Hedda. Eftersom hon inte sträckte sig efter att själv hålla i muggen så förde han den till hennes mun och lät henne dricka. Det lättade hans oro något att se henne dricka stora klunkar med vatten tills muggen var tom. Han gick tillbaka till köksbänken för att hämta mer vatten. De upprepade processen tre gånger till. Trots att vattnet tycktes ha gjort väl, så såg Hedda inte ut att må bättre, och Zaafir började inse att han behövde hjälp, oavsett vad Hedda tyckte om det. Han ställde ifrån sig muggen och gick och satte sig ner på huk i blodpölen framför Hedda. Han kunde inte fånga hennes blick, men han kände att hon lyssnade på honom. Han sade med försiktig röst:

"Jag kommer att ringa efter hjälp nu, oavsett vad du tycker." Han inväntade ett svar i några sekunder, men när hon förblev orörlig och tyst så reste han sig. I samma sekund som han vände sig bort från henne så kände han en kall hand greppa tag kring hans handled. Han stannade och vände sig om. Hennes blick var fortfarande på golvet när hon sade:

"Ingen ambulans och inget sjukhus..." Hon såg äntligen på honom innan hon fortsatte:

"… annars förlåter jag dig aldrig."

"Jag vet" svarade Zaafir lågmält. Hedda släppte taget om honom och han gick ut utanför hennes dörr. Han stannade i trapphuset och ringde den enda människan han visste han kunde lita på. Den enda han kände som också var en mor som förlorat sitt barn. Han stod stilla med telefonen mot sitt öra medan han lyssnade på hur signalerna gick fram. När hon äntligen svarade så sade han:

"Mamma, jag behöver din hjälp. Nu."

Efter att Zaafir hade avslutat det korta samtalet med sin mamma så gick han tillbaka in till Hedda. När den initiala chocken lagt sig så var det som att han såg henne tydligare, och hon verkade så otroligt mycket sämre. Han betraktade blodet på hennes ben och fötter och händer och bestämde sig för steg tre: Få henne ren.

Zaafir klev in i hennes badrum och insåg till sin förtret att det inte fanns varken någon dusch eller ens något rinnande vatten utöver kranen vid handfatet. Det enda som fanns att tvätta sig i var ett trångt, gammalt plåtbadkar utan avloppsmynning. Det skulle ta honom åtminstone en timme att fylla karet med vatten från kranen, men vad hade han för val? Han gick tillbaka ut till köket och började leta efter något att koka vatten i och något att bära det i. Han kände för att jubla av glädje när han hittade en plasthink under den annars ödsligt tomma diskhon, och i skåpet över spisen så hittade han även en kastrull. Han fyllde genast kastrullen med vatten och ställde den på en spisplatta för att koka. Det var inte hans intention att fylla hela karet med kokvatten, men det var som reserv ifall han skulle ta slut på varmvattnet i kranen.

Under en kvarts tid så gjorde han inget annat än att springa fram och tillbaka mellan köket och badrummet för att fylla karet. Varenda gång han hällde i en till hink med vatten i karet så tyckte han det fylldes snabbt, men varenda gång han såg hur Hedda tycktes bli tröttare och tröttare, så kändes det som att karet fylldes outhärdligt långsamt. Tillslut så var han tvungen att avbryta för att gå ut och möta sin mamma. Vid det laget var en tredjedel av karet fyllt, men vattnet hade börjat rinna långsammare ur kranen i köket. Han stod på trottoaren utanför den gamla tegelbyggnaden med armarna i kors när han med lättnad såg hur en välbekant bil kom körande mot honom och parkerade bakom hans egen bil. Den åldrade kvinnan med osminkat ansikte, ljusbrun hy och håret insvept i en vacker sjal klev ur sin bil med ett oroat ansiktsuttryck. Hon log milt mot sin son och sträckte ut sina långa armar för att omfamna honom. Först var han på väg att dra sig undan, han ville inte slösa dyrbar tid. Men hon ignorerade hans signaler och fångade in honom i sin famn och tryckte honom mot sin väldiga byst. Hon kände hur han skakade, inte av gråt, utan av chock. Utan att släppa honom så sade hon mjukt:

"Hej, mitt barn."

"Hej, mamma. Tack för att du kom."

"Självklart." Hon lättade sitt grepp om honom och blickade upp mot den slitna tegelbyggnaden med trasiga fönsterlister och spruckna fönster. Det var uppenbart att hon inte försökte dölja vad hon tänkte. Som om hon försökte göra sig starkare och längre än hon egentligen var så sträckte hon på sin kropp och sade:

"Är det *här* den stackars flickan bor?" Zaafir endast hummade till svar. Hans mor såg bekymrad ut, men långt ifrån lika förskräckt som han själv hade sett ut första gången han hade sett Heddas hem. Hon harklade sig, tog ett bättre tag om sin handväska, såg in i sin sons ögon, och sade:

"Ta mig till henne." I tystnad så ledde Zaafir henne uppför trapporna och in i Heddas hem. När de precis kommit innanför dörren så stannade hon i en kort stund, han antog att hon bara försökte förstå vem som frivilligt skulle bo på ett sådant ställe. Han hade undrat detsamma flera gånger om. Sedan föll hans mors blick på blodet på golvet, och hon följde det hela vägen fram till Hedda. Vid åsynen av den bleka, nerblodade gestalten som satt orörlig på sängkanten med sina fötter i en pöl av blod, så var det som om hon vaknade till. Hon klappade sin son lugnande på armen, lade ifrån sig sin handväska på köksbänken, och gick lugnt och sansat fram till Hedda. Zaafir såg hur hon sjönk ner på huk framför Hedda. Han kände sig både lättad och oroad över att ha tagit dit sin mor. Han var glad över att inte behöva hantera det ensam, men rädd för vad Hedda skulle tycka om att han bjudit in en främling i hennes hem. Zaafirs mor talade till Hedda med samma omtänksamma ton som han själv hört varenda gång han hade ramlat och skrapat upp en armbåge eller knä när han var liten. Ännu gav det honom en känsla av tröst.

”Hej, mitt namn är Rania. Jag är Zaafirs mamma. Om du vill låta mig, så vill jag väldigt gärna få ta hand om dig nu.” Hedda sneglade på Rania, som om hon inte var säker på om hon ville lita på henne. Tillslut så nickade hon långsamt, och Zaafir kände hur hans axlar sjönk. Hedda rätade något på sig och sade:

”Men inget sjukhus.”

”Inget sjukhus. Jag lovar. Men då får du allt lov att hålla dig vaken och låta oss hjälpa dig bli frisk. Annars är det ett löfte jag inte kan hålla. ” Hedda nickade igen och Rania log sitt milda leende mot henne medan hon reste sig. Hon vände sig mot Zaafir igen och frågade:

”Vet du hur längesen det var hon åt senast?”

”Nej, men det var för längesen i alla fall… Jag fick i henne fyra muggar vatten tidigare, men det är allt.”

"Okej, det var bra. Det är nånting åtminstone. Se om hon har något te hemma, om hon har det så koka vatten och gör teet så starkt som möjligt. Det behöver hon." Zaafir nickade och dök ner i matvarukassarna på golvet, han kunde inte minnas om de hade köpt te, men han var säker på att det inte var något hon rankat som viktigt nog för att ha ståendes i skåpen oavsett vad. Medan han grävde runt bland frukter som snart skulle ruttna om de inte fick komma in i kylen snart så fortsatte Rania att tala med honom. Hon sade:

"Har du någon plan för hur vi ska tvätta av henne?"

"Ja, jag höll på att fylla upp hennes badkar med vatten innan du kom…"

"Har hon ingen dusch?"

"Nej."

"Det ante mig... Nåja, dusch eller inte så ska hon inte bada. Då kan hon få en infektion. Vi får göra på annat vis."

Zaafir stannade upp för ett ögonblick och vände blicken mot sin mor. Han var inte irriterad över det faktum att han fyllt karet i onödan, men det oroade honom att han nästan kunde ha orsakat Hedda en infektion. Rania såg skam skimra i sin sons ansikte och sade barskt:

"Hur kunde du ha vetat det? Sluta tänka på det nu och hjälp mig packa upp handdukarna här istället." Rania hade fått syn på de nya handdukarna som låg på golvet och insett hur hon kunde få Hedda ren. Medan hon och Zaafir började packa upp handduk för handduk så fortsatte hon:

"Jag kan använda vattnet du hällt upp i karet för att torka henne ren med blöta handdukar. Det kommer att ta lite tid men det får det göra, vi har inte bråttom." Zaafir var inte längre säker på om hon pratade med honom eller med sig själv, så han höll tyst och gjorde bara som Rania sade när han blev ombedd att lägga högen med handdukarna de plockat upp inne i badrummet. Ranias röst följde efter honom:

"Ta en hink av vattnet du hällt upp och ett par av handdukarna för att torka upp blodet från golvet." Zaafir tog två av handdukarna med sig ut till köket där han lade ner dem på köksbänken innan han tog fram plasthinken igen för att gå och hämta vatten från karet. När väl Zaafir bar ut hinken med varmvatten ur badrummet igen så hade Rania återvänt till Hedda. Hon satt framför henne igen, men nu höll hon vad som såg som en liten svart smyckesask i handen. Den var öppen och inuti låg rosa bomull, men inget smycke. Zaafir såg hur Hedda tryckte sina slutna händer mot sitt hjärta och skakade på huvudet. Rania höll fram smyckesasken som Zaafir antog att hon haft i sin handväska, med eller utan mening, och sade vädjande:

"Snälla, kära du. Jag vet att du inte vill släppa taget om det, men jag behöver få tvätta dina händer och dina ben, och då kan du inte hålla i det." Heddas blick granskade smyckesasken innerligt, som om hon övervägde det hela. Men sedan skakade hon upprört på huvudet igen och en tår singlade sig nerför hennes kind. Ranias uttryck mjuknade, som om hon ville be om ursäkt för något hon aldrig haft makt att styra över. Hon sade lågmält:

"Jag vet hur det känns att inte vilja släppa det ifrån dig. Man tror att så länge man håller kvar i hans hand eller dess kropp, så kan ens barn aldrig riktigt försvinna. Då kan de aldrig riktigt lämna oss. Men det är inte sant. Hur ont det än gör just nu, hur omöjligt det än känns att lägga ifrån dig ditt barn, så kan du inte få det tillbaka. Och jag tror att du förstår det själv också, inte sant?" Hedda nickade subtilt. Rania fortsatte:

"Det känner ingen smärta. Det känner inte av din närhet. Livet har lämnat kroppen för längesen. Att du håller kvar i det förstår jag känns som det enda logiska att göra, men det kommer inte att förändra någonting för ditt barn." Heddas händer föll ner i hennes knä istället. Finger för finger öppnades de slutna nävarna tills hon stirrade ner på den blodiga larven igen. Med försiktig röst sade Rania:

"Du har ett så vackert barn, Hedda. Låt mig få hålla det. Låt mig få lägga det i asken. Bomullen kommer att hålla det varmt." Med skakig hand så sträckte Hedda fram det lilla barnet mot asken och lade försiktigt ner det i bomullen. Hon bäddade om det, täckte hela lilla vindruvan med bomull. Sedan greppade hon försiktigt smyckesasken och stängde den. Hon såg upp på Zaafir med de där röda, puffiga ögonen, räckte honom asken och viskade:

"Lägg det på bänken är du snäll." Zaafir ville inte släppa henne med blicken. Det var det längsta hon hade sett på honom någonsin. Hans hjärta blödde för henne, men så mindes han vem det var som faktiskt blödde utav dem, vem som faktiskt behövde omvårdnad.

Så han tog försiktigt den lilla asken från hennes blodiga hand och gjorde som hon bett honom att göra. Rania hade följt dem med blicken, och när Hedda såg in i hennes ögon för första gången, så förstod den gamla kvinnan vad det var hennes son hade fallit för. Hon tog Heddas händer i sina och sade:

"Får jag lov att tvätta dig nu?" Hedda nickade.

"Kan du gå?" Hedda skakade på huvudet.

"Okej. Får jag lov att ta av dig din tröja?" Hedda nickade, och Rania reste sig och började med varsamma rörelser ta av henne det enda plagget hon hade på sig. Snart satt hon naken i sängen utan att försöka skyla sig på minsta sätt. Zaafir gjorde sitt bästa för att fästa blicken vid något annat. Han återgick till att leta efter te i matvarukassarna. Rania hade definitivt misstolkat hans och Heddas relation till varandra. Han hade inte ens hunnit stoppa ner handen i kassen när hans mors skarpa stämma avbröt honom:

"Zaafir, vad gör du? Jag kan inte bära henne själv!" Zaafir kände hur hans kinder rodnade, och han hoppades att det inte märktes. Rania fortsatte:

"Du får bära in henne till toaletten åt mig." Först tvekade han, men sedan mötte han Ranias blick och insåg att han inte hade något val. Utan att veta vart han skulle fästa blicken som inte var någonstans på Heddas kropp, så gick han fram till henne, lutade sig ner, och plockade upp henne i famnen. Han var plågsamt medveten om hennes nakenhet. I hans ögon var hon så otroligt vacker. Han trodde nästan han skulle snubbla när hon lade sina armar runt hans nacke, som en tillåtelse. Det var svårt för honom att se vart han skulle gå utan att blicken drogs till hennes blottade byst. Han böjde på nacken något så att hans mun var närmare hennes öra och viskade:

"Förlåt mig för det här." Hedda svarade honom inte, och hennes blick var fäst vid väggen framför henne. Men hon hade hört honom. Han var inte säker på om han hade inbillat sig det eller inte, men han tyckte sig se ett smalt leende dra i hennes mungipor. Han log roat och tänkte: *Du kommer att överleva.*

Zaafir bar in henne i badrummet och satte ner henne på toalettstolen som Rania gestikulerade åt honom att göra. Sedan föste Rania ut honom från det lilla rummet och stängde dörren. Hon tog en handduk från högen och lät den falla ner i karet med det ljumma vattnet. Efter att ha vridit ur den så satte hon sig på knä framför Hedda och greppade hennes hand. Med varsamma rörelser så torkade hon bort blodet från huden. Rania arbetade långsamt och i tystnad, hon kände hela tiden hur Hedda följde henne med blicken. Då och då så blötte hon handduken och vred ur den igen, sakta fick vattnet i karet en rosa ton. När hennes händer och armar var rena torkade hon av dem med en torr handduk, och sedan började hon med mjuk beröring tvätta av hennes ben. När några utav klumparna som fastnat på huden lossnade, såg Rania hur Heddas lår blev våta av tårarna som börjat rinna nerför hennes kinder. Det fick henne att minnas hur hon själv vägrat att tvätta sig efter att hon förlorat sin son, som om hon hade trott att en del av honom levde kvar i hennes hud. Medan hon strök den våta handduken över hennes underben så sade hon med låg röst:

"När jag förlorade min son, Kassem, så var det som om jorden jag stod på försvann under mina fötter. Han dog på sin tjugonde födelsedag. Hela dagen hade han spenderat med oss. Det var en så vacker junidag, inte ett moln på himlen. Vi hade kört till andra sidan sjön, och gått hela vägen upp till ett berg han älskade, och där stannade vi tills solen började gå ner. Vi hade packat med oss tillräckligt med mat för att överleva i en vecka, men ändå åt vi alltihop. Sen på kvällen skulle han åka hem till sin pojkvän, och han kolliderade med en mjölkbil. Bara sådär. Poff! Så fanns han inte mer. När jag fick reda på vad som hade hänt, så ville jag inte tro det. Det fanns ingen mening med att ta honom ifrån mig, han hade aldrig gjort så mycket som en fluga förnäm. Men ändå så var han borta. Jag skulle aldrig mer få se honom eller tala med honom. Aldrig få se honom gifta sig eller skaffa barn. Det tedde sig omöjligt för mig att ett liv kunde ta slut så snabbt, men ändå så hade jag inget annat val än att tro på sanningen." Hedda grät fortfarande, men hon lyssnade. Rania sköljde ur handduken och stannade i rörelsen för ett ögonblick när hon såg den desperata frågan som var skriven i Heddas blick. Hon vred ur handduken och svarade:

"Nej, det slutar inte göra ont, oavsett hur många år som går. Men det blir lättare att hantera. Lättare att prata om och lättare att tänka på, allteftersom tiden går. Den första tiden var jag vettskrämd, jag visste inte hur jag skulle leva utan honom. När jag lagade mat så gjorde jag alltid för mycket, och dukade fram för någon som aldrig skulle äta med oss igen. Jag kunde gå in i hans rum för att leta efter smutstvätt, bara för att påminnas om att han inte fanns där. Jag tappade snabbt räkningen över hur många gånger jag ropade efter honom om jag skulle någonstans, och hur många gånger jag var på väg att ringa honom och fråga var han höll hus så sent på kvällen. Så småningom så slutade jag med allt det där, en bit i taget. Fast jag har fortfarande inte förmått mig att ge bort hans saker. Hans pojkvän och mina barn fick ta det de ville, men resten ligger nerpackade i lådor i en garderob än i dag. En dag kanske jag kommer känna mig redo att skänka det vidare till välgörenhet, men inte än.”

Heddas ben var snart helt rena, och hon torkade sina kinder med händerna. Med svag röst sade hon:

”Pratade du någonsin med någon om det?”

”Nej, aldrig. Min man försökte få iväg mig till terapeuter jämt och ständigt, eftersom han hade hittat tröst och stöd i en sorgegrupp för föräldrar som förlorat sina barn. Men bara tanken på att berätta för någon utanför familjen kändes motbjudande för mig. Jag övervägde det hela ett par gånger, när jag inte lyckades komma iväg till jobbet bara för att jag hittade en av hans strumpor under soffan. Men varenda cell i min kropp sade nej, och jag var alldeles för orkeslös för att säga emot mig själv.” Hedda nickade långsamt som om hon lät orden landa i hennes inre medan hennes blick svävade till dörren. Hon viskade:

"Jag är så rädd att om jag inte kommer ut härifrån med ett leende på läpparna och är som mig själv igen, så kommer Zaafir att tvinga iväg mig till psyket." Rania skrattade till vid tanken, men sedan lät hon läpparna slappna av till ett moderligt leende. Hon lade två blöta fingrar på Heddas haka och vred tillbaka hennes blick. Hon såg in i hennes sorgsna ögon och sade:

"Av alla dem som trodde sig veta bäst om hur jag skulle komma över Kassems död, så var Zaafir den enda som aldrig sade någonting om det. Han vet vad det innebär att sörja, Hedda. Han skulle aldrig tvinga dig att göra något du inte vill, speciellt inte nu. Annars har jag gjort ett fasligt dåligt jobb med att uppfostra honom!" Hedda log. Leendet dog ut efter endast en sekund, men det var ändå det första leendet Rania hade sett sedan hon kommit dit. Hon fortsatte med samma sammetslena röst som Zaafir hade:

"Du behöver inte vara rädd. Han älskar dig." Hedda fnyste och stirrade in i dörren igen.

"Har han inte sagt det till dig än så är han dummare än jag trodde. Han älskar dig, det kan vem som helst se." Hedda svarade henne inte, och ingenting i hennes ansikte kunde avslöja vad det var hon tänkte heller. Rania förstod inte mer av vad deras relation egentligen var, annat än att det hela verkade onödigt komplicerat. Kanske skulle hon bli tvungen att ta sin son i örat om han inte slutade krångla till det så förbannat för sig själv.

Hon tvättade rent resten av Heddas kropp i tystnad, och sedan gick hon för att enligt Heddas instruktioner hämta Heddas väska med kläder. Trots att det inte fanns något mer att dölja så vände Rania ryggen åt Hedda medan hon klädde sig. Samtidigt som hon öppnade det lilla skåpet ovanför handfatet så sade hon:

"Du kommer att fortsätta blöda i några dagar till, och det kommer fortsätta göra ont, som kraftig mensvärk. Smärtan är inte farlig och du kan ta smärtstillande, men om du blöder jättemycket så vore det bra om du kollar upp det med din gynekolog. Var har du dina bindor?" Skåpet var tomt utöver en tandborste, tandkräm och en kam. När Rania såg sig omkring i badrummet så såg hon heller inte några spår av så mycket som en tampongask. Hedda svarade henne:

"Jag har inga."

"Varför inte?" Rania vände sig om igen så hon stod vänd mot Hedda som höll på att dra ett linne över huvudet när hon svarade:

"Jag har inte haft mens på flera år. Det här är det första jag har blött på… jag vet inte hur länge." Rania suckade och himlade med ögonen. Något hon snabbt ångrade och hoppades att Hedda inte hade sett.

"Jag tror jag har en i min handväska, vänta här." Rania försvann ut från badrummet och kom tillbaka en knapp minut senare med en fyrkantig plåtask i handen. Hon öppnade asken och räckte fram en binda till Hedda.

"Egentligen skulle du behöva en födselbinda, eller åtminstone en nattbinda, men det här är allt jag har så det får duga för stunden. Jag kan stanna till på vägen hem sen och köpa fler åt dig."

"Tack." Rania lämnade Hedda igen och gick ut till Zaafir som stod vid sängen och vek ihop sängkläderna till en enda stor truls. Golvet var skurat och avtorkat och till synes rent, och på köksbänken stod tre koppar med rykande varmt te.

"Duktig pojke." sade Rania lågmält.

"Är de värda att försöka rädda, tror du?" sade Zaafir och drog av örngottet på en av kuddarna. Rania plockade upp en tom kasse från golvet och gick fram till Zaafir.

"Nej, hon kommer inte att vilja sova på det där lakanet hädanefter ändå. Så lägg alltsammans här i så slänger jag det på vägen tillbaka sen."

Efter att ha konstaterat att även madrasskyddet var bortom räddning, och de lagt undan det tillsammans med resten av sängkläderna, så hjälptes Zaafir och Rania åt att bädda sängen i rena lakan igen. I samma sekund som Zaafir lade ner de noggrant vikta filtarna han fått henne att köpa på fotänden av sängen så steg Hedda ut från badrummet, iförd mjukisbyxor och linne. Hennes hår var kammat och uppsatt i en hög, slarvig bulle. Blekheten i hennes ansikte fanns fortfarande där, men till skillnad från tidigare så fanns det liv i ögonen. Hedda såg sig omkring. Inte ett spår av missfallet fanns att se, utöver högen med sängkläderna i kassarna bredvid ytterdörren, men även de hade blivit hoptrulsade på så vis att inget blod syntes. Hon lyfte blicken till Zaafir och sade lågmält:

"Oj... Tack." Rania kom gåendes med en kopp te i ena handen och två tabletter med paracetamol i den andra.

”Svälj de här, och drick det här.”

”Och sen?”

”Det är upp till dig.” Hedda svalde tabletterna med en klunk te. Det var ett örtte, så mycket kunde hon förstå, men det var för många dofter och smaker för att hon skulle kunna urskilja vilka örter det innehöll. Rania lade en hand på hennes arm och frågade:

”Vill du sätta dig ner?”

”Nej. Det gör ont att stå och det gör otroligt ont att gå, men det gör ännu ondare att sitta ner.”

”Jag förstår.” Hedda drack en klunk till av sitt te innan hon sade:

”Kan du hjälpa mig fram till bänken?”

”Självklart.” Rania lät Hedda luta sig mot henne medan de sakta gick fram till bänken där Hedda släppte taget om hennes arm, och istället lutade sig mot bänken. Försiktigt lyfte hon upp smyckesasken med fostret i. Rania och Zaafir plockade upp sina muggar och läppjade på den heta drycken. Trots att det säkert var närmare trettio grader utomhus så fanns det något lugnande med att dricka te. De betraktade Hedda där hon stod med blicken fäst på asken i sina händer. Efter en stunds tystnad så slöt hon ögonen och förde den till sitt hjärta. Hon viskade:

”Jag vill begrava det. Idag.”

11

”Det har blivit värre med pappa. I morse när jag vaknade så hade han redan åkt till jobbet, och My tittade inte ens på mig. Jag tror att han har blivit brutalare mot henne. Ljuden jag hör på kvällarna har förändrats. Hon kvider inte längre, hon kväser. Jag är rädd att han stryper henne. Hon har börjat fälla upp kragen på sin morgonrock, som om hon försöker dölja sina blåmärken efter hans händer. Men jag vet inte vad jag ska göra. Jag har övervägt att sticka, men jag vet inte vart jag skulle ta vägen. Det är ju inte direkt så att jag bara kan sätta upp ett tält här bredvid dig, mamma, då skulle nog människor börja ställa frågor om jag bodde vid en gravsten.”

Estrid talade lågmält med blicken fäst vid jorden på sina lortiga händer. Hon hade tagit sin cykel till blomsteraffären och köpt med sig tre olika plantor av gyckelblomster, sedan cyklat till den gamla kyrkogården utanför staden. Runtomkring henne reste sig gravstenar vars storlek var ett grymt sätt att påvisa familjernas förmögenheter. Estrids mors grav var inte mer än en liten granitplatta i marken, prydd av sorglig, svart text. Det var så fel att bara några få meter bort låg inhägnade, nitiskt skötta familjegravar vars gravstenar reste sig två meter upp i luften. Det var ett elakt sätt att uttrycka kärlek, när vissa inte ens hade råd att begravas.

Estrid tog av plastkrukan från ena plantan och satte varsamt ner den i gropen framför graniten. Långsamt och omsorgsfullt öste hon med fingrarna ner jord i gropen tills den var fylld, och medan hon började prata igen, så plattade hon till den lösa jorden.

"Jag har inte pratat med Hedda på flera dagar. Hon har inte ringt mig och jag har inte ringt henne. Jag vet inte varför, men kanske insåg vi båda att vi inte har någon riktig anledning att se varandra längre. För vad finns det egentligen för koppling mellan oss? Visst, när jag låg på sjukhus och hon satt bredvid mig natt som dag, och jag var för skärrad och trött för att orka ifrågasätta hennes närvaro, då kändes det så naturligt. Efter jag fick åka hem, då fanns hon där, och skyddade mig. Förmodligen för att hon visste att ingen annan skulle göra det. Men nu då? Varför skulle jag vilja öppna upp mig för henne nu? Hon är inte min vän, inte min familj, hon är definitivt inte du. Så varför? En del av mig vill låtsats som om ingenting av det här har hänt. Jag vill inte minnas det du gjorde, eller vad som hände med mig för en månad sedan. Jag vill inte veta vad pappa gör mot My, eller tänka på hur allting känns som ditt fel, mamma. Hur allting sedan du försvann har känts så orättvist. Men jag har väl inget val, eller hur?"

Estrid suckade djupt och lade sig ner bredvid graven. Den varma solen skänkte henne en ovälkommen tröst, och hon önskade att den besatte förmågan att smälta henne som ett isblock. Med sarkastisk röst så talade hon ut i tomma intet:

"Hur som helst, så förlåt mig för att jag inte varit här på ett tag. Jag blev lite upptagen förra månaden, av du vet... Ja, av att bli kidnappad av någon slags galen som höll mig fastkedjad i en källare under ett nerbrunnet hus och tvingade mig se sju av mina vänner bli dräpta av sagda Jesusdyrkare. Men han var mycket kreativ i sina sätt att döda åtminstone, så var inte orolig, jag blev inte uttråkad. Jag önskar dock att han hade lagt in en madrass eller något under mig, för det gjorde fasligt ont att sitta naken så länge på ett kallt stengolv… Och spyorna, mamma, du skulle ha sett spyorna. Första tiden där nere var de mitt enda sällskap. Föreställ dig hur din hals blir sönderfrätt av galla gång på gång på gång på gång. Tills du tillslut börjar hosta blod, för att din strupe är full av sår. Och sen, när du verkligen tror att slutet är nära, så vaknar du och inser att mardrömmen inte var någon mardröm. Du är verkligen fast därnere. Med blod och galla i pölar kring din bara kropp. Dina vänners lik vid din sida, och du vet i den stunden, att nästa gång den där dinglande glödlampan i taket tänds, då är det du som ska dö.”

Hon skrattade genom sammanbitna tänder medan tårarna började rulla nerför hennes kinder. Hon slickade sig om munnen och kände den salta smaken. Det var en smak hon blivit alldeles för bekant med därnere. Det var smaken av rädsla. Hon skrattade igen, men det var det dystraste skratt hon någonsin hört. Hon fortsatte:

”Men om man ska se det från den ljusa sidan så gav det mig det här snygga lilla märket.” Estrid strök med fingret över det långa ärret på hennes hals.

”Jag har hört att det var en olycka, att han inte hade råkat skära mig om Nadja inte hade kastat sig över honom. Men människorna som sade det till mig såg inte hans blick när han lyfte mitt huvud för att se om jag fortfarande levde. De förstod aldrig att han trodde det var det enda rätta. Att han tänkte döda mig, avsluta uppdraget hans pappa gett honom. Samma människor som sade det till mig släppte honom fri och lät åtalet falla. De sade att han, precis som jag, var ett offer. Kanske hade de rätt, eller så hade han kanske bara tur. Jag vet inte… Det enda jag vet är att om jag hade haft lite tur så hade det där snittet tagit livet av mig. Allt hade varit så mycket enklare då. Men självklart blev det inte så, istället blev jag fast i en sjukhussäng i tre jäkla veckor för att sedan på något jävla sätt överleva och nu har jag blivit det här! Ett kringvandrande psykfall som skrattar när hon pratar om att se sina kamrater dö framför hennes ögon. Hur fan gick det till?"

Estrid orkade inte längre stå emot sorgen som pockade febrilt inom henne, så hon rullade ihop och lät kroppen skälvas av gråten. Hon lade sin handflata på sin mors gravsten och önskade att hon aldrig ens hade fötts. För hur kunde ett liv som innehöll så mycket smärta vara värt att leva? Vad fanns det för anledning att se morgondagen?

12

Var evig sekund tycktes passera så långsamt nu. Tiden hade för evigt frusit till is. Klockan stod stilla. Fastän den starka solen sken med sin facklas fagra ljus ned på barnet som var så litet att dess kista var en smyckesask, så tycktes världen vara så hopplöst mörk att endast ugglorna kunde se.

Hedda satt nedsjunken på den mjuka skogsmarken med smyckesasken i sina jordiga händer och försökte minnas varenda detalj hon kunde urskilja i sitt döda barns ansikte. Framför henne var en djup grop hon grävt med sina egna händer, gropen hon skulle begrava sitt barn i. Hennes naglar var brutna av att ha slagit i stenar i jorden, och en ljuvlig doft av mossa hade satt sig i kläderna och håret. Tårarna rann inte längre, men ögonen sved fortfarande.

Zaafir och Rania hade hjälpt henne att ta sig från bilen och in i skogen. De hade stöttat hennes svaga kropp när hon sjunkit ned på marken bland tallar och granar och mossa och vajande skogsgräs. De hade i tystnad burit fram stenar att lägga över graven, och de hade i stillhet suttit vid hennes sida tills hon med en hes viskning hade bett dem att lämna henne. Zaafir hade vägrat först, men Rania hade dragit med sig honom tillbaka genom skogen, så att Hedda fick den ensamhet som krävdes för att hon skulle ha styrka nog att orka lägga sin unge under jord.

Hedda visste inte hur länge hon suttit där, och trots att hon visste i sitt hjärta att det var dags att ta farväl, så förmådde hon sig inte att stänga smyckesasken igen. Det lilla livet hade aldrig ens haft en chans att överleva i samma kropp som en så kaotisk själ, men ändå önskade Hedda så innerligt att hon hade vetat om det. Hon kunde inte sluta tänka på allt hon hade kunnat göra. Kanske om hon ätit mer, vilat mer, tagit hand sig själv, då kanske barnet hade överlevt. Istället hade hon försummat gåvan som var livet självt, och dragit med sig en oskyldig varelse ner i avgrunden.

Hon hade trott att det inte funnits fler tårar att fälla, men ändå kände hon hur pärlorna rann nerför hennes kinder igen. Hon önskade att hon kunde be om förlåtelse, men det fanns ingen som skulle höra hennes ord. Tiden var inne att släppa taget, men hela hennes väsen kämpade för att hålla kvar. För att inte se så vände hon blicken upp mot den klarblå himlen, och sedan stängde hon försiktigt asken i sina händer. Hon strök med fingrarna över dess yta och vågade titta ner igen. Varsamt sträckte hon handen med asken ner i den djupa gropen och lade kistan på marken. Med gråt som fick halsen att tjockna så öste hon ner all jord igen och lade dit alla stenar Zaafir och Rania hade burit fram. När hon var färdig vilade hon sina smutsiga händer på den lilla stenhögen och viskade ett sista farväl till barnet hon lagt till evig vila.

Efter en stund så fann hon ork nog att resa sig, och trots att det tog emot att lämna sin unge, så insåg hon att det inte fanns mer hon kunde göra. Hon hade endast känt det i några dagar, men under den tiden hade det varit älskat. Nu hade det blivit återgivet till naturen, mer än så kunde hon inte göra för sitt barn.

Hedda plockade upp en grov gren som fallit av en av tallarna och börjat murkna. Den dög som käpp, och med dess hjälp så haltade hon genom skogen tills hon var åter vid bilen, där hon kunde kollapsa i Zaafirs famn.

På färden tillbaka satt Hedda nära Zaafir i baksätet, och lät sig själv för första gången i sitt liv vara svag och sårbar. Hon lät honom trösta henne. Trots att det inte fanns mycket han kunde göra eller säga för att få henne att må bättre, så fanns han där för henne. Som ett träd att klänga sig fast vid under en storm, eller som en bunker under ett rasande krig, så var han hennes fasta punkt i livet. Utan att veta om Hedda någonsin skulle känna detsamma för honom som han i den stunden kände för henne, så klarnade hans tankar. När hon tryckte sig närmare honom och vilade sitt huvud mot hans bröst, så svor han inom sig att för alltid älska denna kvinna, och aldrig släppa taget om henne. Trots att framtiden var oviss, så såg han inget annat sätt att leva än vid hennes sida. Fast kärleken han kände för henne var skrämmande, så gjorde den honom lugnare än han kunde minnas sig någonsin ha varit tidigare.

När de körde förbi den vidsträckta kyrkogården och han blickade ut över alla gravstenar där män och kvinnor vilade så kände han så intensivt skörheten i livet, och det fick honom att hålla ännu hårdare om Hedda. Omfamningen fick henne att lyfta huvudet och blicka ut genom fönstret, och i samma sekund som de båda fick syn på den späda figuren som låg hopkurad vid en gravsten så utbrast Hedda:

"Stanna!" Rania tvekade först och fortsatte köra, men innan hon ens hann fråga varför så upprepade Hedda sin order. När Zaafir instämde så saktade Rania ner bilen och vek av in mot kyrkogårdens parkering. Bilen stod knappt stilla innan Hedda hade krånglat sig loss från Zaafirs omfamning och öppnat bildörren. Trots krämporna så började hon halta iväg mot de höga, svarta järngrindarna. Rania klev ur bilen och ropade efter henne, men när Hedda bara fortsatte springa så blev hon stående med armarna frågande i luften och stirrade på Zaafir.

"Vad är det hon håller på med? Du måste stoppa henne! Hon borde inte springa!"

Zaafir iakttog hur Hedda kom allt närmare grindarna, och kände den gapande tomheten som hon lämnat efter sig. När han talade så var hans röst lugn, fortfarande fylld av kärlek för kvinnan som aldrig skulle tämjas.

"Jag tror hon såg Estrid, en ung flicka som hon känner och ibland tar hand om. Hon låg på marken bredvid en grav och såg inte ut att må så bra. Det är därför vi var tvungna att stanna."

"Jaså, jaja... men hon borde fortfarande inte springa! Stoppa henne! Jag kommer efter snart." Zaafir började springa efter Hedda. Rania blev stående vid sin bil med händerna på höfterna och skakade uppgivet på huvudet.

Trots smärtan så saktade inte Hedda ner förrän hon endast var några få meter från Estrid. Flickans magra kropp skälvde rytmiskt av gråten och tårarna rann så rikligt att hennes moders gravsten blev blöt och mörk. Hedda trängde undan alla tankar på värken, och sade med mjuk röst:

"Estrid?" Flickan bara fortsatte gråta, men Hedda smög försiktigt fram och satte sig nära henne. Lika varsamt som hon strukit fingret över sin döda unges ofärdiga kropp, så lade hon försiktigt en hand på Estrids axel och upprepade hennes namn. Trots att hon inte kunde se något genom tårarna så blickade Estrid långsamt upp mot Hedda och började lyfta på huvudet. Hedda kupade handen runt Estrids tårdränkta kind och log mot henne. Det var det första innerliga leendet på flera dagar.

Estrids gråt stannade av för en kort sekund, men det fanns inga ord hon orkade säga som kunde förklara det hon kände. Hedda ville inte ställa några frågor, så hon behövde inga svar. Istället öppnade hon sin famn och kände hur Estrid försiktigt kröp närmare henne och förlorade sig i gråten igen. Hon omfamnade sin själsdotter som om Estrid hade varit hennes egen dotter. Hon fyllde henne med all den kärlek som modern skulle gjort om hon hade funnits där. Hon strök hennes rygg och höll om henne hårt. Lät sina egna tårar börja falla igen. De delade inget blod, men i den stunden så kunde de dela sin sorg. En sörjde sin mor. En sörjde sitt barn. Båda sörjde sitt liv och stigarna de tvingats vandra. Ingen skulle finna lycka i omfamningen, men båda skulle finna tröst, och ibland var tröst och kärlek allt en människa kunde kräva av livet.

Det dröjde inte länge innan Zaafir var framme vid graven, men han höll sitt avstånd. Tillsammans med sin mor satt han några meter ifrån dem och väntade på att sorgen skulle passera. Medan han lyssnade på de smärtsamma ljuden av gråt, så vilade hans blick på kvinnan och flickan som satt i gräset och sörjde tillsammans. I den stunden insåg han att han aldrig skulle få bara Hedda. Skulle han älska henne så skulle allt som var hennes liv också bli en del av hans liv. Det förvånade honom att tanken snarare gjorde honom lycklig än skrämde honom. I en värld som var så full av ondska, så fanns det en man på en kyrkogård som upplevde väldigt mycket godhet.

De satt vid graven tills solen sjönk i horisonten och svala kvällsbrisar började smeka deras hud. Rania hade lämnat dem tidigare för att ta hand om hundarna, men Zaafir hade stannat. Inte förrän alla deras tårar hade torkat hade Hedda orkat resa sig och sträcka ut handen åt Estrid. Zaafir hade hållit hennes andra hand, och hand i hand så hade den till synes unga familjen lämnat kyrkogården och tagit ännu ett steg längre ifrån sorg och smärta. Ett steg närmare lycklighet. Ett steg närmare att kunna andas.

Estrid hade sagt farväl och cyklat hem när de väl kommit ut på parkeringen. Därefter hade Hedda och Zaafir fortsatt hemåt till fots. De höll varandras händer utan att veta vad det innebar, och utan att vilja släppa taget. De följde stigar som slingrade sig genom skogarna och ledde dem till hamnen. Promenaden tog tid eftersom Hedda inte kunde ta långa kliv, men den långsamma takten följde deras hjärtans slag, så ingen besvärade sig för tiden. När de hade följt sjölinjen en bit så blickade Hedda upp på Zaafir, och när han mötte hennes blick så sade hon med öm röst:

"Får jag stanna hos dig i natt? Jag orkar inte vara ensam."

"Självklart." Det fanns så mycket mer han ville säga, men i den stunden var han klok nog att inse att det var fel tillfälle att nämna något annat än det hon ville få höra. Han hade trott att han hade förlorat henne en gång, han tänkte inte skrämma bort henne igen. Inte nu när hon äntligen släppte honom nära nog för att låta sig bli tröstad.

Resten av vägen hem förblev i tystnad. Endast fiskmåsarnas skri, stadens brus och vågornas mjuka sorl fyllde luften omkring dem med bekanta ljud. Väl framme vid Heddas port så väntade Zaafir utanför vid sin bil medan Hedda gick in för att packa en väska. När hon öppnade dörren till sitt loft så undvek hon att titta åt sängens håll. Trots att sängkläderna var rena och blodpölen på golvet var borta så var minnet av händelsen alldeles för färskt. Innan de hade åkt för att begrava fostret så hade Zaafir och Rania hjälpts åt att spola ner det rosablodiga vattnet i handfatet och toaletten. De nerblodade handdukarna hade blivit slängda, och karet och allt som varit blodfläckar på hade blivit skrubbat. Det fanns inga tecken kvar på att missfallet någonsin ens hade hänt, men inte ens det starkaste blekmedlet kunde tvätta bort minnena.

Det var Zaafir som sagt åt henne att packa en väska, men Hedda förstod inte varför, eftersom hon knappast hade någonting hon behövde. För att få det överstökat så slängde hon ner de få klädesplagg hon ägde i väskan som aldrig blivit uppackad och lämnade sedan loftet utan att se tillbaka.

13

Theodore kände hur hans handflata blev svettig i Henriettas fasta grepp. Hon drog honom allt närmare den vita lilla kyrkan med dess högresta kyrktorn och spiran på toppen som sköt upp i luften likt en pil riktad mot himlen. Kyrkan var gammal och rustik, och ur sprickorna i dess åldrade fasad tycktes spöken slingra sig ut för att kväva alla som vågade komma nära. Theodore stretade emot likt ett barn som inte ville till skolan, men Henrietta bara vred på huvudet och log mot honom.

"Kom nu, det kommer kännas bättre därinne", sade hon med lugnande röst.

"Men tänk om de får tag i mig?"

"Vilka?"

"Spökena." Theodore såg sig oroat omkring. Framför honom flödade den lilla församlingen in i kyrkans öppna käftar likt krill i ett blåvalsgap. Ingen utav dem tycktes lägga märke till de gråa spökena av rök som svävade kusligt stilla över sina gravar. Han försökte vända och ångrade sitt beslut att följa med Henrietta till Gudstjänsten, men hon höll emot och sade:

"Jag tyckte också att det var läskigt med alla gravar första gången jag kom hit, men det finns inga spöken här. Det är bara vi levande som är här, och änglarna som beskyddar oss, förstås."

"Du är blind."

"Nej då. Gå på nu, det blir bra ska du se." Theodore tvekade fortfarande, men följde efter Henrietta in i kyrkan ändå, för kanske skulle spökena hålla sig utanför. Väl inne i kyrkans kapprum så trängdes hans illusioner undan av alla de överväldigande människorna som kom gåendes mot dem med ett leende på läpparna och utsträckta armar. Flera utav dem omfamnade Henrietta så att hon blev tvungen att släppa hans hand. Henrietta hade berättat för honom att hon kände de allra flesta i församlingen ganska väl, eftersom hon hade fått bo i kyrkans församlingshem när hon först hade kommit till landet som en ung man. Efter endast några veckor hade hon hittat sitt arbete och kunnat flytta ut, men hon hade fortsatt att vara med på Gudstjänsten varenda vecka utan undantag sedan dess. Hon hade varit en del av församlingen i flera år redan, och vännerna hon fått i kyrkan var de enda människorna hon kallade sina vänner. Theodore hade följt med henne dit endast för att hon berättat om hur församlingen var ett stöd i hennes liv, och hur hennes vänner där alltid hjälpte henne genom livet. Henrietta hade hoppats att församlingen skulle bli ett lika stort stöd för honom som det varit för henne, men Theodores förhoppningar var minst sagt inte lika optimistiska.

Allt han visste om Gud och Jesus hade han lärt sig av sin adoptivfar. Så vitt han visste hade han aldrig tidigare varit i en kyrka, inte ens för att döpas. Theodore hade väldigt svårt att tro att han skulle känna Guds närvaro i en gammal stenbyggnad som kallades helig, och ännu svårare hade han att tro på att en pastor visste vad Gud menade med sina läror. De enda sanna orden som fanns i världen var bibelns ord, och den enda som kunde tyda deras innebörd var hans far. Theodore visste vad meningen med livet var, och det enda sättet att uppfylla Guds önskan var att rensa jorden från dess synder. Visade han sig nådig skulle han få Guds kyss, och då skulle hans själ bli räddad. Endast om han var Guds tjänare och strävade mot att nå sitt ändamål, så skulle han få erfara himlens lycksalighet och rikedomar. För honom var själarna i kyrkan vilsna, och lät sig bli ännu mer vilseledda av den som trodde bibeln var skriven av kärlek.

Medan hans tankar färdades vidare längs med läran han växt upp med så lät han Henrietta presentera honom för alla sina vänner. Han återgäldade främlingarnas uträckta händer med tafatta handskakningar, men när de sökte hans blick så stirrade han ner i golvet. Det dröjde inte länge innan de började ignorera honom. När klockorna klämtade så tystnade människoskaran och rörde sig längre in i kyrkan för att sätta sig på de gröna träbänkarna. Theodore följde efter Henrietta in och satte sig bredvid henne på en av mittenbänkarna. När han strök den mjuka klänningsfållen på hennes lår så daskade hon till honom på handen och spände blicken i honom innan hon nickade åt altaret. Om han inte fick röra henne, så skulle han i alla fall se på henne. Det hade varit ett nöje att få se henne klä sig inför att gå till kyrkan. Borta var de höga pumpsen och den muskorta klänningen. Istället var klackarna låga med sluten tå och grå mocka. Den lila klänningen gick nedanför knäna, visade ingen klyfta och stramade inte åt kring höfterna. Peruken var kastanjefärgad och uppsatt i en låg, konservativ knut. Sminket var dämpat och de enda smyckena hon bar var sina pärlörhängen och det lilla korset som hängde på en tunn guldkedja runt halsen. I sina händer höll hon den röda psalmboken som hon redan bläddrat fram Gudstjänstens första psalm i. Hon hade tryckt en psalmbok i Theodores händer också, men han lät den ligga orörd på hyllan framför honom.

När den gamla kvinnan i pastorkrage framme vid altaret började hälsa alla välkomna och inledde Gudstjänsten, så valde Theodore att inte lyssna. Istället vände han blicken upp i taket, och till sin förvåning så blev han som förtrollad av målningarna. Om folket ute i kapprummet hade överväldigat honom, så fick målningarna honom att häpna. Jämfört med många andra, betydligt större kyrkor så var den lilla allmogekyrkan de befann sig i sparsamt dekorerad, men för någon som inte hade något att jämföra med så var dekorationerna utsökta. Vart än han såg fanns målningar av skräckinjagande små bebisar med vingar. Han såg moln, blixtar och stjärnor. På predikstolens utsida fanns skulpturer av män som höll i lamm och harpor och herdekäppar, och högst upp vid dess kant fann han fler skulpturer av det han antog skulle föreställa änglar. Han såg en dopfunt i trä och en vitmålad duva som hängde i ett snöre över den. Överallt fanns utsirade detaljer och för den som såg det för första gången så var det omöjligt att förstå vad det skulle föreställa, och varför det fanns där.

Utan att lägga märke till att tiden passerade så betraktade Theodore alla figurer han kunde hitta i kyrkan. Han reste sig när psalmerna skulle sjungas och knäppte sina händer när de bad, men inget utav orden som uttalades gick in i honom. Istället blev han som förförd av träsnidarens detaljerade avbildning av Jesu korsfästelse, och kände något tröstande pyra inom honom vid åsynen av blodet som runnit från såret i magen. Kronan av törnen påminde honom om den rostiga taggtråden han slitit med att byta i kornas hage som ung, och han mindes skärsåren taggarna hade lämnat på hans armar och händer. Hans far hade inte haft någon medömkan att komma med, endast ännu en predikan. Hans mor hade varit så mycket blödigare, och hade alltid tröstat honom och plåstrat om honom och blåst på hans blåmärken, men det hade inte varit hon som gjort honom stark, det hade hans far gjort.

Det var inte förrän det var dags för nattvarden som Theodore tvingades slita blicken från skulpturerna och målningarna och återvände till nuet. Utan att egentligen veta vad han gjorde så härmade han Henrietta, och det var med lättnad som han återvände till bänken igen. När de äntligen fick lämna kyrkan så nästan sprang Theodore ut från kyrkogården så att inget utav spökena skulle fånga honom. Väl utanför grindarna såg han hur spökena studsade mot muren och försökte penetrera den osynliga väggen som reste sig över stenbumlingarna. När de misslyckades så svävade de uppför väggen på jakt efter ett hål att slinka igenom. Theodore hånlog åt dem, glad över att ha undsluppit deras kalla klåfingrar. Henrietta sprang ikapp honom utan att se spökena som sträckte sig efter henne och sög i sig hennes själ. När hon mötte honom på parkeringen så försökte hon övertala honom att stanna på kyrkkaffet, trots att de båda visste att det hade varit att be om för mycket. Theodore mumlade fram en ursäkt om att vara för trött för att stanna, och Henrietta visste bättre än att försöka argumentera mot honom i den stunden. Så hon kysste honom på kinden och följde sedan strömmen av människor som vandrade ner mot församlingshemmet där kaka och kaffe skulle serveras. Theodore började sakta gå tillbaka mot stugan, och medan hans fötter förde honom framåt så stannade hans tankar kvar inne i kyrkan. Trots att han inte kände mod nog att lita på den rösten, så fanns det en liten viskning inom honom som uppmanade honom att återvända, för kanske fanns det något att lära sig av målningarna. Kanske kunde orden som sades vara sanna, eftersom de uttalades under en himmel av änglar. Kanske skulle han där finna sin framtid. Kanske fanns svaren på hans frågor utskrivna i texten under krucifixet.

14

Hedda dök ner i soffan hemma hos Zaafir och inom sekunder så hade hon famnen full av vovve igen. Skrållan slickade sältan från tårarna av hennes kinder och lade sig sedan tillrätta över Heddas ben. Inifrån köket hördes skrammel med kastruller och det svaga melodiösa ljudet av musiken som spelades på köksradion. Utanför fönstret hade mörkret börjat falla, och från den öppna balkongdörren hördes det konstanta bruset från staden och trafiken. Hedda sjönk djupare ner bland kuddarna och lät sitt huvud falla bakåt med slutna ögon samtidigt som hon långsamt strök handen över Skrållans bröstkorg. Hunden suckade djupt och tyngden mot Heddas ben blev tyngre. Tröttheten kom över de båda likt vågorna på stranden. De senaste dagarnas trauma tog ut sin rätt på hennes utmattade kropp, och det dröjde inte länge innan sömnen lockade henne in i dess bitterljuva näste. Snart saktade andningen och pulsen ned, och trots ljuden omkring henne så kunde hon inte motstå sömnen längre.

Zaafir stod vid diskhon och diskade den sista kastrullen från kvällens måltid med ett splittrat sinne. Han hade lyckats få i Hedda maten han lagt på hennes tallrik, och efteråt hade han till och med sett henne le när Skrållan rest sig på bakbenen för att leta efter matrester på bordet. Men hon hade inte yttrat många ord till honom. Lika mycket som han önskade att hon skulle finna tillit i honom, och tala om sina bekymmer, lika mycket tycktes hon vilja hålla allt inom sig. Han började lära sig att desto mer han pressade, desto mindre fick han ur henne, men han fann det fortfarande svårt att låta henne vara ifred, speciellt eftersom hon så uppenbart upplevde smärta. Till och med Skrållan lyckades bättre än vad han gjorde när det handlade om att trösta Hedda. Visserligen hade han inte provat att slicka hennes ansikte än, men han hade en känsla av att det inte direkt skulle göra saken bättre. Han log åt tanken samtidigt som han ställde kastrullen på torkstället. Medan han torkade sina händer så kastade han en blick på klockan och konstaterade att fastän det var sent och tröttheten manade honom in i sovrummet så kunde han inte låta sig somna förrän han var säker på att Hedda inte skulle sitta hela natten ensam i soffan och gråta. Han slängde handduken över disken, stängde av radion och gick mot vardagsrummet. Han sade:

"Vill du att vi ser på en film eller något? Jag kan göra popcorn om du vill. Hedda?"

Inget svar kom, och när han kom in i rummet så var den enda respons han fick ett par svansviftningar från Skrållan. För ett ögonblick så kände han rädsla forsa genom honom vid åsynen av Heddas stilla kropp i soffan. Hade hon förblött? Hade det som absolut inte fick hända hänt? Han stegade fram till henne och lade försiktigt två fingrar mot hennes halspulsåder. Han pustade genast ut när han insåg att hon bara sov. Trots att hans eget hjärta slog hastigt av adrenalinpåslaget så var hennes hjärtslag lugna. Hedda vaknade inte av hans beröring, men gav ifrån sig ett säreget sömnljud han aldrig tidigare haft privilegiet att få höra. Ljudet smälte hans inre, och innan hans förnuft hann ta över igen så sjönk han varsamt ner bredvid henne och lutade huvudet mot hennes axel. Han bredde en filt över alla tre, och när Skrållan kände filten mot sig så lyfte hon på huvudet och gav sin husse en anklagande blick. Han viskade:

”Jag vet, men om du inte säger något så säger inte jag något, okej?” Skrållan gav ifrån sig ett dovt ljud av ogillande, men lade sedan ner huvudet igen och somnade. Zaafir kände sig som den mest lyckosamma mannen på jorden, och trots att han visste att hon snart skulle vakna och knuffa bort honom, så bad han universum att låta stunden vara för evigt.

De vaknade inte förrän solen börjat stiga på himlen, och naturligt ljus strömmade in genom fönstren. Skrållan hade under natten klivit ner från soffan och låg istället ensam i sängen. När Zaafir vaknade och mötte Heddas sömniga blick, så blev han först förskräckt och förberedde sig på örfilen han var så säker på skulle komma, men när hon istället släppte hans blick, slöt sina ögon igen och vilade sitt huvud mot hans bröst, så trodde han att han drömde. Hon hade vaknat innan honom, men inte försökt fly och inte puttat undan honom. Hade världen vänts upp och ner? Under nattens gång så hade de båda omedvetet smält samman i soffan som två pusselbitar. Trots att soffan var liten så hade de i sömnen lyckats lägga sig ner utan att ramla ur, och nu låg de mage mot mage. Zaafir kände hur Hedda nästlade sig närmare honom och för första gången lade han armen om henne utan att vara rädd. Han kunde inte låta bli att le när han begravde ansiktet i hennes mörka hår och hon inte så mycket som försökte verka upprörd över det. Solen som sken in genom balkongfönstret träffade hans hud och värmde honom. Det kändes som om den sken bara för dem. Att få hålla om kvinnan han älskade kändes som ett mirakel, och trots att känslorna var överväldigande, så var han säker på en sak; Han ville aldrig någonsin vakna på något annat sätt igen.

När Hedda hade vaknat så hade det första hon känt varit Zaafirs mjuka mage mot sin. Det hade fortfarande varit natt och solen hade inte varit mer än ett rosalila ljus i horisonten. Hennes instinkt hade varit att lämna honom. Senaste gången hon låtit förlora sig själv i en annan människas kärlek så hade det slutat i katastrof, och hon var inte angelägen om att göra samma misstag igen. Hon hade lyckats sätta ner båda fötterna på golvet och hade precis tänkt resa sig när Zaafir börjat mumla i sömnen. Eftersom hon först hade trott att han hade vaknat, och hon trots allt inte ville såra honom, så hade hon stannat i rörelsen och lyssnat på hans mumlande. Det han sade gick inte att tyda, det var inga hela meningar eller ens hela ord. Men det hade varit tillräckligt för att väcka något inom henne som var starkare än rädslan. Hon skulle aldrig ha erkänt för någon i den stunden att det hon upplevt var kärlek, det erkände hon inte ens för sig själv. Men vad det än var så hade det dragit henne närmare honom. Det hade fått hennes kropp att strida mot sinnet och istället sjunka tillbaka ner i soffan, lägga huvudet mot hans bröst, och lyssna på hans stillsamma andning tills sömnen återfann henne.

Hon hade vaknat igen några få timmar senare, men då var hon så lättad av känslan av att äntligen vara utvilad, och över insikten att hon i Zaafirs närhet inte drömt några mardrömmar om varken Estrid eller fostret, att hon inte haft några tankar på att ge sig av. En liten del av henne hade börjat ge vika för kärleken, och trots att det skrämde henne, så ville hon se vad som hände om hon lät vissa murar rämna. Hedda kände hur Zaafir begravde ansiktet i hennes hår och andades in doften hon antog var allt annan än ljuvlig. Men även om hon stank, så verkade det inte besvära honom. Hon flyttade sitt huvud från hans bröst och viskade:

”God morgon.”

”God morgon. Sovit gott?”

”Gott är väl ett sätt att beskriva det antar jag.” Zaafir skrattade lågmält innan han svarade.

”Detsamma.” Hedda vred på huvudet så att hon kunde se honom och speglade hans leende. Varför hade hon aldrig lagt märkte till de där ögonen förut? Med en känsla i hjärtat som i alla fall liknade värme, så kravlade hon sig loss ur hans grepp och reste sig. Zaafir såg en aning besviken ut, men ändå försökte han inte hålla kvar henne. För vad som kändes som första gången så kunde hon inte se någon ängslan i hans ansikte, endast lugn. För en kort sekund så kunde hon ta del av det lugnet, men när hon stått på sina fötter i två sekunder så återvände smärtan från missfallet som ett slag i magen.

Hon blev yr och leendet på hennes läppar förbyttes till ett uttryck av sorg. För att inte slås till marken av yrseln och smärtan så blev hon tvungen att ta stöd mot Zaafir som hastigt satte sig upp i soffan och sträckte ut sina armar för att hjälpa henne. Bekymmersrynkan i hans panna var tillbaka, och deras gyllene stund av lycka var som bortblåst. Med smärtan kom minnena, och motvilligt så kände Hedda en tår singla nerför kinden.

"Hur går det?" Zaafir röst var orolig och hans blick vädjande. Hedda svarade honom med låg röst:

"Det går bra, jag blev lite yr bara… Jag fick ont när jag ställde mig upp."

"Behöver du någonting? Vad kan jag ge dig?" Hedda kupade handen över magen och ännu tår föll.

"Jag behöver byta binda, kan du hjälpa mig till toaletten?" Zaafir nickade och reste sig med Heddas hand på sin arm. Hon behövde inte mycket stöd för att gå, men det var betryggande att ha någon bredvid sig som kunde fånga henne om hon råkade falla.

"Lås inte."

"En sån gentleman du var då. Är det verkligen så man tilltalar fina flickor?" Hedda såg in i hans ögon och orkade uppbåda ett leende. Zaafir log tillbaka, men hans oro dämpades inte. Hedda släppte taget om honom och klev in i badrummet. Innan hon stängde om sig så sade hon:

"Jag klarar mig. Jag har förmodligen bara lite lågt blodsocker."

"Och det vill du jag ska tro på?" Hedda suckade ljudligt. Hon lutade sig mot dörrkarmen och lade sin ena hand mot hans kind.

"Det är lugnt, jag lovar. Hade det varit meningen att det här skulle döda mig så skulle jag redan ha dött. Gå ut och rasta Skrållan eller något. Sluta oroa dig."

"Lätt för dig att säga." Zaafir såg missnöjd ut, men kallade ändå på Skrållan.

"Jag är snart tillbaka."

"Ja, vem annars ska laga mig frukost?" Hedda kände sig lättad när hon såg honom skratta innan han vände sig bort från henne och gick ut i hallen. Hon stängde dörren om sig, drog ner byxorna och sjönk ner på toalettstolen. Tacksamt nog hade Rania kommit förbi kvällen innan med fler bindor samtidigt som hon lämnat av Skrållan. Hedda hade redan använt en fjärdedel av dem. Trots att blödningen hade börjat avta, så blödde hon fortfarande mer än hon gjort på flera år. Det var nästintill ett mirakel att hon inte hade blodat ner halva soffan under natten.

Hedda tömde blåsan och slängde den använda bindan innan hon klev in i duschen för att försöka inrätta någon slags känsla av renlighet hos sig själv. Precis innan hon vred på vattnet så hörde hon hur ytterdörren stängdes, och i samma stund som hon visste att Zaafir inte skulle höra henne, så lät hon gråten komma. Yrseln tvingade ner henne på huk, och medan det kalla vattnet sköljde över hennes varma, skakande kropp, så släppte hon fram all sorg.

En halvtimme senare kom Zaafir och Skrållan tillbaka. Det var tillräckligt med tid för att Hedda skulle hinna samla sig igen och klä på sig. Trots att smärtan fortfarande fick hennes knän att vilja ge vika i vartenda steg hon tog så hade gråtandet gett henne styrka nog för att orka möta Zaafir som om ingenting hade hänt. Hon väntade på honom i köket och lät sig motvilligt bli omfamnad.

"Hur mår du nu?" sade han när han släppte taget om henne.

"Bättre. Duschen hjälpte."

"Bra. Då ska vi se till att få i dig lite frukost." Han log förnöjt, drog ut en stol till henne och gick sedan till kylskåpet för att hälla upp ett glas med apelsinjuice åt henne. Hedda satte sig ner på stolen och smekte frånvarande Skrållans huvud när hon kom och satte sig bredvid henne. Zaafir rörde sig runt i köket och nynnade glatt med i alla låtar som spelades på radion. Trots att det var en smula roande att se honom så fånigt lycklig, så gjorde det henne också oroad. Vad trodde han egentligen att deras natt i soffan innebar för framtiden? De hade inte ens gjort något. Hedda var rädd för att säga någonting om det, för hon var rädd han skulle bli sårad. Men samtidigt var hon rädd för att bara låta det vara, för hon hade inga som helst planer på att låta sig dras in i någonting som skulle fängsla henne. Tillslut beslutade hon sig för att vänta, åtminstone tills efter frukosten. Kanske skulle hans muntra humör avta?

15

En natt, ett misstag

En främling, en våldsakt

Sorg och smärta

Chock och rädsla

Ett liv som skapats genom tvång

En mor utan sätt att försörja sig

Ett osjälviskt val, det svåraste hon skulle göra

Född in i en värld av ondska, vad skulle hon ha gjort?

Sonen av en ängel

Sonen av en demon

För alltid övergiven, för alltid förlorad

För alltid älskad av den som gav bort honom

För alltid efterlängtad av den som aldrig skulle få honom tillbaka.

Theodore satt vid bordet framför köksfönstret och höll lappen hårt mellan sina fingrar medan tårarna droppade ner på den rödrutiga duken. Ljuset i stugan var dunkelt, men han behövde inte mer än månens sken för att kunna läsa orden han memorerat sedan han var liten. Orden var slarvigt uppdiktade på baksidan av ett svartvitt foto, det enda fotot på sin biologiska mor han någonsin skulle äga. Fotot var det enda hon lämnat honom. När han varit liten så hade han varenda kväll bett något utav de äldre barnen på barnhemmet att läsa moderns sista ord till honom. För sitt inre hade han alltid föreställt sig hur kvinnan på fotot läst för honom. Han drömde om en röst len som honung och ett älskligt leende. Kärleksfulla ögon som vittnade om ett djup inga ord kunde förmedla, och händer som alltid stoppade om honom när mörkret föll. Han drömde om en tröstande omfamning och en mor som alltid var omhuldande och givmild. Under de flyktiga stunder då fantasin låtit honom färdas till en värld där han aldrig blivit övergiven, så hade hoppet alltid brunnit som starkast. Men med tiden hade fantasin kvävts av sysslor och örfilar, och långa år utan att någon någonsin kom för att hämta hem honom. Han hade fortfarande varit blott ett barn när dikten tillslut blivit det enda som hållit hoppet levande. Dikten var det första han lärde sig läsa högt, och det enda som inte kunde svika honom. Under de år som han bott på barnhemmet så hade han förvarat fotot i en liten ask under sängen, tillsammans med andra dyrbarheter han hittat, så som fina stenar och pärlor. Året då han skulle fylla åtta hade han blivit adopterad av Nadja och Bosse Krondamm. Dagen då en av barnhemsfröknarna berättat den så kallade goda nyheten för honom, så hade han inte förstått mycket av det hon försökt förmedla. Varför skulle han flytta till ett annat land för att bo med två främlingar som inte ens talade hans språk? Äntligen skulle han få en familj, hade de sagt. Äntligen var hans längtan efter en riktig mamma och pappa över. Men hur kunde främlingar bli hans familj? Och hur kunde någon som aldrig ens träffat honom tro sig vara hans riktiga mamma? Trots att barnhemmet aldrig varit en plats för värme och kärlek, så hade det ändå varit hans barndomshem, och det hade varit högst motvilligt som han packat de få tillhörigheter han ägt och gått med på att låta fotot på sin mor sättas in i en ram så att det inte skulle bli förstört på det som alla envisats om att kalla resan hem. Theodore hade inte många minnen från den tiden, men han mådde fortfarande illa när han tänkte på den långa färden då han inte hade velat något hellre än att få hålla om sin mors foto och läsa orden som för alltid skulle innebära trygghet.

Allting hade främlingarna velat förändra. De hade kallat honom ett namn som inte var det han växt upp med. De hade låtit honom gråta sig till sömn ensam i ett rum som varit alldeles för stort för honom, och de hade vägrat tilltala honom på hans språk. Återigen hade fotot och dikten blivit det enda som hållit honom sällskap om natten. Visserligen hade saker och ting blivit bättre med tiden. Han lärde sig främlingarnas språk genom att bli tvingad att läsa bibeln och recitera böner inför silverkrucifixet de hängt på hans sovrumsvägg. Sakta hade han låtit sina murar rämna, och främlingarna hade blivit något han så småningom skulle kalla sin familj. Hans syster hade fötts, och som storebror hade han funnit en ny mening i livet. Desto äldre flickan blivit, desto mer fascinerad hade han blivit av henne. Han hade börjat upptäcka nya sätt att vara nära henne. Nya sätt att känna sig tillfreds med livet. De hade stått så nära varandra, han och hans syster. Hon hade alltid gråtit när han smugit in till henne på kvällarna, och varenda gång han trängt in i henne så hade hon gråtit mer. Aldrig som barn hade han haft någon han känt sig så trygg med, att han vågat gråta på det sätt som hon hade gråtit när han var inuti henne. Han hade älskat henne till månen och tillbaka, så självklart hade han fortsatt att trösta henne. Desto mer han tagit i, desto mer av sin sorg hade hon släppt ut, och som den snälla storebror han var, så hade han tagit i så hårt han bara kunnat för att ge henne närhet. Men sedan den där ödesdigra natten då Nadja upptäckt honom i sin systers rum, så hade han aldrig fått trösta henne igen. Han hade blivit utslängd likt en lortig gammal trasmatta. Övergiven ännu en gång, och den gången var det inte av kärlek.

Nog hade han försökt överleva utan sin familj. Det fanns ett begränsat antal av hur många gånger en ung man tillät andra få makten att såra honom. Han hade sökt närhet hos en annan, någon som varit för svag för att stå emot honom, och för vek för att lämna honom. Det hade fyllt hans liv med någon slags mening igen att bo med henne. Men när ett liv han aldrig velat ha hade skapats, så hade han själv varit den som övergav. Krälande på sina bara ben hade han sökt förlåtelse hos sin familj. Nadja hade aldrig förlåtit honom för det han gjort mot sin syster, det visste han. Men hon såg honom alltför mycket som sin egen son för att kunna överge honom en andra gång. Så hon hade tagit honom tillbaka i sin omsorg, men inte tillbaka in i huset. Ner i kryptan hade han fått gå. En bunker av självhat och förtvivlan. Tio meter under jord, bredvid huset som brunnit tills lågorna slukat allt förutom grundstenarna. Han tilläts aldrig komma upp, tilläts ingen kalender eller tidning eller tv. Allt som kunde hjälpt honom knyta an till världen utanför underjordens kammare blev han fråntagen. De gav honom mat och dryck, och ibland vatten att tvätta sig i. De tömde hans hink och lyssnade när han läste ur bibeln. Men mestadels av tiden hade han varit mer ensam än han någonsin varit tidigare i sitt unga liv. Han skulle hållas så långt ifrån deras dotter som möjligt, medan de fortfarande kunde ta hand om honom.

Varenda gång som hans far hade kommit ner till honom, så hade han lärt honom allt som fanns att veta om jordens syndare. Lärdomarna hade fängslat honom på ett sätt kedjor aldrig kunde, då de hade låtit honom att för sitt inre se något mer än väggar av sten. Budskap som var infekterade av ondska hade sakta etsat sig fast inom honom, och det hade inte tagit lång tid innan illusionen om att han var en av Herrens väktare, och en av de få som kunde skölja bort synden från jordens yta, tedde sig allt mer verklig. Så när dagen varit kommen för renandet att börja, så hade det inte funnits ett uns av tvivel kvar i honom. Med den sanna övertygelsen om att det de gjorde var det enda rätta, så hade han hjälpt fadern bära de nio flickorna till den runda kammaren längts ner i kryptan. Han hade hjälpt honom klä av dem och kedja fast dem i väggarna. Han hade till och med fått göra korstecknet på var och av dem, så alla blivit redo att låta sina själar renas. Han hade inte sagt ett ord om att en av flickorna varit hans syster. Han hade vetat om att hon var en av syndarna, så det hade inte funnits något han kunnat göra för henne. Trots att hennes stilla kropp fått det att krypa i honom av längtan av att få trösta henne, så hade han lämnat allt det åt sin far. Fadern hade trots allt varit den enda som kunde rena deras själar. Theodore hade bara varit glad över att han åtminstone fått sitta utanför dörren och höra ljuden av befrielse varenda gång som fadern kommit ner för att utföra sitt pliktskyldiga arbete. Skriken hade varit så många, och så otroligt upphetsande. Han hade aldrig fått gå in dit och trösta sin syster, men utanför dörren hade han i alla fall kunnat trösta sig själv.

Renandet hade lyckats om inte universums kaos hade slagit ner på honom som en blixt. En dag hade polisen tillfångatagit hans älskade far, och det hade blivit upp till Theodore att slutföra alltsammans. Han hade gjort allt som han skulle, och han hade lyckats fullborda sitt uppdrag om inte Nadja hade kastat sig över honom. Dagarna som följt mindes han endast som ett töcken. Han hade fått se himlen och marken och träden och allt däremellan, men snart hade han blivit instängd i ett rum lika ensamt och avskilt som kryptan. En gammal man hade kommit in och talat med honom dagligen. Var gång hade mannen berättat om hur Theodores mor förklarat hur allting låg till, och att ingen ansåg att det som hade hänt med flickorna var hans fel. "Unge Herr Theodore" var bara ett offer, precis som flickorna. Gubben hade spenderat timmar med att dravla oavbrutet om hur viktigt det var att Theodore förstod att det hans far lärt honom, inte stämde. Att han hela tiden hade talat osanning, och att rösterna han hade lärt sig att lyssna på, var det dags att stänga av. Den gamla mannen hade otaliga gånger pratat om manipulation och hjärntvätt. Han hade förklarat in i minsta detalj vad allting innebar och hur det utfördes, och var gång han hade frågat Theodore om han förstått, så hade Theodore nickat. Efter ett par veckor hade han släppts ut. Friskförklarad och oskyldig.

Han hade levt på gatan tills Henrietta funnit honom och tagit med honom hem. Sedan dess hade var dag pendlat mellan att kännas som helvetet på jorden och salig lycka över att få vara fri. Aldrig tidigare hade han varit så förvirrad. Vem skulle han lyssna på? Sin far eller den gamla gubben? Han fortsatte läsa sin bibel och be inför sitt krucifix. Men orden kändes inte desamma längre. Budskapen han lärt sig tolka på ett förvridet sätt smakade bittert. Trots att det gick emot allt han lärt sig, så hade tvivel slingrat sig in i hans sinne, och det fick honom att ifrågasätta allt han någonsin fått berättat för sig. Han sökte trygghet i skogen, i stugan, i bibeln och i Henriettas famn, men aldrig kände han sig tillfreds. Han upplevde det som om någon försökt vända in och ut på honom, men han hade fastnat halvvägs. Tvivlet drev honom till vansinne och galenskap. Mardrömmarna hemsökte honom och varenda natt vaknade han kallsvettig och trodde att flygmyror eller kackerlackor eller andra skräckinjagande småkryp hade gnagt sönder honom och krälat sig in under hans hud och lagt ägg där.

Denna natt hade det varit älgloppor, och han hade hängt fastspikad mot en väg likt Jesus på korset. Krypen hade tagit sig in genom såret i hans mage, och när han vaknat hade han varit säker på att lakanet skulle vara rött av blod. Han hade inte kunnat sluta tänka på allt som han sett i kyrkan. Minnet av alla små änglar och stjärnor och avbildningen av korsfästelsen hade redan satt sig som en igel på hans själ. Om och om igen spelades minnena upp. Han var fascinerad och vettskrämd på samma gång. Trots att han inte kunde förstå varför, så slog skildringarna an en särskild hjärtesträng som fick hela hans väsen att vibrera. Att så öppet avteckna hyllningar till det makabra och det övernaturliga, hur vågade de? Han beundrade folket som med sådana detaljer låtit röd färg markera såren på sin fallne ledares kropp. Törnekronan hade varit så vass och blodet så rött. I en värld där människor tycktes göra sitt allra yttersta för att dölja våld av alla former, så de inte kunde bli dömda, så var det intressant hur en av historiens mest grymma avrättningar fanns skildrat för alla att se i så gott som varenda kyrka. Ingen tyckte ens att det var konstigt. Föräldrar lät sina barn se en avbildning av en korsfäst man som om det varit en teckning av ett sagotroll. Inte undra på att folk hade lätt för att bli avdramatiserade inför våldsakter, lidande var väl något vackert?

Theodore blinkade undan tårarna och vände blicken mot Henriettas sovande figur i sängen. Hon hade inte ens vaknat av hans maror den här gången. Han var så avundsjuk på hennes sömn, den fick honom att känna sig oändligt ensam i nattens mörker. Mellan sina fingrar höll han fortfarande den svartvita bilden på sin mor. Han lät blicken falla ner på de mörka lockarna i hennes långa hår och ögonen han alltid intalat sig själv var bruna. Hon var ung, kunde inte varit mer än tjugo när bilden tagits, men ändå syntes livets fåror runt hennes ögon. Kinderna var runda och käklinjen mjuk, precis som hans. Ögonfransarna var långa och frasiga av all mascara. Näsan var liten, precis som hans. Ett sorgligt leende tycktes dra i hennes mungipor något, men hon såg inte lycklig ut. Fotot nådde henne ner till de små, platta brösten. Hon bar ett linne och såg ut att sitta i en svart soffa. Vad skulle han inte ha gett för att få se mer av henne? För att få veta bara en enda sak om henne? Drömmen om att få träffa henne och bli hennes son var död sedan länge, men ändå fanns en lång lista av obesvarade frågor inom honom som aldrig tycktes minska med åldern, endast öka. Han visste inte ens om hon fortfarande var i livet, och trots att han i sitt innersta visste att han aldrig skulle få lära känna henne, så var längtan en ständigt brinnande låga som var omöjlig att släcka.

16

Heddas önskningar om att Zaafirs gladlynthet skulle vara kortlivad visade sig besannas. Så länge han stått med ryggen åt henne så hade han nynnat och sjungit och försökt verka glad, men så fort han satt sig ner framför henne för att äta sin frukost, så hade fasaden blivit tillkämpad och allt svårare att hålla. Var gång hon mött hans blick hade han lett sitt fåniga leende med munnen full av gröt, men ljuset hon alltid brukade se i hans ögon hade varit försvunnet. Desto mer av morgonen som fortskridit, desto mer tycktes hans humör dämpas. När han väl hade rest sig från bordet för att diska, så hade han till och med stängt av radion. Han hade verkat så lycklig när de vaknat tillsammans, så vad hade hänt som fått honom att förändras så drastiskt?

Hedda såg sig omkring i köket och sökte efter ledtrådar medan hon disträ kliade Skrållan på halsen. Hon såg ut genom fönstret och betraktade kolonilotterna utanför. Allting var lika grönt och livfullt som dagen innan. Hon flyttade blicken till väggkalendern som hängde bredvid klockan, den han aldrig tycktes skriva något i. Som vanligt stod det ingenting i den, men dagens hela ruta var svartmålad, bokstavligen. Hedda hade kunnat se det som en ledtråd, men eftersom rutan varit lika svart sist hon varit där, så tänkte hon inte mer på det. Hon vandrade vidare med blicken till kylen och frysen. Samma kuponger, kvitton och foton på Skrållan och familjemedlemmar hon inte kände satt uppe med färgglada kylskåpsmagneter som sist. Ingenting hon såg i hela köket gav henne så mycket som en viskning om varför Zaafir betedde sig som han nyss sett ett spöke. Det enda som inte stämde in var hon. Hon hörde inte hemma där. Hade hon bara misstagit sig när hon trott att han ville ha henne där? Hade han redan tröttnat på henne?

Genast så skämdes hon över sin egen naivitet. Vem var dum nog att tro att han skulle vilja ha henne? Om hon var orsaken till hans bitterhet så tänkte hon då minsann inte stanna. Med en djup suck så reste hon sig från stolen och sade allvarligt:

"Zaafir, jag går nu."

"Går vart då?" svarade Zaafir med frånvarande röst. Han vände sig om med handduken om en skål och såg på henne med sin ovanligt sorgsna blick.

"Hem. Jag går hem."

"Va? Varför?" Zaafir lade genast ifrån sig skålen och stirrade på henne oförstående. Hedda lade armarna i kors och försökte stå emot att grimasera av smärtan som pulserade genom henne. Aldrig mer fick hon visa sig så sårbar.

"Jag är tacksam för allt som du har gjort för mig det här senaste dygnet. Jag kan verkligen inte tacka dig och Rania nog. Men jag ser ju på dig att du har tröttnat på att jag är här, så jag lämnar dig ifred nu. Ge mig bara ett par minuter att samla ihop mina saker så försvinner jag sen. Och du behöver inte bry dig om mig eller oroa dig för mig något mer, jag lovar att hålla mig borta. Jag kommer att klara mig utmärkt." Något Hedda inte kunde tolka gnistrade till i Zaafirs blick. Han såg uppriktigt sårad ut nu. Han kastade ut armarna och sade med irriterad röst:

"Va? Vad i helvete håller du på med? Jag orkar inte med det här en gång till, Hedda. Inte idag. Snälla bara…" Han kom av sig, slog armarna om sig och slog ner blicken i golvet. När han fortsatte var hans röst knappt hörbar:

"Jag orkar bara inte ta det här med dig igen. Vi har ju gått igenom det här så många gånger. Snälla bara sluta försöka dra dig ifrån mig när allt jag vill är att få hjälpa dig." Han mötte hennes blick och tog ett par steg mot henne med armarna uträckta, redo att omfamna henne. Han behövde få känna henne i sina armar, han visste inte hur han skulle orka annars. Men istället för att låta sig bli omfamnad så ryggade Hedda undan. Ett skimmer av rädsla syntes i hennes ögon, och Zaafir visste att han hade sabbat den ynkliga tillit han lyckats förtjäna. När hon talade var hennes ord stränga, men den som lyssnade noga hörde den underliggande skräcken.

"Om du inte orkar med mig längre, du säger det ju själv, så varför vill du då hjälpa mig? Va? Och om allt du vill är att hjälpa mig, varför går du då omkring som om du hade en demon i ditt hem? Jag är inte välgörenhet! Ge mig en enda riktig orsak till att stanna, för annars drar jag snabbare än du kan säga att du vill hjälpa mig igen! Och kom inte här och säg att jag inte klarar mig utan dig för jag klarade mig fint utan dig i tjugosju jävla år! Jag behöver inte dig! Så varför skulle jag stanna? Vi känner inte ens varandra."

Zaafir såg handfallen ut. Tårar han kämpat hårt för att hålla tillbaka rann nerför hans kinder, och han lutade sig mot dörrkarmen och sjönk ner på golvet. Skrållan var genast framme och slickade tårarna. Zaafir strök henne långsamt över bogen medan han lågmält och långsamt sade:

"Jag vet. Du har rätt. Du behöver inte mig, men jag behöver dig." Hedda lät armarna falla till sidorna, och satte sig på huk en bit ifrån honom. Hon suckade och lutade huvudet bakåt. Varför var det så svårt för henne att bara lämna honom? De satt en stund i tystnad, men tillslut så sade Hedda med en så mjuk röst hon kunde uppbåda:

"Så varför..." hon behövde inte säga något mer innan Zaafir avbröt henne.

"Min bror, Kassem, han som dog. Det är hans födelsedag idag och..." Hedda kände murarna rämna inom henne. Han behövde inte avsluta meningen, för hon visste vad han skulle säga. När han äntligen lyfte blicken igen och såg in i hennes ögon utan att försöka dölja dunklet i sin själ så fyllde hon i åt honom:

"Och hans dödsdag." Zaafir nickade och stirrade ut i tomma intet. Hedda kröp närmare honom och kupade handen runt hans kind. Med tummen torkade hon undan en tår innan hon lutade sig mot honom och kysste kinden. När hon drog sig tillbaka och satte sig bredvid honom så sade hon:

"Varför sade ni ingenting om det igår? Det måste ha varit så hemskt för Rania. Hade jag vetat så hade ni inte behövt hjälpa mig." Zaafir skrattade sarkastiskt innan han sade:

"Nej, för du hade ju läget under kontroll. Du behövde ingen hjälp alls."

"Du vet vad jag menar. Jag är väldigt tacksam, men hade du aldrig kommit så hade jag hittat ett sätt att rädda mig själv."

"Jag vet." Kanske fanns det fler ord att sägas, men i stunden så ville ingen utav dem dela något annat än tystnad. För en gångs skull så behövde inte Zaafir vara den som var stark, och Hedda behövde inte vara den som blev tröstad. Så hon lutade huvudet mot hans axel och höll om hans arm. Snart kände hon tyngden av hans huvud mot sitt, och tillslut lade även Skrållan ner sitt huvud i hennes knä. Under en lång stund satt de så, som en liten familj, på köksgolvet i den lilla lägenheten, utan att säga ett ord. Zaafirs sorg gjorde luften tung att andas, men i Heddas närhet fann han syre. Hedda lät tankarna om flykt vila, och njöt av känslan av att vara behövd. Att bli älskad var väl fint, men att älska var bättre.

Sekunderna passerade obemärkta för Hedda och Zaafir. Kanske satt de inte längre än några minuter, men ändå kändes stunden som en förevigad dvala. Inte förrän Skrållan reste sig och började vanka av och an av tristess så återvände deras sinnen till presens. Utan att försöka dra sig undan så sade Hedda lågmält:

"Vill du att jag stannar hos dig idag, eller vill du att jag lämnar dig ifred?" Det var en outsäglig lättnad att äntligen få vara den som ställde frågan, istället för att vara den som besvarade den.

"Jag vill att du stannar, om du orkar."

"Varför skulle jag inte orka?" Som svar lade Zaafir handen på hennes mage och strök varsamt. Hedda lade sin egen hand över hans innan hon svarade:

"Det gör inte lika ont idag." Långsamt flyttade Zaafir deras händer upp till hennes hjärta.

"Och här då?"

"Det gör inte lika ont där heller nu." Hedda kände hur han dröjde kvar med handen innan han lät den falla ner i sitt eget knä igen. Det förvånade henne när hon insåg att hon inte hade något emot det.

"Varje år på hans födelsedag så brukade vi åka till en klippa på andra sidan sjön. Mina föräldrar tog med oss dit en gång när han fyllde fem, och varenda födelsedag därefter så tjatade han om att få åka dit igen. Så det blev en tradition. Han ville aldrig ha något kalas, han ville bara ha picknick med oss på klippan. Till och med när han blev äldre och kom in i tonåren så skulle hans födelsedag alltid firas på klippan. Jag har ingen aning om varför den där platsen blev så speciell för honom, men ingen annan behövde förstå det. Klippan var en del av honom. När han dog så hade vi spenderat hela dagen där, precis som vilken födelsedag som helst. Vi spred hans aska uppifrån den klippan, tre veckor senare. Mamma fick oss alla att lova att aldrig återvända dit igen, jag antar att sorgen efter ett förlorat barn kan få en att säga såna dumma saker. Men när hans födelsedag var kommen året efter, så dök vi alla upp på den där förbannade klippan igen. En efter en. Alla hade enats om att sörja på eget håll, men ändå samlades vi allihopa på den enda plats vi kunde känna hans närvaro på. Så därför har vi fortsatt med det. Våra föräldrar, min syster och hennes fru, och Kassems gamla pojkvän. Alla som stod honom närmast återvänder till honom idag. Jag ska dit, och jag vill att du följer med mig.”

”Men jag är inte en del av hans familj, jag kände honom inte ens. Hur skulle jag ens kunna… Ni behöver få sörja ifred, utan en främling.”

”Du är en del av mig, så du är en del av min familj. Ingen kommer att bli upprörd för att du kommer, jag lovar.”

”Okej då, för din skull.”

En timme senare satt de i bilen med Skrållan fastknäppt i bältesselen i baksätet. De körde på en lummig väg omgiven av blomstrande gröna skogar med högsträckta barrträd och mossa lika evigt mörkgrön som om de hade färdats genom en gammal målning. Hedda höll i en kylväska full med godsaker som Zaafir grävt fram i skafferiet, sådana som kom i en plastförpackning och med en innehållsförteckning som var lång nog för att kunna vara en novell. Sådana godsaker som smaklökarna älskade men som magen helst refuserade. Hedda kunde inte ens minnas när hon sist låtit sig smaka något som innehöll mer än tre ingredienser, och munnen hade vattnats vid blotta åsynen av godsakerna. Hennes smärta hölls i schack av smärtstillande, och sorgen lät hon sig för stunden glömma. Solen som sken mellan träden och den blåa, klara himlen lät sinnet färdas till en plats där lidande var lätt att förgäta, och lycka var lätt att förnimma. Sin vänstra hand lät hon vila ovanpå Zaafirs hand som han höll på växelspaken, och på hennes läppar vilade ett nästintill osynligt leende. Hon kände Zaafirs blick värma hennes kind, så hon vände sitt ansikte mot honom och log. En kort sekund kändes deras ögonkontakt fylld av något mer än vänskap, men sedan riktades hans blick tillbaka mot vägen och stunden var förlorad. Hedda såg återigen ut genom fönstret och betraktade den djupa skogen utanför och hörde Zaafir säga de ord som alltid tycktes få henne att vilja smälla till honom.

"Är allt bra?" Hedda suckade ljudligt och höll blicken vänd mot träden när hon svarade honom:

"Vet du, en dag kommer du nog tröttna på att jämt och ständigt ställa mig den frågan."

"Det hoppas jag verkligen inte. Du ska nog allt se att när du är gammal och grå och sitter halvdöd i en knarrande gungstol, så ska jag sitta halvdöd i stolen bredvid dig och fråga hur det står till."

"Ha! Dröm vidare, grabben. När jag är gammal och grå så ska jag ligga halvdöd i mossbädden i skogen helt ensam, så som det var ämnat. Då kommer jag inte ha något bättre för mig än att lukta på granbarren och koka tallbarrs-té i ett stormkök hela dagarna." Hedda skrattade, men Zaafir blev bara tyst.

"Men kom igen, tål du inte lite humor?" sade Hedda och iakttog Zaafirs lätt oroade ansiktsuttryck.

"Det där var inte ens roligt. Tänker du verkligen spendera hela din ålderdom ensam i skogen? Blir inte det… ensamt?"

"Ja, det är väl klart! Det är ju ensamheten som är hela poängen med att vara i vildmarken. Och vem sade att jag bara pratar om min ålderdom, ju tidigare jag kommer dit, desto bättre. Om du verkligen trodde att jag skulle dö på ett ålderdomshem, efter att ha lagt mina sista år på att sitta och ruttna i en gungstol och berätta minnen om den gamla goda tiden… Ja, då känner du mig inte alls."

"Men det är ju det som ålderdomen handlar om!"

"För vissa är det säkert det, men för mig… ja, det kommer inte ens finnas en god tid att berätta om. Dessutom så tänker jag då inte låta någon sätta in dropp med näringsersättning i min kropp bara för att hålla mig vid liv i några år till. Den dag då moder jord vill ha mig tillbaka, då tänker jag gladeligen följa med."

"Men det låter så sorgligt! Hur kan du veta nu vad du kommer vilja om femtio eller sextio år? Och hur kan du vara så säker på att det inte kommer finnas några goda minnen att berätta om, kanske är den gamla goda tiden inte kommen än. Är inte det här, just den här stunden, ett bra minne?"

"Jag försöker inte verka dyster, kära du. Jag vill bara inte att du förväntar dig något utav mig som jag aldrig kommer kunna ge. En dag kommer jag att återvända till skogen, och jag vill inte att någon försöker hindra mig från det."

"Så även om någon vill dela resten av livet med dig, så kommer du inte att ta emot den kärleken?"

"Ord om evig kärlek är inget annat än tomma löften för mig. Det har livet bevisat. Även du kommer att lämna mig en dag, när du finner ditt livs kärlek och du ger dig av för att spendera en evighet av lycka med henne.” Zaafir kände frustrationen stiga och han ryckte åt sig sin hand. När skulle hon förstå hur mycket han älskade henne? När skulle hon förstå att han aldrig skulle lämna henne? Att hon var hans livs kärlek? När skulle hon förstå hur djupt allt det hon sagt de senaste minuterna sårade honom? Han ville gråta och vråla och banka händerna i ratten som ett argsint, sårat litet barn, men istället bara han bet ihop käkarna hårt och gjorde sitt bästa för att svälja ilskan. När han efter en stunds tystnad talade igen så kom orden ur hans mun mycket strängare än han tänkt. Han var trött på att ständigt försöka värna om hennes känslor.

”Så vem var han?”

”Vem då?” svarade Hedda med ett lättsamt tonfall.

”Tölpen som förstörde dig. Han som gjorde dig på smällen och sen lämnade dig.”

”Frågar du därför att du verkligen vill veta, eller därför att du vill försäkra dig om att du är bättre än honom?” Heddas röst var frånvarande, och hon vägrade se på honom. Hennes blick var som fastetsad vid det nu skiftande landskapet utanför fönstret.

”Spelar det någon roll? Bara svara på frågan.”

”Det var inte som du tror. Han övergav mig inte, och hur kunde någon utav oss ha vetat om barnet. Det var inte direkt meningen att det skulle bli så här.”

”Men något måste ha hänt, han eller någon annan måste ha gjort någonting mot dig som fick dig att bli så här...”

”Skadad?”

”Nej, du vet vad jag menar.”

”Inte för att det här har någonting med dig att göra, men eftersom du frågade så kan jag väl bara säga att det inte fanns någon annan, det var bara han. Och vi var lyckliga en lång tid. Vi båda trodde nog att vi skulle spendera resten av livet tillsammans, men så blev det inte.”

”Så vad hände?”

”Lyckan tog slut.”

17

Resten av resan till Kassems klippa passerade i tystnad. Zaafir hade haft fler frågor att ställa, men Hedda hade inte haft fler svar att ge. För en gångs skull så hade Zaafir varit klok nog att låta hennes ovilja att berätta om sig själv bero, och Hedda hade välkomnat tystnaden med ännu mer tystnad. De färdades i en ständig uppförsbacke medan björkarna och granarna utanför fönstret förvandlades till tallar med tjocka stammar som frodades i den våta marken. Omgivningen blev allt klippigare, och efter en stund skymtades det blåa vattnet bakom trädtopparna på västra sidan. Bilens klättring fortsatte i ett stadigt långsamt tempo uppför den slingrande backen i ytterligare tjugo minuter innan Zaafir slutligen ställde bilen invid en skogskant där två andra bilar stod parkerade. Hedda kände igen Ranias bil sedan dagen dessförinnan, men hon såg inte skymten av någon annan människa. Allt hon såg framför sig var träd, stenar och mossa. Utan att försöka avslöja oron hon kände inför att behöva gå långt genom klippig terräng med smärtan från missfallet, så frågade hon så lättsamt hon förmådde:

"Är det långt till klippan?"

"En liten bit, kanske några hundra meter. Men vi har ingen brådska, vi går i det tempo du klarar av."

"Jag är inte döende, vet du."

"Uppenbarligen såg du inte dig själv i spegeln igår." Zaafir log menande mot henne, och trots att det fortfarande tog emot att hon visat sig så sårbar inför honom, så log hon tillbaka innan hon knäppte loss bältet och klev ur bilen. De vandrade långsamt på en knappt synbar stig genom täta snår av vild flora. Ormbunkarna nådde dem upp till armbågarna och i öppna gläntor sken solen in genom den glesa tallskogens trädkronor. På sina ställen skymtades den steniga klippmarken där mossan inte lyckats täcka stenen, och vartannat steg fick de kliva upp på en ny avsats. Inga rep, trappor eller halksäkra brädor fanns tillgodo som i nationalparker och naturreservat. Det fanns ingen tvekan om att platsen trots sin skönhet var dold för många utav människorna som bodde så nära detta paradis. Kanske var de för upptagna med sitt vardagspussel för att ge sig ut på upptäcktsfärder. Eller kanske var de för förblindade av den digitala världens hänförande skärmar för att våga blicka ut genom fönstret och inse hur mycket de gick miste om. Oavsett vad så fanns det lycka att finna i ödsligheten. Inga ölburkar, plastpåsar och godisförpackningar lås inbäddade i mossan. Djurlivet blev lämnat ifred, och likaså skogens alla andliga rår, som ingen någonsin trodde på.

Desto högre upp de kom, desto girigare blev vinden. Trots att träden fångade det mesta av dess klåfingrade händer, så slet den ändå tag i håret och kläderna och fick även den mest jordade varelsen att skygga undan för blåsten. Sakta kom de allt närmare klippan, och snart hördes avlägsna röster. De sista få metrarna fick de kliva över nedfallna grenar och gå aktsamt för att inte råka fastna med foten i klippans sprickor. När de tillslut kom ut genom skogen och mötte de förvånansvärt muntra blickarna så kom Rania mot dem med öppen famn. En tår glittrade i hennes ögonvrå, men leendet på hennes läppar tycktes vara äkta. Hennes hår var invirat i en svart sjal som svajade dystert i vinden. Några få hårstrån hade lyckats ta sig loss från knuten och lagt sig som mörka trådar över hennes ansikte. Den knälånga klänningen svajade lika dystert som sjalen, men trots sorgen som låg som ett skimmer i hennes ögon, så omfamnade hon Hedda med kraft och styrka. Utan att veta varför så föll det henne naturligt att besvara omfamningen och lägga intill huvudet mot kvinnans axel. Utan att släppa taget om Hedda så sade Rania:

”Jag hoppades att han skulle ta med dig. Tack för att du kom. Han kommer kanske inte säga det till dig själv, men jag vet att det betyder mycket för honom att du finns här idag.” Hedda var evigt tacksam att Rania inte hade frågat hur det var med henne, eftersom det var en fråga hon omöjligen kunde besvara, men trots att hon ville uttrycka sin tacksamhet så ville inga ord lämna hennes mun. Istället kände hon en okänd energi surra inom sig, och hon överväldigades av den varma känslan som spred sig i bröstet av att bli hållen. Medan Zaafir kramade om sin far och sina systrar så släppte Rania långsamt taget om Hedda. Kvinnan lät sin ena hand falla ner till Heddas mage, och med en arm kvar om Hedda så viskade hon:

"Jag vet att det gör fruktansvärt ont nu, men jag känner i mitt hjärta att det här inte var ditt enda barn. Det finns någon mer därinne, inte i kroppslig form ännu, men någon som du är ämnad att en dag möta." Hedda brast i gråt och klängde sig fast i Ranias famn igen, på samma sätt som hon i flera år i skulle komma att klänga sig fast vid hoppet som hennes ord hade skänkt. De båda kvinnorna grät en stund tillsammans, tills tårarnas flöde saktade ner och Zaafir drog lätt i Heddas arm för att få presentera henne för resten av sin familj. Mot sitt ben kände hon två små tassar, och när hon sänkte blicken så såg hon en vetefärgad Borderterrier som ställt sig på bakbenen med framtassarna mot hennes ben och viftade febrilt på den lilla svansen. Zaafir kliade hunden bakom ena örat och sade:

"Det här är Tikkah, mammas hund."

Hedda smålog mot Tikkah och böjde sig ner för att klappa henne. Zaafir lät handen svepa över den lilla folksamlingen samtidigt som han sade:

"Det här är min pappa, Yehiya. Min syster Madeha och hennes partner Noelle." Hedda skakade hand med allesammans innan hon klev längre ut på klippan för att ge familjen lite avstånd. Hon såg till att lägga flera meter mellan sig själv och de andra och stannade inte förrän hon stod vid kanten. Framför henne låg sjön så stillsam trots blåsten. Endast små rytmiska vågor pulserade på vattenytan och gjorde den levande. I en sekund ven vinden i hennes öron, och hon färdades tillbaka i sina mest dyrbara minnen, till den plats hon

216

för evigt skulle kalla hem. Hon slöt ögonen, och för sitt inre såg hon havet framför sina fötter och hörde de våldsamma vågorna slå emot klipporna längre ner. Hon kände salta droppar av havsvatten slå emot sin hud när vinden försökte blåsa omkull henne. Under sina bara fötter kände hon den våta, kalla stenen, och när hon fångad i sina minnen lyfte blicken såg hon skyn färgas blodröd av solnedgången. Genom suset av vinden hörde hon sitt namn ropas. Hon kände igen rösten, ville så gärna att det inte skulle vara ett minne. Hon vände sig om mot rösten som kallat på henne och öppnade ögonen, men farmodern fanns inte där. Stormen omkring henne förvandlades tillbaka till mjuka vindar och havet framför henne blev återigen en sjö. Hennes fötter var inte bara och det fanns inte ett spår av sälta från havsvatten på hennes hud. Minnet hade inte varat länge, men det var mer än hon hade tillåtit sig själv att minnas på flera år. Vad skulle hon inte ha gett för att få återvända till den platsen?

Nästa gång hon hörde sitt namn uttalas så var det Zaafir. Hon kände Skrållans blöta nos i handflatan och hans hand på sin arm. Han stod nära nog för att hon skulle kunna luta sitt huvud bakåt och vila det mot hans bringa, och när hon gjorde det så svarade han med att stryka hennes arm långsamt. För att vara något så oskyldigt så upplevde hon en lusta hon inte känt på länge, och trots att känslan var överraskande, så var den välkommen. Zaafir suckade och hon sade lågmält:

"Vad tänker du på?"

"Att du står precis som Kassem brukade göra. Alltid när vi kom hit så gick han ända fram till kanten och bara stod där en stund. Det var som om han såg någonting i horisonten som vi aldrig gjorde. Något som endast han kunde förstå. När mamma såg dig gå fram till kanten precis som han gjorde, så sade hon att hon för en sekund trodde han hade återvänt till oss. Att det var som om han aldrig lämnat oss, så som det borde vara."

"Förlåt mig, jag hade ingen aning. Jag ville bara ge er lite utrymme."

"Nej, du missförstår mig. Hon blev lycklig av att se dig. Vi hade alla glömt bort att han alltid gjorde så, men du väckte minnena till liv igen." Han pausade en kort stund och andades in den ljuva doften av hennes hår.

"Dessutom, så tror jag att ni två är, eller var, lika. Jag tror att du ser det ingen annan ser, precis som Kassem gjorde."

"Jag vet inte vad jag kan säga som svar till det."

"Så säg ingenting då. Bara berätta för mig vad du tänker på."

"Ingenting. Inget viktigt i alla fall. Jag bara minns en annan tid..." Hon vände sig om så hon stod vänd mot honom, farligt nära om hon ville skydda sitt hjärta, och fortsatte innan han hann be henne om fler ord:

"Men jag vill inte tala om det. Inte nu åtminstone. Nu är det din tur att minnas, och min tur att frossa i de där sakerna jag såg dig lägga ner i kylväskan förut." Zaafir skrattade och sade:

"Då är det väl bäst att vi gör så." Sedan återvände de till familjen och hjälpte alla att duka fram allas medhavda måltider och bakelser tills den lilla klippan började likna ett julbord. Det dröjde inte länge innan sorgsna blickar blev till leenden och Kassems dödsdag blev ihågkommen som hans födelsedag, mer än en mardröm som blivit sann. Efter en stund anlände även hans gamla pojkvän, och allesammans satte sig ner på marken och åt av godsakerna. Hedda sade inte mycket under alla de timmar som spenderades på klippan, men för första gången på vad som kändes som en evighet, ja, kanske för första gången någonsin, så kändes det som om hon var en del av en riktig familj. Omgiven av människor vars hjärtan var så fyllda av kärlek, att de var villiga att omfamna en främling och låta henne vara en del av deras gemenskap, även om så bara för en dag. Det Hedda trodde skulle bli en dag fylld av sorg och tårar, tvingades hon inse blev till något muntert istället. Visst grät de tillsammans och visst kunde hon se smärtan i alla deras ögon över att sakna någon så ofattbart mycket, men ändå sken ett ljus inom dem som var starkare än något mörker. När de log och skrattade över att minnas och återberätta roliga historier, så var deras glädje genuin.

Framemot kvällen tändes en brasa, och Zaafirs far, Yehiya drog fram en flaska rödvin och en flaska rom ur sin väska. Det var bara Yehiya och Madeha som drack, eftersom resten skulle köra och Hedda trots att ha blivit erbjuden flera gånger om inte ville ha. Men även fast det bara var två som drack, så blev stämningen friskare och skämten grövre. Luften kändes lättare att andas och när Rania lade en filt om både henne och Zaafir, så de tvingades sitta närmre varandra, så kände hon en värme sprida sig i själen. Där de satt runt elden och betraktade eldgnistor sväva upp i luften, upp mot den rosalila skymningshimlen, så tänkte hon varken på sitt missfall, eller Estrid, eller arbetet. Istället fylldes hennes tankar av allt det som fanns omkring henne. Hon lyssnade på vartenda ord som Yehiya sluddrade om hur Kassem varit som barn, och hon kände värmen från elden mot sitt ansikte och känslan av att vara så nära Zaafir. Hon ryste av välbehag, och en huvudvärk hon knappt ens vetat om funnits där lämnade henne. Hon log mer och skrattade mer än hon hade gjort på länge, och när tårarna föll så brydde hon sig inte om det. För vad fanns det egentligen att skämmas för?

När skymning blev till natt, och alla kom överens om att släcka elden och börja bege sig hemåt, så kände sig Hedda berusad. Inte av alkohol, men av livet och av kärlek. Känslorna som hon nu vågade känna helt och hållet vibrerade inom henne och fick hela hennes väsen att skaka. När de gick tätt efter varandra genom skogen, med ficklamporna i mobilerna tända och riktade mot marken för att inte snubbla, så insåg Hedda att vad som än skulle hända när hon och Zaafir kom tillbaka till lägenheten, skulle vara menat att ske. I just den stunden trodde hon helhjärtat på att det funnits en mening med kvällen, ett sätt att öppna upp henne för möjligheten att bli älskad igen. Likaså trodde Zaafir. Där han klev nerför klipptrappan och smög genom snåren med Skrållan vid sin sida och Hedda framför sig, så kunde han inte låta bli att tänka på vad han hade känt den kvällen. Han hoppades så gärna att hon skulle vilja vara med honom, så gärna att han lurade sig själv till att tro att det var sanning.

När de äntligen kom fram till bilarna, efter att Yehiya råkat trampa fel och fallit omkull flera gånger om, så att alla fått göra en gemensam insats för att få upp honom på fötter igen, så hävde den rundlagda mannen in Hedda i sin bastanta famn och höll henne hårt. Zaafir försökte gå emellan men det var lönlöst, istället bara han utväxlade en road blick med Hedda. Hon kände alkoholstanken från hans andedräkt och kände hur liten hon blev i hans stora famn. Helst hade hon velat putta undan honom, men det insåg hon endast skulle sluta i att han skulle ramla ännu en gång, så hon valde att stå ut medan han sluddrade högljutt i hennes öra:

"Jag är så glad att han fann dig. Så glad, så glad. Du är som min dotter nu, vet du. Nu är du familj, vet du. Då ska vi alltid fira tillsammans. Det är så bra, så bra att han hittade dig så han har någon att älska. Någon som kan älska honom. Han har varit så ensam, vet du. Och så träffade han dig och så sen så blev det så bra. Nu håller han aldrig käft längre, vet du..."

Rania drog bort honom från henne och gav honom en kyss för att få honom att sluta prata. Han behövde inte avslöja allt för mycket om sonen, Zaafir var ju trots allt den enda sonen de hade kvar. Kyssen varade länge nog för att han skulle glömma bort vad han hade att säga, så när Rania väl släppte taget om honom så bara han föste in var och en av familjemedlemmarna i sin björnfamn innan han på lite ostadiga ben sjönk ner i passagerarsätet i bilen. Rania stängde bildörren och sade:

"Han är som en liten barnunge ibland, den där karln. Glappkäftig som få och börjar jollra så fort man ger honom flaskan!" Ett skratt spred sig, men trots hennes hårda ord så var kärleken i hennes blick genuin när hon såg på den stora bjässen som redan halvsov i bilen.

"Det är väl bäst att jag kör hem honom, så han hinner få lite sömn innan baksmällan slår till." Rania slog armarna om sin dotter och sin svärdotter och beordrade dem att köra försiktigt på resan hem. Sedan kramade hon om svärsonen och Zaafir och allra sist Hedda.

"Detsamma gäller för alla er. Kör ni inte försiktigt hem så lovar jag att jag kommer att hemsöka er varenda natt när mina dagar på jorden är förbi." Kassems gamla pojkvän lovade att ta det försiktigt, tackade för sig och satte sig sedan i bilen och körde iväg. Samtidigt som Zaafir kramade om sin syster och svärsyster så sade han:

"Jag lovar, och jag messar dig när vi har kommit tillbaka, som alltid."

"Bra. Då så, hejdå då, mina älsklingar." Tillslut satt alla i sina bilar och kunde sakta rulla nerför bergets slingriga väg. När Zaafir och Hedda blev ensamma, och Skrållan lade sig ner i baksätet för att vila, så återvände begäret de båda kände av att få vara nära varandra. Men Hedda vågade inte lägga sin hand på Zaafirs när han lät den vila på växelspaken, för varenda liten beröring kändes som en elstöt. De gjorde inget annat än satt tysta i bilen och betraktade den mörka skogen framför dem, men ändå slog det gnistor omkring dem. Hade han inte varit så livrädd för att skrämma bort henne så hade Zaafir gärna ha kört åt sidan och stängt av bilen, bara så han kunde få vidröra henne. Han visste att han var tvungen att vara tålmodig. Det var bättre att vänta med att göra någonting inbjudande tills de var tillbaka i lägenheten. Inte ens då skulle det vara säkert att hon ville detsamma som honom.

De sade inte ett ord till varandra under hela tiden som de färdades genom skogen. När de väl kom ut på huvudleden igen så hoppade de båda till av att Heddas telefon ringde. Den höga ringsignalen skar i öronen som vant sig vid tystnaden, och i baksätet gav Skrållan ifrån sig ett dovt morrande av att ha blivit väckt ur sin sömn. Hedda fumlade i fickan innan hon lyckades samla sig själv tillräckligt för att greppa tag om mobilen och plocka upp den. När hon såg numret på displayen så tyckte hon att hon kände igen det, men eftersom hon inte kunde minnas varför så svarade hon och höll mobilen mot örat.

”Hej, det är Hedda.”

”Hedda, det är pappa. Jag vet att du inte ville höra av oss igen men du måste lyssna på mig nu.” Hans röst var jäktad och han lät flåsig när han uttalade orden.

”Jag vill inte prata med dig nu…” Arvid avbröt henne innan hon hann säga något mer:

"Vi är på sjukhuset. Mamma har blivit sämre, väldigt mycket sämre. Hon kollapsade i köket hemma och hon har inte ätit ordentligt på flera dagar. Jag körde henne hit till akuten och nu släpper de inte in mig till henne. Jag vet inte vad de gör med henne eller hur hon mår. Jag försöker ju säga att hon behöver mig, men de släpper inte in mig. Och ingen säger någonting. Jag vet inte hur länge vi har varit här eller vad jag ska göra eller någonting."

Hedda kände hur den där underbara känslan i kroppen rann ur henne. Plötsligt kände hon sig frusen och illamående, och när hon mötte Zaafirs blick så speglades hennes oro och frustration i hans ögon. Det var just sådant här som hon lovat sig själv inte skulle bekomma henne längre. Hon tog ett djupt andetag innan hon svarade:

"Lugna ner dig lite. Det är säkert inte så illa som det verkar." Det kändes som en lögn, och smakade precis lika bittert.

"Jag tror tyvärr inte att jag kan hjälpa dig med det här."

"Men du måste komma, Hedda. Det bara du måste. Jag kan inte klara av det här på egen hand. Hur ska jag kunna leva utan henne? Tänk om jag förlorar henne i natt? Vad ska jag göra då? Hon är mitt allt."

"Jag vet. Men ta några djupa andetag. Samla dig, och gå sen till receptionen och fråga sköterskan varför du inte får komma in till henne. Det finns nog en logisk förklaring."

"Men jag vet inte vart jag är. Jag tror jag har gått vilse. Jag är i en lång korridor och allt jag ser är några sparkcyklar. Du måste komma hit." Hedda suckade ljudligt. Hon tryckte telefonen mot kinden och svor innan hon svarade:

"Ja, jag kommer. Men det dröjer ett tag, kanske en timme. Försök att hitta någon som jobbar där och fråga om du kan få hjälp att hitta tillbaka till akuten, sen sätter du dig i väntrummet och stannar där tills jag kommer."

"Men tänk om jag inte hittar någon?"

"Då fortsätter du leta! Vad du än gör så försök att inte bli för arg. Jag är på väg." Hedda hörde snyftningar, och i samma stund som hon tänkte lägga på, så sade Arvid med sprucken, svag röst:

"Kommer jag förlora henne i natt?"

"Jag vet inte." Det var det ärligaste hon kunde säga. Innan han fick en chans att säga något mer så lade hon på, slängde mobilen i golvet och utbrast:

"Fan!" Zaafir höll blicken på vägen men såg bekymrad ut, utan att försöka dölja besvikelsen i rösten så sade han:

"Vad är det som händer?"

"Kan du lämna av mig vid sjukhuset."

"Ja, visst. Men varför?"

"Därför att jag tror min mamma kommer att dö i natt."

18

”Du kommer väl aldrig att överge mig, eller hur, Henrietta?”
Theodore satt i sängen och knaprade på ett kex medan han iakttog
Henrietta som satt vid sitt sminkbord och strök på ett tjockt lager
med blodrött läppstift på sina läppar. Hon svarade honom utan att
vända sig om:

”Självklart inte, raring. Jag vet hur det känns att stå på bar mark
och inte ha någonting mer än kläderna du har på kroppen. Du vet
väl att du får bo här så länge du behöver.”

”Och sen då?” Henrietta mötte hans blick i spegeln och sade
medan hon läppjade på ett papper:

”Vad menar du?”

”Kommer du att överge mig sen? När jag inte längre behöver
dig.”

”Men raring, varför är du så orolig för att jag ska lämna dig?
Hade jag inte velat ha dig hade jag ju lämnat dig i den där gränden.”
Hon strök på ett sista lager läppstift innan hon vände sig mot honom
och gav honom en slängkyss. De hade haft sex för endast en kvart
sedan, den skarpa odören av kroppsvätskorna hängde kvar i luften
i den lilla stugan. Sängkläderna låg i en enda stor hög och i
sopkorgen bredvid Henriettas sminkbord låg kondomerna slängda.
Henrietta hade inget mer på sig än sin genomskinliga negligé, och
Theodore visste att det inte skulle dröja länge till innan begäret efter
henne skulle komma tillbaka. När hon vände sig mot spegeln igen

och började fästa håret i hårnätet såg han hennes sorgsna blick i spegelreflektionen och sade:

”Du måste inte jobba ikväll.”

”Jo, det måste jag faktiskt. Jag har redan stannat hemma i flera dagar, jag har inte råd med det. Speciellt inte om du ska fortsätta äta upp all min mat.” När hon trädde peruken över hjässan så skakade hennes händer och illamåendet letade sig in i hennes kropp. Hon hade inte förmått sig att träffa en enda klient de senaste dagarna, men räkningarna skulle snart betalas och kylskåpet gapade tomt, så hon hade inget val längre. För några dagar sedan hade en av hennes gamla klienter hängt sig, och minnet av när hon hittat honom var fortfarande alldeles för färskt. Hon ansträngde sig för att inte minnas när Theodore sade:

”Men kanske var det bra att han dog.”

”Va?” Henrietta vände sig hastigt om igen och såg på Theodore som plockade i sig smulor från lakanet. När han svarade henne så var hans röst frånvarande och hans blick fastetsad i madrassen.

”Ja, du var ju alltid så ledsen när du varit hos honom. Och du hade de där blåmärkena på handlederna och fotlederna. Så kanske var det en bra sak att du inte kan träffa honom längre. Kanske förtjänade han att dö.”

”Det kan du väl inte mena! Det är aldrig en bra sak att någon dör, Theodore.”

”Men han var så våldsam med dig, det sade du ju själv.”

”Han gillade bondage bara, det var allt jag menade med det.”

”Men blåmärkena…”

”Han kunde bli lite hårdhänt med mig ibland, än sen? Det betyder inte att han förtjänade att dö. Dessutom så var han en kattunge om man jämför med mannen jag ska möta ikväll.”

Theodore mötte äntligen Henriettas blick igen, men hans ansiktsuttryck var fullt av hatisk oro.

”Jag borde följa med dig i så fall. Jag vill inte att du blir skadad.”

”Åh, raring. Du är så söt.” Hon reste sig från sin stol och kupade sina händer runt hans kinder.

”Tro mig, du vill inte följa med mig dit jag ska. Och du behöver inte vara så rädd om mig, jag har överlevt i den här branschen länge, jag har inte tänkt låta mig bli krossad som en träl i ett hjul. Horor får varken ob-tillägg eller arbetsskadeersättning, men vi klarar oss ganska bra ändå.”

”Vad är det han kommer att göra med dig?”

”Det vill du inte veta. Det enda du kan göra för mig ikväll är att se till att det finns en varm säng att komma hem till.” Hon strök sin hand över hans bringa innan hon satte sig vid sminkbordet igen och började nåla fast peruken med det mörka, krulliga håret. Theodore sträckte sig efter bibeln på nattduksbordet och lade den tjocka boken framför sig i sängen. Med pekfingret följde han långsamt konturen av korset på framsidan. Det fick honom att återigen minnas den makabra avbildningen av Jesu korsfästelse i kyrkan, och ett minne från sitt förflutna nådde hans sinne. Ett leende drog i hans mungipor och han sade lågmält:

”Tänk om det fanns ett sätt att komma åt de som skadar andra.”

”Ursäkta? Vad mumlar du om nu?” sade Henrietta medan hon bättrade på mascaran.

”Jag bara kom ihåg någonting som min far lärde mig när jag var ung, om hur alla vet varför Jesus korsfästes, men ingen lär sina barn om vad korsfästelse användes till i vardagen. Eller ja, ingen utom han.”

”Ibland skrämmer dina historier mig, Theodore. Men fortsätt, du.”

”Syftet var att förnedra och plåga den dömde inför allas åsyn och därigenom också avskräcka andra. Tänk om det var möjligt att faktiskt göra så idag.”

”Men det vore väl jättehemskt. Vad för slags lagstiftning skulle tillåta sådan tortyr?”

”Vad för slags lagstiftning skulle tillåta sexförbrytare och våldtäktsmän att gå lösa?”

”Ja, vår. Men det kan du väl omöjligen jämföra. Vad är det du försöker få fram här egentligen?”

”Den dömde hängdes eller spikades naken upp på en påle, med en tvärslå där handlederna fästes. Eftersom armarna var så utsträckta så blev det en så väldig press över lungorna att syndaren tillslut kvävdes. Det kunde ta flera dagar ibland. Han hängde alltid där alla kunde se honom, precis som med alla andra former av skärpt dödsstraff. Folket fanns alltid där för att iaktta steglingen, eller rådbråkningen, eller fyrdelningen. Alla skulle avskräckas.

Men idag göms våra brottslingar undan i fönsterlösa celler. Hur ska vi då veta vilka vi ska akta oss för?"

"Nu låter du som en galning. Din stackare. Vad för slags far berättar såna här historier för ett barn. Det är inte konstigt att du har alla dina mardrömmar." Henrietta hade under tiden de pratat börjat klä på sig, men hon pausade för att sätta sig ner i sängen och omfamna Theodore.

"Jag önskar jag hade något sätt att trolla bort alla dina minnen av honom. Det är inte rätt att en människa ska tänka på såna här makabra saker." Utan att dra sig undan hennes omfamning så fortsatte han:

"Men du missförstår mig. Tänk om han hade rätt? På den tiden visste alla i byn vem det var som syndat, nu har vi ingen aning om vem vi ska akta oss för längre." Henrietta rätade på sig och höll Theodore på en armlängds avstånd. Hon såg djupt in i hans ögon med allvarlig blick och sade:

"Nu måste du lyssna på mig. Ingenting av det din far sade till dig är rätt eller ens sant. Du får aldrig någonsin tro det. Sådana hemska former av mänskligt lidande som stegling och rådbråkning är i det förflutna, och där ska det förbli. Det finns hundratals anledningar till varför skärpta dödsstraff blev förbjudna under artonhundratalet, och inte en enda anledning till att göra det lagligt igen. När vi som medmänniskor börja sukta efter sätt att få våra kamrater att lida, då är det som att rent ut sagt måla satan över alla mänskliga rättigheter. Jag förstår att du måste få minnas ditt förflutna för att kunna gå vidare, men jag vill aldrig någonsin höra dig tala om tortyr som någonting positivt igen. Om du gör det så svär jag vid Gud Allsmäktige att jag kommer att slänga ut dig på gatan igen med huvudet först!"

"Så då kommer du att överge mig, trots att du sagt att du aldrig kommer att lämna mig?" Tårar började rinna nerför Theodores kinder. I den stunden såg Henrietta inget mer än ett sårat barn i en vuxen mans kropp. Hon förmådde inte att ångra det hon sagt, men hon önskade att hon visste hur hon skulle ta hand om honom på ett sätt som inte fortsatte såra honom. Hon strök varsamt undan tårarna i hans ansikte med ett papper och sade:

"Nu hörde du inte vad jag sade igen. Jag vill verkligen stanna här och trösta dig, men om jag inte går snart blir jag sen. Så jag måste..."

"Lämna mig?" Henrietta suckade. Det verkade hopplöst att få honom att inte känna sig övergiven varenda gång hon gick till jobbet. Eftersom hon inte visste vad mer hon kunde göra för honom så släppte hon taget om honom, ställde sig upp och fortsatte klä på sig. Theodore grät allt ljudligare, och i hans blick syntes vreden som blossade upp. Henrietta klev ut i hallen, tog på sig sin kappa och klev i sina röda pumps. I samma stund som hon sträckte sig efter dörrhandtaget så hörde hon Theodores röst inifrån sovrummet:

"Du kommer aldrig att överge mig. Det ska jag se till!" Hans röst var gäll och sände kalla kårar nerför hennes ryggrad. Henrietta försökte låta samlad när hon svarade honom:

"Jag är tillbaka vid tvåtiden. Lås om du går och lägger dig." sedan gick hon ut ur stugan och stängde snabbt dörren samtidigt som hon hörde Theodores gråtande kulminera.

Theodore satt i sängen och stirrade ut genom fönstret. Med blicken följde han Henriettas svängande höfter när hon gick ut från trädgårdens gamla trägrindar och begav sig mot busstationen. Ögonen sved av tårarna, men när han försökte torka bort dem så gjorde det endast ondare. Hans hjärta värkte vid tanken på att även hon skulle överge honom. Det fick bara inte hända. Alla han någonsin kommit nära i sitt unga liv hade på ett eller ett annat sätt svikit honom, han skulle inte överleva om även Henrietta gjorde det. Men vad kunde han göra? Världen var en grym plats och var gång hon lämnade honom för att uträtta sitt arbete så tog hon ett steg längre ifrån honom. Trots att hon endast funnits i hans liv i snart tre veckor så var hon den som visat honom mest kärlek. Hur länge skulle det kunna fortsätta? Hur länge skulle hon tillåta honom att leva med henne innan hon övergav honom? Det kändes som om visarna på klockan visade något mer än ett klockslag. Som om den vore en bomb som tickade och för var sekund kom närmare explosionen. Han kände sig modlös. Hur många gånger hade han inte tvingats se människor vandra ut ur hans liv för gott? Han var trött på att bli övergiven. Trött på att vara ensam. Han skulle göra vad som än krävdes för att få Henrietta att älska honom för evigt.

Trots att tårarna rann och hans kropp stank av svett så reste han sig hastigt ur sängen och klädde sig i kläderna som låg slängda på golvet. Han visste inte vad han skulle göra ännu, men han visste att han var tvungen att göra något. Gamla ord om synd, nedskrivna i vår tids mest lästa bok, ekade inom honom. Minnesbilden av en oskyldig man korsfäst för allmänheten att beskåda var allt han såg för sitt inre. När han klätt sig strök han undan tårarna med baksidan av handen innan han barfota sprang ut genom stugans dörr och kastade sig mot de stängda grindarna. Kanske kunde han inte sätta stopp för Henriettas smärta som en dag skulle få henne att överge honom, men han kunde i alla fall sätta stopp för ondskan som orsakade den.

19

Estrid låg klarvaken i sin säng och stirrade upp på de självlysande, gröngula plaststjärnorna som satt fastklistrade i taket. Hennes mamma hade klistrat dit dem åt henne en julaftonskväll när hon var sju år gammal, som en julgåva. Den dagen hade varit en av de bättre dagarna, men dagen därefter hade modern legat i sängen i sovrummet hela dagen och mumlat nonsensord igen. De förbannade stjärnorna skänkte föga tröst för sorgen hon kände inom sig. Imorgon skulle två år ha gått sedan modern tagit sitt liv genom att skära upp handlederna med en kökskniv. Estrids far hade inte sagt ett ord om saken. Han hade varit iväg hela dagen, och inte kommit hem förrän klockan elva på kvällen. Han hade varit så full att han ramlat när han snubblade på tröskeln i hallen, vilket hade resulterat i en följd svordomar som han med hög röst sluddrat tills My hade kommit till hans sida för att hjälpa honom resa sig. Han verkade inte ha ätit någonting, så hans första måltavla hade varit kylen. Men att gå in i samma kök där ens hustru suttit död vid det gamla furubordet två år tidigare, hade framkallat en sådan överväldigande våg av sorg att han inte kommit längre än innanför dörröppningen innan han sjunkit ihop på golvet med ansiktet begravet i handflatorna och tårarna rinnande. Han hade aldrig ens märkt av att Estrid dykt upp i andra änden av köket och iakttagit honom med sorgsna ögon. My hade försökt trösta honom, men han hade bara gormat och svurit åt henne var gång hon närmade sig honom. Han hade ropat hustruns namn flera gånger om, och var gång bölade han desto högre efteråt. Han hade ställt frågor som ingen kunde besvara; *Varför lämnade hon mig? Varför var jag inte tillräcklig? Varför älskade hon mig inte? Varför ville hon inte vara med mig? Hur kunde hon såra mig så?*

Estrid hade stått kvar i andra änden av köket länge nog för att se honom kräla fram till kylen och ta fram en matlåda han mirakulöst nog i all sin berusning kommit ihåg att han hade kvar. I en halv sekund hade hon trott att maten skulle stilla honom, likt ett spädbarn som läggs intill bröstet så fort det börjar feja. Men han glömde att den behövde värmas, så när han väl lyckats få tag i en gaffel och började äta så hann han inte mer än stoppa gaffeln i munnen innan han kastade matlådan i väggen och skrek att maten var kall. Estrid hade lämnat honom strax därefter och lagt sig i sängen igen med köttfärssåsspill på sitt nattlinne. Trots att hon stängt dörren om sig så hade hon legat vaken i fyra timmar nu och lyssnat på de våldsamma ljuden utanför sin sovrumsdörr. Inom sig hade hon hoppats att grannarna skulle ringa polisen, men även grannarna var så vana vid hans högljudda gormande på kvällarna att ingen orkade göra sig besväret att sträcka sig efter mobilen.

Den första timmen hade han mest vrålat och gråtit om vartannat. Estrid hade hört honom snubbla fram och tillbaka i lägenheten och var gång hon hade hört att han var alldeles utanför hennes sovrum, så hade varenda muskel i kroppen blivit till sten och blodet frusit till is i hennes ådror. Den andra timmen hade hon hört dämpade, dova smällar från när hans knytnävar nådde Mys hud. Hon skrek aldrig, men i stunderna när han var tvungen att pausa för att återfå sin balans, så hörde Estrid hur My kved och pep av smärta. Några gånger hörde hon honom vråla när han missade My och istället sparkade foten rakt in i väggen. Estrid hade aldrig ens tyckt en gnutta synd om honom.

Den tredje timmen hördes rytmiska dunsar från sängkarmen som slog emot väggen. Väggen mellan de två sovrummen var dåligt isolerad, så Estrid hörde vartenda stånkande andetag han tog när han våldtog My, och vartenda gny hon yttrade när han gång på gång penetrerade henne. Estrid hade aldrig varit en av dem som faktiskt lyssnade under biologilektionerna, men hon visste nog för att förstå varför våldtäkten som brukade vara i några minuter, denna gången varade i över en timme. Kraftigt alkoholintag var inget framgångsrecept för potens.

Den fjärde timmen hördes inget mer än faderns högljudda snarkande och de lågmälda ljuden av My som smög omkring i hemmet och torkade upp blodsspill och fyllespyor och röran i köket. Det var inte varenda kväll som han var sådan, och trots att kvällen hade varit värre än de flesta, och trots att det gick emot varenda fiber i hennes kropp, så kunde Estrid någonstans i sin själ finna förståelse för sin fars beteende. Den som blivit fördärvad av sorg blev sällan sig själv igen.

De senaste tio minuterna hade det varit knäpptyst utanför Estrids sovrumsdörr utöver faderns snarkande. Klockan var snart kvart över två på natten, men Estrid var lika vaken som om det hade varit dag. Hon hade inte en aning om hur hon skulle orka gå till skolan efter nätter som den här när sommarlovet tagit slut. Det var bara några få veckor kvar innan helvetet började igen. Dessutom så skulle hon börja högstadiet, vilket var en helt ny dimension av helvetet. Hon visste inte hur hon skulle överleva, men kunde finna tröst i tanken att hon kanske inte behövde göra det. Hon kröp ur sängen och smög fram till sitt fönster. Hon öppnade det så det stod på vid gavel innan hon klättrade upp och satte sig på den breda fönsterbrädan. Direkt när hon tittade ner på den upplysta gatan flera våningar ner så kände hon ett visst lugn belägra sig i sinnet. Det fanns ytterst få saker en människa hade kontroll över, men att leva eller dö var fortfarande något hon kunde styra över.

Hon hoppade till när dörrhandtaget långsamt trycktes ned och dörren sakta gled in i rummet. Estrid kände pulsen stiga och lyssnade noga efter faderns snarkningar. Som tur var hörde hon fortfarande honom. Det var bara My. Den trettioettåriga kvinnan med det för stunden grönfärgade, tunna, stripiga håret klev försiktigt in i Estrids sovrum. Hon såg värre ut än Estrid någonsin sett tidigare. Kläderna hon bar täckte vad Estrid visste var en blålila, svullen buk och blåprickiga armar och ben. Han hade spräckt både hennes överläpp, högra ögonbrynet och knäckt näsan så den såg onaturligt formad ut. Hon hade försökt plåstra ihop sig så gott hon kunnat, men blodet sipprade långsamt ner från ögonbrynet och näsan ändå. Hennes högra öga var igensvullet och huden var illröd. Svullnaden fortsatte ner över hela kinden. I det svaga månskenet som lös in genom fönstret så syntes chocken i ögat hon fortfarande kunde se genom. Där hon inte var blåslagen var huden likblek. Det var inte förrän Estrid lät blicken falla som hon lade märke till väskan som My höll hårt om i sin vänstra hand. My satte varsamt ner väskan på golvet, hennes ansikte förvreds i smärta. För första gången försökte hon inte ens dölja det. Hon tog några steg närmare Estrid, sträckte ut sin ena hand och viskade:

"Men lilla gumman, varför sitter du där? Du kan ramla ner." Hennes melodiösa brytning ekade inom Estrid på ett sätt den aldrig tidigare gjort. Kanske var det för att hon innerst inne visste att det här var sista gången hon någonsin skulle få se My, kvinnan som trots allt blivit som en slags mor för henne. Om inte det så åtminstone en allierad i kampen mot sin far. Estrid svarade henne viskande:

"Det är så varmt härinne, jag behövde få lite luft."

"Ja, men sätt dig i sängen igen snälla. Jag blir rädd." Mys röst var bedjande, så Estrid gjorde som hon sade och gick tillbaka till sängen. My sjönk mödosamt ner bredvid henne och fattade tag om Estrids händer. Trots att hon bara hade ett öga att se med så såg hon djupt in i Estrids ögon och viskade:

"Jag åker ikväll. Jag kan inte stanna här. Det finns ett kvinnohärbärge inte så långt härifrån som har sagt att de kan ta emot mig."

"Jag förstår." sade Estrid och slog ner blicken på deras sammanflätade händer. Hon kände ett oväntat behov av att bli hållen, och önskade att My kunde läsa tankar.

"Jag skulle ta dig med om jag kunde. Men jag kan inte lämna din pappa ensam, ingen vet vad han gör då. Han behöver dig. Även om jag hade velat så hade jag inte fått ta med dig. Du är inte min dotter, så du får inte komma." Estrid började skaka och tårar började rinna nerför hennes kinder.

"Åh, inte gråta, inte gråta." My strök varsamt undan tårarna från Estrids ansikte med sina fingrar innan hon fortsatte med ansträngd, dyster röst:

"Din pappa aldrig slår dig, eller hur? Han älskar dig. Det blir bra. Inte gråta. Du måste vara stark flicka." My tog loss sin högra hand från högen av händer och lade armen runt Estrid. Hon klappade försiktigt och tveksamt på Estrids axel i ett försök att trösta henne utan att själv vilja stanna kvar. Hon visste att det var djävulen inkarnerad som hon lämnade den stackars flickan med, men hon var tvungen att fly. Annars skulle hon kanske aldrig komma därifrån förrän hon låg död i en kista. Estrid försökte gråta så tyst hon kunde, men för var snyftning så blev det svårare. Hon sade med sprucken röst:

"Hur kan du lämna mig ensam med honom?" My kände hur hennes hjärta brast i tusen bitar. Det fanns inget svar på den frågan. Om hon inte gick snart så skulle hon aldrig förmå sig att gå. När hon talade var hennes röst knappt hörbar, och i hennes hals växte den smärtsamma klumpen. Hon viskade:

"Jag måste. Men jag lovar dig, det första jag gör när jag kommer till kvinnohemmet är att ringa socialen. Jag kommer inte att ge mig förrän du är trygg. Du ska inte behöva dö av hans hand. Någon kommer och hämtar dig, jag lovar." Sedan slet My sig loss och reste sig skyndsamt ur sängen. Hon gick tyst men hastigt ut ur rummet och stannade bara för att plocka upp väskan. Några få sekunder senare hörde Estrid ljudet av lägenhetens ytterdörr som öppnades och stängdes. För andra gången i ett tretton år långt liv, så hade ännu en mor övergivit henne. Nu fanns ingen där förutom monstret som låg och sov i ovisshet över sin dotters sorg och rädsla. För första gången sedan hon var ett litet barn, så tyckte Estrid sig se monster med sylvassa tänder och djävulshorn lura i hörnen i det mörka sovrummet, och den här gången, skulle ingen skydda henne mot dem.

20

Hedda rusade in genom entrédörren till akuten och svepte hastigt med blicken över människorna i väntrummet. Hon såg kvinnor vagga sina små, sjuka barn i famnen, män som satt snett i de obekväma stolarna för att försöka avlasta kroppen från smärtan. Gamla, rundlagda människor som då och då gav ifrån sig rossliga hostningar, samt en tonårig pojke med ena armen i en onaturlig position. I två utav hörnen fanns teveapparater som visade något gammalt teveprogram som var utmärkt för slötittande. I mitten av ena väggen hängde två stora skärmar som den ena visade hur många som väntade på en första läkarbedömning, hur många som väntade på att få komma in till läkaren samt hur många som mottog vård. På den andra visades ett bildspel med allmän information om akutmottagningen. Två triage-rum fanns längs med ena kortsidan av rummet, men endast ett tycktes användas. Vid receptionen stod en medelålders man och försökte trots språkförbristningar förklara vad som var fel med honom för den blonda kvinnan som satt innanför glaset och förde anteckningar.

Hedda skannade vartenda ansikte hon såg, men det tog inte lång tid innan hon insåg att Arvid inte var där. Eftersom det tagit henne nästan dubbelt så lång tid att ta sig till sjukhuset som hon hade väntat sig, så hoppades hon att någon hjälpt honom finna Hillevi innan hon kommit dit. Alternativet att Arvid fortfarande drev omkring vilse i det stora sjukhuset med vinklar och vrår som kunde göra vem som helst förvirrad, var mycket mindre lockande att tänka på. Hon struntade i att ta en nummerlapp och klev fram till receptionen.

"Ursäkta mig, men kan ni snälla hjälpa mig hitta…" sade Hedda så vänligt hon förmådde när mannen ändå pausade för att tänka efter. Den blonda kvinnan avbröt henne barskt utan att någonsin titta upp från sina papper:

"Du måste ta en nummerlapp först. Det finns ett kösystem. Titta på skärmen." Hedda suckade och vände sig om så att hon kunde se skärmen som påvisade hur många det var som inte ens fått gå fram till receptionen. Hillevi skulle förmodligen hinna dö innan det blev Heddas tur. Hon försökte igen.

"Jo, jag förstår det. Men jag är inte här för att få vård, jag letar efter min mamma, Hillevi Erlandsson. Hon kom in hit tidigare ikväll och…" Orden föll ur hennes mun. Trots att det smakade bittert att kalla Hillevi sin mamma, så fanns det inget annat sätt att beskriva deras relation för en främling. Kvinnan i receptionen tycktes ignorera henne och sade istället överdrivet artikulerat till mannen:

"Sir, please. I do not understand you. Can you point to where its hurting?" Som svar skakade mannen uppgivet på huvudet och kastade upp armarna mot taket i en aggressiv gest. Kvinnan stönade irriterat och vände sig tillslut mot Hedda.

"Vad sade du att din mor hette?"

"Hillevi Erlandsson."

"Kom hon in själv eller med ambulans?"

"Min pappa körde henne. Hon hade kollapsat hemma."

"En sekund." kvinnan satte upp ett finger i luften innan hon gick iväg utom Heddas synhåll. Hon var inte borta mer än en minut innan hon kom tillbaka och sjönk ner i stolen igen.

"Hon blev inlagd på MAVA för en stund sedan. Mer än så kan jag inte säga."

"Tack! Hur kommer jag dit?"

"Du får inte gå genom akuten, så gå runt sjukhuset och gå in via huvudentrén istället, där finns en karta och skyltar. Följ linjen som leder till MAVA."

"Tack!" sade Hedda innan hon vände sig som och rusade ut genom dörren igen. Det tog henne en kvart att leta sig fram till huvudentrén, men därifrån var det enkelt för henne att låta sig ledsagas av skyltarna som hängde både i taket och längs med väggarna i korridorerna. När hon tillslut befann sig på den medicinska akutvårdsavdelningen så haffade hon tag i första bästa blåklädda undersköterska, förklarade vem hon var och frågade vilket rum Hillevi låg i. Den gamla, korthåriga kvinnan log mot Hedda och svarade lugnt:

"Hillevi Erlandsson, ja det är väl KML-patienten? Jag var nyss inne och gav henne lite piller. Hon ligger inne på femman." Hedda tackade henne och lyfte sedan blicken upp mot numren som satt utanför varenda rum. När hon hittat femte salen så tog hon ett djupt

243

andetag innan hon knackade på dörren och klev in. Rummet var tyst och stämningen stillsam. Det fanns en liten tvättho, en tv, ett par stolar samt de två sängarna. Sängen närmast dörren var tom, men i sängen närmast fönstret med de blommiga gardinerna, låg en bräcklig varelse med blek, skrynklig hud och ett sorgset uttryck som vilade i de halvöppna ögonen. Hillevi stirrade ut genom fönstret och tycktes inte ha lagt märke till att någon kommit in. Hon hade den beigea landstingsfilten uppdragen ända till hakan. Kanske var hon kall. Det gråa, kortklippta håret spretade åt alla håll och händerna som vilade på den stora magen var täckta av alltför synliga blodkärl och mängder av leverfläckar. Hon såg så skröplig ut där hon låg på sin smala säng med syrgasmask över ansiktet och en venport i armvecket med dropp inkopplat.

Hedda tog försiktigt ett steg till och lät dörren glida igen bakom henne. När den var stängd kvävdes alla ljud från den livliga korridoren utanför och allt som hördes var den gamla kvinnans oregelbundna andning. Hedda klev sakta närmare sängen och sade lågmält:

"Hej." Ljudet fick Hillevi att vända på huvudet så att hon kunde se sin dotter. I hennes grumliga ögon syntes det att hon log på insidan. Hon lyfte mödosamt på sin ena hand och sträckte sig långsamt efter syrgasmasken. Med skakig hand tog hon av sig den så hennes tunna, bleka läppar avslöjades. Hedda gick ända fram till henne och sade:

"Åh, den kanske vi borde låta sitta kvar där." Orden gjorde ingen skillnad. Hillevi höll masken nere vid halsen och höll om den hårt. Hur svag hon än blev skulle beslutsamheten och envisheten nog aldrig försvinna. Tanken värmde motvilligt Heddas hjärta, och trots att det inte var en välkommen känsla, så gjorde det henne sorgsen att se kvinnan som uppfostrat henne se så liten och sårbar ut. Hillevi drog efter andan och höll ut sin fria hand mot Hedda. Hon sade med hes röst:

"Min korpunge. Du kom." För första gången i sitt liv såg Hedda en tår singla sig nerför moderns kind, och till hennes förvåning så fortsatte tårarna rinna. Den gamla kvinnan försökte inte torka bort sina tårar eller förneka att de fanns där. Istället bara hon lät dem falla medan ett mjukt leende spred sig i hennes insjunkna ansikte. Hedda drog fram en av stolarna och satte sig vid sin mors sängsida. Hon tog Hillevis skrynkliga hand i sina egna händer och log tillbaka mot henne. För en stund tillät hon sig att känna allt hon trodde hon aldrig skulle behöva känna; Att hon behövde sin mors kärlek, likt vilket annat barn som helst. Blodsband eller inte, ett barn behövde alltid få kärlek från den som älskade henne som mest.

"Var är pappa? Vet han om att du ligger härinne?" sade Hedda, kanske mer för att bryta den alldeles för djupa stämningen än av oro för Arvid. Hillevi svarade henne med sin svaga röst:

"Jadå, han vet att jag är här. Han satt hos mig en lång stund men blev hungrig. Han ville inte gå, men hans mage kurrade så högt att jag hade svårt att vila mig, så han gick ner till pressbyrån bara. Vi har tid att vara ensamma." Hedda nickade långsamt till svar och blickade ut genom fönstret. Utsikten var inte särskilt vacker, allt hon såg var personalens rastgård och det röda teglet i fasaden i byggnaden mittemot. Hillevi släppte aldrig sin dotter med blicken, hon betraktade varenda liten detalj i den unga kvinnans ansikte. Hon var tvungen att memorera allting med henne, för det var ett minne hon visste att hon skulle ta med sig ner i graven. Efter en stund så vände Hedda tillbaka blicken till Hillevi och sade lågmält:

"Hur mår du?" Det var en onödig fråga egentligen, svaret stod skrivet i Hillevis ansikte, men Hedda kände sig tvungen att bryta tystnaden. Annars skulle hon också börja gråta. Hillevi fuktade läpparna med tungan innan hon svarade:

"Så bra som en döende gammal dam kan må, nu när du är här."

"Jag menar, tar de hand om dig här?"

"Ja, det kan jag inte påstå annat än att de gör. Givetvis skulle jag helst vilja vara hemma så jag kan få dö i min egen säng, men det här duger. Jag känner nästan ingen smärta tack vare all medicin de tryckt i mig, och de säger att eftersom jag inte vill ha livsuppehållande vård så ska de flytta mig till den palliativa avdelningen imorgon."

"Bra." sade Hedda och smålog, men det kändes inte sant. Ingenting med det här var bra. Hur många år av sitt liv hade hon inte levt med övertygelsen om att huruvida hennes föräldrar levde eller inte, inte spelade någon roll för henne? Så länge hon kunde minnas så hade hon trott att moderns död inte skulle påverka henne.

Att när dagen väl skulle vara kommen, så skulle de leva så åtskilda liv att hon aldrig skulle behöva, eller ens vilja ta farväl. Men nu kunde hon inte begripa hur det var meningen att hon skulle vara tvungen att se sin mor begravas. Visst förstod hon att det var en naturlig, om än sorglig, del av livet att någon gång tvingas ta adjö till de som stod en som närmast. Men när hon såg ner på deras sammanflätade händer, så kunde hon inte begripa hur hon skulle kunna klara av att aldrig mer se henne igen. Det var en sak att bryta sig loss från barndomen och frivilligt hålla sig undan sin familj. Det var en helt annan sak att se dem tas ifrån dig. Kvinnan som låg i sängen bredvid henne hade åsamkat henne så mycket smärta som ung. Ändå ville hon inte se henne dö. Aldrig hade Hedda trott att hon skulle sörja sin mor, men nu visste hon inte hur hon någonsin skulle kunna sluta. Hon insåg att hon låtit flera minuter passera i tystnad när Hillevi harklade sig och viskade:

"Du var aldrig min, korpunge. Du var aldrig min"

"Vad menar du?" Hedda fick luta sig närmare sin mor för att kunna höra hennes hesa svar:

"Du måste förlåta mig för allt jag gjorde. Jag vet att jag inte tog hand om dig när du var liten, såsom du förtjänade att bli."

"Du gjorde ditt bästa." Hedda visste att det var en lögn, men vad annars kunde hon ha sagt?

"Gjorde jag det? Eller kunde jag ha älskat dig mer? Kunde jag ha hållit om dig mer? Tröstat dig mer? Lyssnat mer? Tänk om jag gjort allt det, då hade du kanske inte hatat mig."

"Jag hatar dig inte."

"Tänker du verkligen sitta här och ljuga för en döende själ när jag försöker be om förlåtelse? Jag vet att du hatade mig under hela din uppväxt, precis som du hatade din pappa. Och jag förstod inte varför på den tiden, men när du en dag lämnade oss, och inte kom tillbaka, ens för jular och påskfiranden. När du slutade svara i telefonen och bytte nummer så vi inte skulle kunna kontakta dig, då gav du mig gott om tid att tänka på vad jag gjorde mot dig. Det tog mig förfärligt lång tid att inse hur mycket vi sårade dig, bara genom att inte låta dig vara den du är. Jag borde ha bett om förlåtelse tusen gånger om, det vet jag nu. Du kan inte förstå hur mycket jag ångrar saker jag sagt till dig när du bara var ett litet barn. Allt du ville ha var kärlek, men allt du fick var skäll. Hade jag kunnat så skulle jag göra om allting, så jag kunde få göra det rätt. Men det kan jag inte. Det enda jag kan göra är att säga förlåt. Och du ska veta att hur mycket du än hatade oss när du var ung, så älskade vi dig dubbelt så mycket, vi visste bara inte hur vi skulle visa det. Jag hade hämtat ner månen åt dig om jag kunnat."

Tårarna glimmade på Hillevis kinder och hon höll hårt om Heddas fingrar. I Heddas hjärta svämmade känslorna över. Hon kunde inte hålla tillbaka någonting längre. Klumpen i halsen växte och växte tills den gjorde så ont att hon brast ut i gråt och reste sig för att kunna hålla om sin mor. Människor tror att det tar lång tid att läka ett sår som varit öppet i många år, men ibland krävs bara en förlåtelse. Hillevi fylldes av lycksalighet och tacksamhet över att äntligen få hålla om sin dotter. Så som hon borde ha gjort när flickan var ett barn. Hon hasade sin tunga kropp åt sidan av sängen och sade med skakig röst:

"Åh, min älskling. Kom in i min famn." Hedda klättrade försiktigt upp bredvid Hillevi och lade sig ner i den smala sängen. Det fanns inte nog med plats för de båda, men de låg så tätt ihop att det på något vis funkade ändå. Hedda nästlade varsamt sitt huvud mot Hillevis axel och lät tårarna falla obehindrat. Hon grät och snyftade så hela bröstkorgen hoppade. Hillevi strök hennes rygg och viskade:

"Mitt barn, mitt barn. Berätta för mamma vad som står på. Inte gråter du väl så för min skull?" Det dröjde några långa sekunder av gråt innan Hedda fann styrka nog för att med brusten röst och brustet hjärta säga:

"Jag förlorade ett barn, mamma. Jag kunde ha blivit mor."

"Åh, kära du. Det finns inget värre än att förlora ett barn. Jag förlorade fem barn innan jag äntligen fick dig."

Heddas gråt avtog för en sekund när hon såg upp på sin mors ansikte för att söka efter tecken på att hon ljög, men där fanns inget annat än ärlighet och lycka. Äntligen förstod Hedda varför modern varit så kall under hela hennes uppväxt, varför det varit så svårt för henne att älska. En mor som aldrig förlorat ett barn hade nog med mardrömmar där hon föreställer sig att tvingas lägga sitt barn under jord. En kvinna som förlorat fem barn, hur skulle hon någonsin ens kunna våga älska ett barn när det gjorde så ont att tänka tanken att förlora henne? All denna tid hade Hedda trott att det var hennes fel. Nu förstod hon att det var sorgen som fördärvat hennes mor. Hillevi hade varit tvungen att förneka all kärlek till sitt barn, för hon visste att om hon förlorade det, så skulle hon inte överleva. Hela Heddas barndom hade för Hillevi varit en enda lång mardröm där hon var dag och var natt förväntade sig att förlora Hedda. Hon hade ju förlorat alla andra, så varför skulle nästa få överleva? Allting klarnade inom Hedda, och i den stunden visste hon i djupet av sin själ, att hon hade förlåtit sin mor för allt hon någonsin gjort mot henne.

Hedda lade ner sitt huvud mot Hillevis axel igen och tillät sig att helt och fullt känna hur mycket hon älskade sin mamma. Tårarna rann i floder när de båda kvinnorna grät tillsammans, sida vid sida. En mor och en dotter som inte delade något blod, men som hade något som betydde så evigt mycket mer; De hade kärlek.

För första och för sista gången, tröstade Hillevi sin dotter som hon älskade mer än ord någonsin skulle kunna beskriva. Det enda barnet hon aldrig behövde förlora.

21

Theodore stod utanför den höga tegelbyggnaden och stirrade ner på sina blodiga händer. Blodet sipprade ner på gatstenarna och blev till en brunröd sörja när det beblandades med smutsen på marken. Ovanför honom var himlen stillsam och vackert orangefärgad av soluppgången, men inom honom härjade stormen vilt. Han kunde inte känna den nyvakna solens första, varma strålar träffa hans hud eller se den ljuvliga himlen, allt han såg var mörkret som belägrade sig i hans själ. Inom honom vrålade åskan ut dess klagosånger. Samma bilder spelades upp inuti hans sinne om och om igen.

Hur kunde han ha gjort så? Han hade varit tvungen, inte sant? Lidande drev människor till vansinne. Hur skulle han bara kunnat stå där och se på när mannen gjorde så mot hans kvinna? Hans sinne var en oändlig flod av tankar. Han var säker på att han hade gjort det, han såg blodet på sina händer, så varför fanns det då tvivel i hans hjärta? Tvivel var sanningens värsta fiende, så varför kunde han inte få det att försvinna?

Theodore försökte spåra sig tillbaka i minnena från den dagen. Någonstans fanns säkert svaret han sökte. Han mindes att han hade följt efter Henrietta. Först genom stugbyn, sedan genom skogen och fram till busshållplatsen där han hade gömt sig bakom en dunge av små, tätbevuxna granar. När bussen väl anlänt så hade han väntat tills Henrietta stigit på innan han själv smitit in genom de bakre dörrarna och sjunkit ner i sätet näst längst bak. Så långt var alla hans minnen tydliga. Han mindes bussresan till staden och var Henrietta hade stigit av och hur han hade följt efter henne in i de mörka bakgatorna som så småningom hade lett dem fram till det gamla motellet han nu stod utanför. Hon hade aldrig ens märkt av att han följt efter henne. Hon var väldigt dålig på att se sig om, det lade han på sitt minne att säga till henne senare. Om det ens fanns ett senare.

Hans minnen lät honom färdas hela vägen till när han stått bakom en container med stinkande innehåll och iakttagit hur Henriettas svängande höfter klättrat uppför trappan på motellet och klivit in. Därifrån mindes han inget mer än obehagskänslan som växte sig allt större inom honom. Han mindes ingenting. Det var som om någon hade gröpt ur en del av hans minnen och slängt dem i soporna. I sitt innersta inre kände han att han hade gjort något förfärligt, men han kunde inte minnas vad det var. Det allra första han såg när försökte frammana ett minne var sockenkyrkans avbild av Jesus på korset. För sitt inre såg han det så detaljerat illustrerade såret med blodet som runnit och de sylvassa taggarna på hans rosentörnekrona. När han stirrade ner på sina handflator, så tycktes blodet vara detsamma.

Desto längre han stod ensam i den dolda gränden utanför motellet, desto mer steg paniken inom honom. Flyktiga fragment av antingen verklighet eller fantasi smattrade mot hans inre synfält likt hagel mot en glasvägg; En naken kropp som spändes fast i ekrarna i ett gammalt vagnshjul; Smutsiga rep kring späda armar och ben; Ett ansikte förvridet i smärta; Theodores händer i ett fast tag kring en träklubba; Skriken av vånda när han hamrade klubban mot främlingens kropp...

Det kunde inte vara sant. Sådan ondska besatt väl ingen jordlig varelse? Så varför kändes det som sanning? Hans andning blev allt tyngre. Paniken hade slagit sina klor kring hans hals och var ute efter att kväva ihjäl honom. För sitt inre såg han hur han hade svingat träklubban mot mannens nakna kropp tills skelettet hade krossats. Han såg fragment av blåslagen, sprucken hud där blodet flödat ur de djupa såren. I sin fantasi hörde han de lidelsefulla skriken och offrets vädjande om benådning. Gång på gång hade han slagit honom, tills kroppen hade stillnat och livet försvunnit ur mannens ögon.

Det verkade så omöjligt. Hur hade han kunnat göra något sådant? Inget av det var ens minsta lilla begripligt. Hur hade han fått tag i vagnshjulet, repen och klubban? Hur hade han fått upp allting till motellrummet? Hur hade mannen kunnat skrika så utan att någon rusat in på rummet för att se vem som var döende? Visst, motellet såg ut att vara en favoritplats för prostituerade och våldtäktsmän, så skrik av rädsla och vånda var kanske inget ovanligt, men ändå... Vart hade Henrietta tagit vägen? Hon borde ha funnits där. Hon borde ha sett allting han gjort mot mannen som haft alldeles för mycket pengar och alldeles för lite moraliskt samvete.

Hur hade han kunnat ta livet av en annan människa? En del av Theodore vägrade tro på bilderna som spelades upp inom honom, och en annan del kunde inte se hur de skulle kunna vara osanna. Hur skulle hjärnan ha kunnat hitta på något så makabert, om det inte var sant?

Han kände sig förvirrad och modlös. Det enda han ville var att få sjunka ner under jorden under gatstenarna och förmultna. Han ville inte existera. Ville inte minnas. Ville inte veta om han verkligen gjort något så fasligt hemskt som att mörda. Benen började vackla och han ville så gärna ge vika. När han föll ihop stötte händerna emot stenarna så hårt att han trodde han skulle börja gråta av smärtan. Han gjorde sitt bästa för att få scenerna i huvudet att försvinna. Han rev sönder skalpen med fingrarna och vaggade sig själv av och an där han låg i fosterställning på den kalla, hårda marken. Paniken hotade att ta livet av honom, och han kunde inte protestera eller kämpa emot. I samma sekund som det svartnade för ögonen på honom så trodde han sig minnas motellrummet. Han trodde sig se det gamla vagnshjulet som hängt ovanför sängen som dekoration och repen som legat på golvet, redo att binda fast Henrietta inför våldtäkten. Han trodde sig se en nerblodad träklubba ligga slängd endast ett par meter ifrån honom i gränden, och han mindes hur han hade hittat den innan han smugit sig in i motellet och osedd tagit sig förbi den obemannade receptionen. Han mindes hur motellet var tillräckligt omodernt för att fortfarande använda nycklar istället för kort, och dörrar som inte låstes automatiskt varenda gång de stängdes. Det hade varit enkelt för honom att ta sig in. Enkelt att mörda. Enkelt att fly.

Han förstod fortfarande inte var Henrietta hade tagit vägen, men han antog att hon hade sprungit därifrån när hon sett honom komma in i rummet med en träklubba i händerna. Åh, gode Gud, tänk om hon hade larmat polisen? Nej, det skulle hon aldrig våga. Men tänk om han hade skrämt bort henne för alltid? Han ville bara få hennes lidande att försvinna, men tänk om det hade gjort henne så rädd för honom att hon aldrig mer ville träffa honom? Skulle hon överge honom nu? Skulle hela världen överge honom?

Det fanns inte längre något sätt att förneka det. Han var skyldig till mord, han hade verkligen gjort det. Det var ingen historia han hittat på i sin fantasi. Han hade en annan människas blod på sina händer och det skulle aldrig gå att tvätta bort. Han övervägde sina chanser att fly, kanske skulle han kunna undkomma sin ondskefulla gärning. Men lik stinker, de hittas alltid på ett sätt eller ett annat. Tillslut så insåg han att den enda chans han hade att få Henrietta att förlåta honom, var att inlämna sig själv. Hans händer sved när han tog stöd mot dem för att kunna pressa sig upp från marken och ställa sig upp igen. Hjärtat trummade snabbt och hårt mot hans bröstkorg när han reste sig och började springa ut från gränden. Utan att veta varför så sprang han så fort han kunde genom trånga bakgator och förbi högresta kontorsbyggnader. Efter den korta tiden han hade bott på gatan så kände han till varenda korsning och vartenda hus som en jägare kände till vartenda träd i skogen, så det var lätt för honom att hitta genvägar till polishuset. Medan han sprang så kunde han inte sluta tänka på sin far, och vad han hade gjort mot flickorna i källarkammaren i Guds namn. Han hade aldrig förstått tidigare, men nu ekade sanningens ord inom honom. Hans adoptivfar var en mördare, ingen soldat. Han hade fört med sig ondska in i en redan hemsk värld, och sagt att han gjorde det för att rädda Guds kungadöme från syndare. Han hade kallat morden för rensning och sagt att han var tvungen att göra det, för annars skulle han aldrig få möta sin Gud, utan bli fast i helvetesgapet. Han hade befriat deras själar, det var vad han hade berättat för Theodore. Han hade gjort allt som stod i en ynklig människas makt för att framstå som en frälsare, när det enda han var, var ett monster. Kanske hade insikten kunnat skänka Theodore klarhet och kanske till och med tröst om situationen varit annorlunda. Men allt han kunde tänka på nu var hur han var lika mycket monster som sin far. Han hade mördat i tron om att han gjorde det enda rätta för den han älskade, och om det ens fanns en himmel och ett helvete, så skulle han efter sin död brinna i all evighet.

22

Hillevi överlevde inte natten. Med Arvid i stolen på sin ena sängsida och Hedda i stolen på sin andra sängsida, så hade hon sovit till och från i flera timmar. Ibland kunde hennes andning sakta ner tills det verkade som om hon slutat andats, men sedan hade hon vaknat till och tagit ett nytt andetag. Så hade hon hållit på hela natten. Endast ett fåtal ord hade sagt mellan de tre. Två gånger hade Hedda lämnat sina föräldrar för att gå på toaletten och köpa sig något på pressbyrån, så att de kunde få vara ensamma i åtminstone några minuter. Sjuksköterskan tittade in ett par gånger, men lämnade dem ifred för det mesta. Klockan åtta på morgonen skulle Hillevi ha flyttats till palliativvårdsavdelningen, men hon hann aldrig dit. Kvart över sex tog hon sitt sista andetag och somnade för gott. Den ljuva morgonsolen hade rest sig över himlen och fyllt världen med liv, medan livet inne i den lilla sovsalen tyckts försvinna. För första gången i sitt liv så hade Hedda sett Arvid gråta, och hon hade inte kunnat hindra sina egna tårar från att falla. Sorg var sannerligen en ytterst märklig sak på det sätt den kunde framkalla det mest dolda och djupliggande ur en människas mörkaste kärna. För Hedda hade det krävts sorg för att våga känna kärleken till sina föräldrar igen. För Arvid och Hillevi hade det krävts sorg för att våga visa dottern deras kärlek för henne.

Hedda hade inte stannat länge efter att modern dött. Hon hade omfamnat Arvid och kysst sin mors panna medan hon viskat farväl, sedan hade hon lämnat dem så att hennes far skulle kunna sörja ifred. Det första hon gjort därefter hade varit att låsa in sig på en toalett. Därinne hade hon sjunkit ner på golvet och bölat tills ögonen börjat svida av tårarna. Hon visste inte hur länge hon hade stannat därinne, men hon hade fått bråttom att torka tårarna och snyta sig när någon knackat på dörren och en ljus stämma frågat om allt var okej därinne. Med full insikt om att hon inte kunde dölja det faktum att hon alldeles nyss hade gråtit floder, så hade hon öppnat dörren, visat ett halvhjärtat leende mot den trinda, mörkhåriga lilla undersköterskan som stod utanför och svarat henne:

"Jag mår bra, tack." sedan hade Hedda hastigt gått därifrån innan kvinnan fått chansen att säga något mer. Hon hade letat sig ut genom sjukhuset och fram till närmsta busskur. I en halv sekund hade hon övervägt att ringa Zaafir, hon visste att han skulle komma och hämta henne utan att ifrågasätta varför, men just där och då så orkade hon inte bli tröstad. Hans ömsinthet kunde i stunder bli väldigt kvävande, så hon hade satt sig på en buss som skulle in till centrum och klivit av vid en hållplats strax utanför polishuset. Nu gick hon långsamt längs med gatan med blicken fäst på den stora byggnaden med fönster överallt som hon arbetade i. Det var kanske ett dåligt beslut att arbeta samma morgon som ens mor dött, men Hedda visste inget annat sätt att hantera sorgen. Hon ville få förtränga den tills hon inte längre kände av den. Trots att en del av henne allra helst ville styra stegen hem till Zaafir, där hon visste att en mjuk säng och en stor famn och en kärvänlig hund väntade på henne, så insåg hon att om hon tillät sig själv att rasa, så skulle hon kanske aldrig ta sig upp igen. Vad hon behövde var att få omge sig med andra människors problem. Hon behövde bli påmind om att hur förfärligt hennes liv än verkade, så fanns det alltid någon som hade det mycket värre.

Hedda klev in genom polishusets entré och nickade åt mannen som arbetade i receptionen när hon plötsligt hörde någon snubbla in genom dörrarna bakom henne. Hon vände sig hastigt om och iakttog den unga, långa mannen som ramlade ner på golvet och flåsade våldsamt. Det tog henne ett tag innan hon förstod varför hon kände igen honom, men när hon väl insåg vem det var så gick hon emot honom. Han var pojken som hållits fången av sina föräldrar i ett gammalt militärt proviantförråd under jord, tillsammans med flickorna som blivit bortrövade och brutalt mördade för några veckor sedan. Estrid hade varit en av två som överlevt.

Hedda mindes åsynen av Theodore från dagen då hon hade stormat jordkällaren. Trots att han var lång och vuxen så hade han legat likt ett litet barn i sin mors famn med en blodig kniv i handen. Han bar ansvaret för ärret på Estrids hals, men eftersom han hade råkat göra det när hans mor kastat sig över honom, så hade han funnits oskyldig och blivit frikänd. Hedda kunde fortfarande inte begripa hur det hela hade kunnat ske, men i slutändan så påminde han henne om tacksamheten över att Estrid fortfarande levde, så hon lät sitt hat mot honom drunkna och dök ner på golvet för att hjälpa honom upp.

Theodore kastade sig mot henne med uppspärrade ögon och tårar som rann nerför de röda kinderna. Han vrålade:

"Jag är en mördare!" Hedda greppade tag om hans underarmar och försökte få ögonkontakt med honom medan hon sade allvarsamt:

"Vad säger du?"

"Han var ingen snäll människa men jag borde inte ha gjort det jag vet det men jag mördade honom ändå och nu kommer hon aldrig älska mig och alla överger mig hela tiden! Hon kommer att överge mig precis som de andra!" Theodore vrålade orden mellan högljudda snyftningar och tjut. Han hade hela tiden svårt att hålla balansen och hans kropp skakade. Blicken flackade lika mycket som om han hade stått framför bödeln och paniken sipprade ut genom varenda cell i hans hud.

"Jag vill inte hamna i fängelse! Jag är inte som han! Jag är inget monster! Du måste förstå!"

"Hur kan jag förstå om du bara vrålar? Sätt dig ner på stolen här och ta ett djupt andetag." Hedda lät så samlad hon kunde och försökte leda honom fram till en av stolarna som stod utmed väggarna. För ett ögonblick så verkade han bli följsam, men sedan slet han sig loss från hennes grepp och höll fram sina skakande händer mot henne. Handflatorna var vända uppåt så Hedda kunde se skrapsåren som fanns i hans händer. Han hade blött, men inte mycket. Såren behövde sköljas och plåstras om, men hon förstod inte vad det var som var så farligt.

"Ser du blodet? Det är hans blod! Jag mördade honom och det är hans blod på mina händer! Jag menade det inte! Jag trodde jag gjorde det rätta!" Theodore var hysterisk och kastade händerna mot Hedda om och om igen som för att verkligen få henne att se blodet. Hedda kunde inte tänka klart, men visste att det enda som skulle hjälpa henne att förstå vad i helvete han pratade om var att få honom att komma ur sin psykos. Hon sade barskt:

"Det finns inget blod här, ser du?" Hon tog ett stadigt tag om hans händer. Han började skaka på huvudet, men tittade faktiskt ner på sina händer i en halv sekund innan han utbrast:

"Men ser du inte, det droppar ner på golvet! Jag tog hans liv så hon inte skulle lämna mig!"

"Titta, du har nog ramlat. Du har skrapat upp dig, men inget blod droppar ner på golvet. Titta på golvet." Hedda vände blicken ner mot golvet som för att demonstrera, och kände hur hjärtat började sakta ner när Theodore äntligen slutade gny och skaka på huvudet. Istället härmade han hennes rörelser och såg ner på det rena marmorgolvet. Inget blod. Han lyfte blicken till handflatorna igen och tycktes inse att det han trott sig se, varit en inbillning. Han betedde sig som ett ledsamt barn, och tillslut så gick han med på att sjunka ner på närmsta stolen. Hedda satte sig bredvid honom och sade:

"Vad är det som har hänt?"

"Jag vet inte." Theodore såg in i hennes ögon. Hans blick var fortfarande uppspärrad och han skakade, men en liten del av paniken hade börjat ge efter. Efter några sekunder kom två av Heddas kollegor inrusande genom personalingången med vardera handen över deras respektive tjänstevapen. Det var två kollegor hon sällan talade med, men kände tillräckligt väl för att vara tacksam över att de hade anlänt. När de såg att Theodore hade lugnat ner sig så saktade de ner och lät sina händer falla. En utav dem, en medelålders kvinna med mandelmörk hud och kortklippt hår, sjönk ner på golvet framför Theodore och sade med blicken vänd mot Hedda:

"Vi kom precis tillbaka och hörde någon vråla härute, så vi kom så fort vi kunde. Är allt okej? Vad är det som händer?"

"Han snubblade in här och var alldeles utom sig. Han säger att han har dödat någon, men jag vet inte om det är sant. Jag tror han har en psykos." Kvinnan nickade med mjuka rörelser och log mot Theodore samtidigt som hon plockade fram sitt handfängsel. Hon sade med samlad röst:

"Okej. Vad heter du, vännen?"

"Theodore."

"Hej, Theodore. Jag heter Vanessa och nu är det som så att vi vill gärna få lyssna på allt du har att säga. Men eftersom det kommer komma folk hit in snart så vill jag att vi pratar någon annanstans. Känns det okej?" Vanessa inväntade Theodores frånvarande nickning innan hon fortsatte i samma lugna stämma:

"Vad bra. Då är det så att när vi nu ska gå till det här lilla rummet där du ska få prata, så vill jag väldigt gärna att du har på dig de här, bara tills vi har kommit dit. Det tar tre minuter att gå dit, skulle det vara okej?" Hon höll handfängslet framför honom.

"Varför då?"

"Jag vill inte att du ska skada varken dig själv eller oss. Det är bara därför."

"Det kommer jag inte."

"Okej, då litar jag på det. Men om du försöker slita dig loss så kommer jag sätta på dig det ändå, är det förstått?" Theodore nickade och Vanessa stoppade tillbaka handfängslet.

"Då går vi." Theodore, Vanessa och Hedda reste sig samtidigt. Vanessa ställde sig vid Theodores högra sida och hennes kollega ställde sig vid hans vänstra. När de började gå så kastade Hedda en lugnande blick på den skräckslagne receptionisten innan hon följde efter in genom personalingången. Innanför dörren så vände Vanessa sig om och sade:

"Vi tar hand om honom. Ta och byt om så länge och ät lite frukost om du inte redan har gjort det så hörs vi senare." Det var tydligt att det inte var någon fråga, så Hedda kunde inte göra annat än att låta dem gå iväg utan henne. Hon hade egentligen velat följa med, men styrde istället sina steg mot omklädningsrummet. Hon

263

hann inte ta mer än fem steg innan hon såg Petra komma gåendes mot henne i korridoren med armarna utsträckta som om hon förväntade sig en kram.

"Hedda! Var i hela friden har du varit? Jag har inte sett dig här på flera dagar." sade Petra glatt samtidigt som hon föste in Hedda i sin famn. Den lilla bebisbulan kändes tydligt mot Heddas mage, sist hon såg Petra hade hon knappt ens märkt av den. Känslan av den var som om någon kört in en kniv i Heddas hjärta. Avundsjuka och sorg utkämpade en tyst kamp inom henne. Hon gjorde sitt bästa för att förtrycka det och tvingade fram ett leende när Petra tillslut släppte taget om henne. Kvinnans krulliga, ljusa hår var som vanligt uppsatt i en låg hästsvans och hennes ögon sken av glädje.

"Oh, aj. Jag kramade dig lite för hårt. De har börjat göra riktigt ont den senaste tiden." sade hon och skrattade medan hon försiktigt lade sina händer över sina svullna bröst. Hedda försökte le som svar, men det gjorde för ont i henne. Hon visste att hon hade misslyckats när Petras leende försvann och det ersattes av ett uttryck av uppriktig oro.

"Hur står det till, Hedda? Varför försvann du så där? Jag frågade Rosa och flera av de andra, men ingen visste var du var."

"Jag var sjuk."

"Men du blir aldrig sjuk."

"Jag hade problem med magen."

"Kräksjuka så här dags på året? Det var konstigt. Varför sade inte Rosa något om det, hon borde väl ha vetat om det?"

"Min mobil gick sönder."

"Det var oturligt."

"Ja, det kan man säga." Hedda lyckades uppbåda ett svagt skratt, men hon tycktes ändå inte helt ha övertygat Petra. I några sekunder stod Petra och Hedda bara där, som om de hade en tyst konversation, men tillslut så ryckte Petra på axlarna och sade:

"Jaha, jag är i alla fall glad att du är tillbaka. Jag ska fortsätta jobba nu så ses vi väl sen." Hon vände på klacken och gick iväg åt samma håll som hon kom ifrån. Hedda pustade ut och var på väg att öppna dörren till omklädningsdörren när hennes chef, Rosa, ropade på henne från längre ner i korridoren. Rosa stod utanför ingången till bottenvåningens kontorsavdelning och vinkade att Hedda skulle komma. Hennes ansiktsuttryck var ovanligt strängt och fick Hedda att ångra sitt beslut att komma dit. Med viss tveksamhet så gick hon fram till Rosa och sade:

"Jag kan förklara."

"Ja, det hoppas jag. Men vi tar det inne på kontoret." Rosas ton var kall och hennes blick hård. Fram tills dess hade Hedda aldrig ens tänkt tanken att hon skulle förlora jobbet på grund av missfallet. Nu tycktes den tanken vara det enda alternativet. Inom sig så förbannade hon sin egna naivitet och svaghet medan hon följde efter den långa kvinnan in i det stora hörnkontoret. Rosa stängde dörren och gestikulerade åt stolen samtidigt som hon bad Hedda att sätta sig. Sist Hedda hade suttit i stolen mittemot Rosa inne på hennes kontor så hade hon blivit befordrad till utredare på mordroteln för att det saknades folk för att utreda den stora kidnappningen. Allting hade skett under radarn givetvis, eftersom Hedda på intet sätt hade haft de rätta befogenheterna. Det var bara drygt en månad sedan, men det kändes redan som om det var för evigheter sedan. Den här gången skulle mötet inte få ett lika lyckligt slut. Rosa satte sig tillrätta i sin stol och sade:

”Jag väntar.”

”Jag var sjuk.” Det var en chansning, men kanske skulle samma lögn hålla två gånger.

”Försök igen. Förklara för mig varför du försvann i flera dagar när du visste att du skulle arbeta? Förstår du vad du ställde till med? Inte nog med att jag tvingades ta in folk som egentligen har semester för att kunna täcka upp alla de timmar som du missade. Du hörde inte ens av dig, och när jag försökte nå dig så bröt du samtalet, och sen dess har ingen kunnat nå dig. Vad hände egentligen? Du har inte missat en arbetsdag på all den tid du har arbetat här, och sen är du borta i flera dagar? Förstår du hur orolig jag blev? Det var tur att Zaafir åtminstone kunde säga till mig att du var okej, för annars hade jag fan lyst dig.” Rosa var argare än Hedda någonsin hade sett henne. Hade verkliga livet haft specialeffekter, skulle det ha kommit rök ur hennes öron. Hedda stirrade ner på sina slitna naglar medan hon svarade:

”Förlåt mig, jag menade aldrig att göra livet svårt för någon. Jag klarade bara inte av att ta mig till jobbet.” Rosa suckade ljudligt.

"Jag uppskattar din ursäkt, men det är inte det jag vill höra. Berätta vad det var som hände, som var så viktigt att du inte ens förmådde att ta dig hit." Hedda var tyst en stund innan hon svarade. Orden kändes ofattbart svåra att säga, speciellt eftersom hon ogärna ville bryta ihop inför Rosa. Hon hade mer stolthet än så. Efter vad som säkert var mer än en minut så harklade hon sig och sade lågmält utan att någonsin lyfta blicken.

"Jag fick ett missfall... och sen dog min mamma. Eller... min mamma dog idag, för ett par timmar sen."

"Jisses. Jag beklagar." Rosa strök sig över ansiktet med handen. Det fick henne bara att se trött ut.

"Ja, jag har ju aldrig själv velat ha barn, så jag vet såklart inte hur det känns att förlora ett, men jag kan förstå om det var jobbigt." *Jobbigt* var nog den sämsta beskrivningen någon någonsin hade gett, men Hedda förstod att Rosa försökte vara stöttande. Hon bestämde sig för att fortsätta prata så Rosa inte kunde komma på något ännu värre att säga.

"När du ringde mig så kastade jag telefonen i väggen så den gick sönder. Inte helt och hållet, men baksidan släppte så batteriet ramlade ur. Jag orkade inte plocka ihop den igen förrän härom dagen. Jag vet att det var oansvarigt av mig, men jag klarade inte av att prata med någon just då. Jag mådde väldigt dåligt och behövde få vila."

"Ja, det förstår jag. Jag har hört att man kan bli väldigt sjuk av ett missfall... Blev du tvungen att ligga på sjukhus?" Att prata om det var outhärdligt. Det sista Hedda ville var att tvingas tänka på det, men hon hade inget val om hon ville behålla sitt jobb, så hon fortsatte:

"Nej, jag var ensam, så ingen kunde ta mig till sjukhuset. Jag kunde knappt gå och blödde hela tiden, så jag orkade inte ta mig till mobilen för att ringa efter ambulans."

"Men då... Var höll din man, eller förlåt mig... partner hus under allt det här?"

"Jag har ingen pojkvän längre, vi gjorde slut för ett tag sen."

"Jag förstår. Zaafir var så förtegen när jag frågade honom om han visste var du fanns... är det han som är... var...?"

"Nej, men det var han som hjälpte mig friskna till."

"Vad fint." Hedda var tacksam över att Rosa inte verkade ha några fler frågor om missfallet. Hon kände sig redan helt utmattad av att prata om allting. Det dröjde en kort stund innan Rosa talade igen:

"Ja, jag kan inte mer än beklaga för det som hände. Fastän det ställde till med lite bekymmer här så är jag självklart förstående angående din anledning att stanna hemma. Men är det säkert att du har tagit tillräckligt med tid att återhämta dig? Det låter som om du skulle behöva minst dubbelt så lång tid till att läka. Jag vet ju inte hur lång tid det tar att bli kry från något sånt här, det är inte direkt en förkylning... Och missförstå mig inte, jag vill gärna ha tillbaka dig i fältet så snart som möjligt, men kanske vore det bra om du fick sitta på kontor de kommande veckorna." Varenda cell i Heddas kropp gjorde motstånd. Desto mer tid hon tvingades vara inomhus, desto sämre skulle hon må. Vad som helst utom kontorsarbete! Samtidigt så gjorde sig smärtan påmind igen, hon hade låtit det gå för lång tid utan smärtstillande. Sinnet och kroppen ville skilda saker. Hon försökte låta respektfull när hon sade:

"Jag tror inte att kontorsarbete skulle göra mig lyckligare, Rosa. Jag är väldigt tacksam över att du inte avskedar mig, men snälla, stäng inte in mig i ett litet bås."

"Som du vill, men jag har två krav; För det första så vill jag att du aldrig jobbar mer än några timmar när du kommer tillbaka, efter det får du öka på dina arbetstider utefter vad du känner fungerar. För det andra så vill jag att du håller mig uppdaterad om hur du mår, i alla fall den kommande månaden. Funkar det?"

"Det blir bra, tack."

"Då så! Och nu så åker du hem och vilar, du har tjänstledigt i en vecka. Du kan komma tillbaka nästa måndag."

"Va?"

"Du sade väl att din mamma dog idag, för bara ett par timmar sen?"

"Ja?"

"När en nära anhörig dör så ger jag alltid personen i fråga minst en veckas tjänstledigt."

"Med all respekt så tror jag verkligen inte att jag behöver en hel veckas vila på grund av det här. Jag stod inte så nära min mamma."

"Nej, visst. Det är därför dina ögon är rödgråtna", sade Rosa sarkastiskt och himlade med ögonen innan hon fortsatte:

"Hör på nu, du har varit med om mycket det senaste, det kommer att göra dig gott med några extra dagars vila."

"Men jag vill inte vila, jag vill få arbeta."

"Och det får du. När du kommer tillbaka nästa måndag. Tills dess så håller du dig härifrån. Det är inte diskutabelt."

"Men…" Rosa hade redan rest sig ur sin stol och gick för att öppna dörren när hon avbröt Hedda:

"Jag måste gå och se vad det var för galning som stod och vrålade i entrén förut… Så ta hand om dig nu, Hedda. Så ses vi om ett tag." Rosa höll uppe dörren och väntade tills Hedda gick ut från kontoret med lika tveksamma steg som hon klivit in där med, innan hon i rask marsch gick iväg mot trapporna. Hedda stod kvar en kort stund i korridoren och insåg tillslut att hon verkligen inte hade något annat val än att göra det allra sista hon ville; Tänka.

23

Estrid satt vid köksbordet och försökte tvinga i sig en skål med yoghurt. Alla smaker blev bittra i munnen och illamåendet hotade att kasta upp maten när som helst. Den lilla trygghet som Mys närvaro ändå hade skänkt var borta, och nu var hon ensam med monstret hon kallade far. My hade sagt att hon skulle ringa socialtjänsten, men hur lång tid skulle det ta innan någon faktiskt agerade? Alla visste väl att socialtjänsten på något vis var ständigt överhopade av arbete.

Skeden skakade i hennes hand när hon hörde släpande steg inifrån faderns sovrum. Han stånkade och masade sig till badrummet. När hon hörde ljudet av toaletten som spolade så bad hon en tyst bön till alla som kunde tänkas lyssna att han skulle återvända till sovrummet, men till sin förtret så hörde hon hur hans steg riktades mot köket. Efter några sekunder uppenbarade hans långa, rangliga figur sig i ena dörröppningen till köket. Hans uppsyn var dyster och mörka halvmånar hängde under hans trötta ögon. Den gråsprängda skäggstubben hade växt fläckvis och gav honom ett sargat utseende. Det mörkbruna håret spretade åt alla håll och hans hud såg blek och livlös ut. Svaga spår av den tidigare kvällens berusning syntes fortfarande i hans sätt att svaja fastän han stod stilla. Han bar inget mer än ett par svarta kalsonger och en grön t-shirt som spände över den uppsvällda buken. Han kliade sig långsamt på det ena långa, håriga benet innan han fann balans nog för att sträcka på sig och masa sig fram till kylskåpet. Än hade han tillsynes inte lagt märke till Estrid, och ännu mindre tycktes han ha lagt märke till vem som inte fanns där. Estrid kände sitt hjärta hamra mot revbenen. Så fort hon ätit upp så skulle hon ta sig därifrån, då kanske han aldrig ens skulle se henne. För ett barn som var vant vid att alltid bli sett så skulle det kanske ha varit upprörande, men för Estrid så var det en lättnad att vara osynlig. Speciellt en sådan morgon, när så mycket stod på spel. Fastän hon kunde föreställa sig hur fadern skulle reagera när han tillslut insåg vem som hade lämnat honom, så fanns det inget sätt att säkert veta. Kanske skulle det bli tusen gånger värre än hon föreställde sig.

Estrid iakttog honom noga när han öppnade kylskåpet och tog fram smörbyttan. Han lät kylskåpet glida igen med en dov duns innan han plockade fram en bit bröd ur en påse i skafferiet och bredde på ett tjockt lager smör på brödskivan. Han tog en tugga av brödet innan han satte sig ner på stolen mittemot Estrid. Trots att hans blick var riktad åt henne så stirrade han på väggen bakom henne. Estrid visste vad det var han funderade över; Hur många gånger hade han inte målat om den där väggen? Hur många lager färg trodde han var tillräckligt för att dölja blodet som en gång runnit längs med dess matta yta? Hur många olika nyanser av vitt och blått och till och med grönt skulle få honom att förglömma? Vad krävdes för att han skulle sluta minnas henne? För att sluta älska henne? För att sluta sörja henne? För att sluta känna?

Han hade inte funnit frid på botten av färghinkarna. Han hade inte funnit frid på botten av flaskorna. Han hade inte ens funnit frid på botten av sin egna emotionella avgrund, så kanske fanns det ingen frid att finna.

Rasmus tog några tuggor till av sin smörgås medan han stirrade in i den där fördömda väggen. Flera minuter gick utan att han yttrade så mycket som en hostning åt Estrid, men efter en stund så harklade han sig och sade med släpig, skrovlig röst:

"Var är My?" Han flyttade blicken till en lång rispa i bordet som han långsamt strök med pekfingret i väntan på att Estrid skulle svara. Hon svalde hårt och svarade så lugnt hon förmådde:

"Hon är och handlar, tror jag."

"Jaså, det tror du. –Att hon handlar klockan åtta på morgonen?" Hans röst var full av förakt, men ändå skrockade han hånfullt åt sina egna ord.

"Jag kanske inte lyssnade på vad hon sade. Hon kanske sade att hon skulle på promenad", svarade Estrid trots att hon mycket väl visste att My aldrig gick på promenader. Det påminde henne alldeles för mycket om den tid hon bott på gatan. Rasmus visste om detta lika väl som Estrid, men trots att det varit ett dåligt svar, så hade hon varit desperat och hade inte kommit på något bättre att säga. Estrid kände rädsla sippra in i djupet av hennes själ och önskade inget hellre än att kunna fly därifrån.

Efter några sekunders tystnad så blickade fadern äntligen upp från rispan i bordet och såg in i sin dotters ögon. I hans blick fanns ingen kärlek, där fanns endast den kärva strängheten som belägrar sig hos de som förlorat för mycket i livet.

”Du ljuger för mig.” sade han lågmält och lättsamt.

”Nej, jag tror hon behövde lite luft bara så…”

”Du ljuger!” skrek han samtidigt som han drämde ner bägge nävarna i bordet.

”Var är hon?” vrålade han.

”Jag vet inte!” utbrast Estrid tillbaka. Rasmus sköt ut stolen och reste sig så hastigt att stolen for omkull och slog ner på golvet med en högljudd smäll.

”Var är hon?”

”Jag vet inte!” Estrid fick allt svårare för att hålla tillbaka tårarna. Underläppen darrade och klumpen i halsen kändes som en vass sten. Rasmus klev fram till henne, ryckte tag i hennes hår och vrålade återigen:

”Var är hon? Svara mig!”

”Jag säger ju att jag inte vet!” Han tryckte hårt och snabbt ner hennes huvud mot bordet och utan att släppa taget så fortsatte han:

”Du ljuger för mig!” Smärtan gjorde det omöjligt för Estrid att inte gråta, så när hon svarade honom igen så var det knappt hennes ord hördes mellan snyftningarna.

”Nej, pappa. Det gör jag inte! Jag ljuger inte! Jag vet inte var hon är!” Rasmus grymtade argt och slet upp hennes huvud från bordet. Han drog henne i håret tills hon tvingades ställa sig upp och började vackla bakåt så även hennes stol välte. Han drog henne närmare väggen och dunkade hennes huvud mot den fördömda väggen flera gånger om innan han tillslut släppte taget om hennes hår och tog två ostadiga steg bakåt. Han var andfådd och när han talade igen så var hans röst dämpad.

”Du svarade mig inte… Var är My?”

”Jag vet inte, jag svär.” Hon grät ut sina ord som en sång. Sången var bedjande, benen ville ge vika under henne. Huvudet bultade och hon hörde ett konstant tjutande. Gråtkvädet var sorgligt nog för att få det mest sargade och härdade hjärtat att brista, men den som endast bär sorg i sitt hjärta, den kan ingen kärlek veta.

Rasmus greppade tag i stekpannan som låg i diskstället, svingade runt och slog den rakt i Estrids bröstkorg. Slaget fick henne att tappa luften och hon sjönk ner till golvet, kvidandes av smärta. Ändå höjde fadern stekpannan igen och var på väg att låta stekpannan svinga igen, när Estrid kastade upp en avvärjande hand i luften och utbrast med tårarna forsandes nerför hennes kinder:

”Hon har lämnat dig! Hon åkte igår natt, men jag svär att jag inte vet var hon skulle. Det sade hon inte.” Chock infann sig i mannens ansikte. Han sänkte långsamt stekpannan innan han tillslut lät den glida ur hans hand och slå i golvet. Mörkret i hans blick blev becksvart. Hat, sorg och förvåning utkämpade en inre kamp inom honom om vem som skulle ta mest plats i hans sinne. När han talade igen så var hans röst knappt mer än en viskning:

"Har My lämnat mig?" Han stirrade ut i tomma intet igen och hans ord tycktes inte vara riktade mot Estrid längre, men ändå fortsatte hon att svara honom.

"Ja. Hon sade att hon hade fått en plats på ett kvinnohem någonstans, men jag vet inte vart det ligger." Rasmus såg handfallen ut. Det dröjde ett tag innan han sade:

"Men hon kan inte lämna mig... Hon är allt jag har. Jag är allt hon har. Jag släppte in henne i mitt liv när hon inte hade någonting. Jag hjälpte henne komma bort från gatan. Jag gav henne ett hem och en mening. Betyder inte det någonting för henne längre? Jag kan inte leva utan henne... Hon kan inte leva utan mig. Vi behöver varandra. Hon kan inte ha lämnat mig."

Utan att ägna sin dotter ens så lite som en sista blick så vände han sig om och började gå ut ur köket medan han ständigt pratade hysteriskt för sig själv.

"Hon kan inte lämna mig... Jag måste... Jag måste... Hon måste komma hem. Vi älskar varandra."

Mellan det sorgliga ljudet av sina kvävda snyftningar så hörde Estrid hur Rasmus rörde sig runt omkring i lägenheten och rotade i garderober och byrålådor. Efter några minuters mumlande och rotande så såg hon honom uppenbara sig i dörröppningen mellan hallen och köket igen. Han stod i hallen, iförd jeans och samma t-shirt som tidigare, med Estrids mammas gröna sjal, den hon hade älskat så mycket, virad kring halsen. Han tycktes vara helt uppslukad av sina tankar, så han såg aldrig flickan som satt på golvet i köket med blod i det mörka håret och en våt fläck av sina egna tårar på sina bara ben. Han vände sig aldrig om för att säga farväl, han bara fortsatte mumla för sig själv:

”Ja–jag… Jag saknar dig. Nu är hon också borta. Och du är borta. Båda är borta. Båda har lämnat mig… Men jag måst–måste hämta hem henne. Måste hitta henne, eller hur? Vi behöver varandra. Jag ska–jag får inte förlora… Jag måst–måste hämta tillbaka dig. Du lämnade mig, så nu ska jag hämta henne och…” Så öppnade Rasmus dörren, klev ut och stängde den bakom sig.

I tretton år hade flickan haft en far. Kanske inte den bästa, kanske inte den snällaste, men en far ändå. Nu hörde hon ljudet av hans ekande kliv nerför trapporna i trapphuset och lyssnade till det bitterljuva ljudet av hur han försvann ut ur hennes liv. På svaga ben så lyckades hon resa sig upp från golvet och började långsamt smyga ut ur köket. Utan att egentligen veta varför så höll hon andan när hon klev ut i hallen och samtidigt hörde ljudet av husets ytterdörr som öppnades och gick igen. Försiktigt satte hon handflatorna mot dörrens svala yta och lutade sig med stor möda närmare för att kunna se ut genom titthålet. Hon bad en tyst bön om att han inte skulle komma tillbaka, och iakttog sedan hur dörren till lägenheten tvärs över sakta öppnades på glänt. Genom den lilla springan tittade en gammal kvinna ut, vars varukassar Estrid ibland hjälpt henne bära uppför trappan. Förmodligen hade faderns vrålande väckt henne, och kanske fanns det ett litet uns av medmänsklighet kvar i henne som uppmanat henne att gå och se om det fanns något hon kunde göra. För en sekund verkade det som om den gamla kvinnan insåg att Estrid betraktade henne genom titthålet, för hon stirrade rakt på deras dörr. Iförd inget mer än ett ankellångt, rosablommigt och slitet nattlinne så tassade hon försiktigt ut i trapphuset och gick fram till dörren. Hon höjde sin ena rynkiga, knutna hand som för att knacka, men i samma stund som Estrid drog sig undan för att öppna och ta emot trösten, så tog rädslan över inom den gamla kvinnan. Den rynkiga handen föll ner och hon vände sig om och tassade med orolig blick tillbaka in i sitt egna lilla råtthål. Efter att hon smällt igen dörren bakom sig hördes skarpa ljud av en låskedja som fördes in i sitt fäste. Världen var en skrämmande plats. Till och med råttorna höll sig i skymundan för monstren som styrde den.

När Estrid insåg att hon var ensam i sin sorg, så gled hon utmed dörren tills hon nådde marken och kröp ihop till en liten boll. Hon tänkte för sig själv att om ödet var henne nådigt, så skulle det låta henne dö.

24

Hedda gick med trötta steg in genom Zaafirs dörr och blev stående i hans hall utan att ens förstå vad det varit inom henne som fått henne att styra stegen hem till honom, istället för hem till sig själv. Hon hade tagit sig tid att sitta en stund vid bryggan längs med sjökanten på sin väg tillbaka från polishuset, och trots att klockan säkert var över nio på förmiddagen, så hörde hon ljuva snarkningar inifrån sovrummet. När hon suttit på bryggan så hade hon ringt till Estrid två gånger och lämnat både ett sms och ett röstmeddelande, men hon hade inte svarat. Trots att oron för sin själsdotter dröjde sig kvar i sinnet likt åskmoln på en annars blå himmel, så hotade tröttheten ständigt att ta överhanden. Hedda hade inte låtit sig känna av tröttheten förrän hon hade insett att det inte funnits något sätt för henne att förtränga den längre, och nu sköljde den över henne gång på gång och uppmanade henne att vila.

Hon hade gjort sitt bästa på promenaden för att inte tänka på Hillevis död, men det hade varit ungefär som att försöka sluta känna solens strålar mot huden. Omöjligt. Hedda önskade så gärna att hon hade varit mer sorgsen, att hon inte kunnat sluta gråta. Då kanske hon hade kunnat lura sig själv att hon faktiskt hade älskat sin mor mer än hon själv hade trott. Men all den där kärleken som hon känt flöda genom sin själ på sjukhuset under natten, var som bortblåst. Det enda hon hade att glädja sig över var att likaså var hatet hon en gång känt gentemot Hillevi. Allt hon kände när hon tänkte på den gamla kvinnan nu var hopplös likgiltighet. Hon önskade inte ha fått mer tid. Hon bad inte någon Gud om att föra hennes mor tillbaka. Det som behövde bli sagt hade blivit sagt. De hade förlåtit varandra och gått vidare. Så varför skulle hon gråta? Kanske gjorde hennes torra kinder henne till en känslokall satmara, men då fick det så vara. Hon var för trött för att bry sig hur som helst.

Hon klev ur sina skor, slängde mobilen och plånboken på hallbyrån, och smög sedan in i vardagsrummet. Bäddsoffan såg oerhört lockande ut med sina mjuka kuddar, men den var också oerhört ensam. Hon tog några försiktiga kliv mot sovrummet. När Skrållan såg henne stå i dörröppningen och betrakta hennes sovande husse så börja svansen vifta i stora svängar. Medan hon gäspade stort så gled hon ur sängen och tassade fram för att hälsa på Hedda. Hedda sjönk ner på huk och blundade hårt medan Skrållan överöste henne med slaskiga kyssar. Hon strök hunden varsamt över bogen och ryggen innan hon reste sig upp igen när hon hörde Zaafir grymta nyvaket. Utan att lyfta huvudet från kudden så sträckte han ut armen och klappade beordrande på madrassen bredvid sig. Hedda var inte säker på om det var riktat åt Skrållan eller henne själv, men beslutade sig för att ta risken att bli ifrågasatt, och kröp ner på sängen med Skrållan tätt i hasorna. Den stora hunden kravlade sig upp mellan de båda och lade sig på rygg. Hedda smekte hennes mjuka mage och lät sin blick falla på målningen på väggen. Den med den lilla stugan i skogen, med gärdesgård omkring och ett vindspel som glimrade bland klumpiga penseldrag. Målningen drog henne inåt in i sig själv, in i minnenas värld. Hon hörde tjädrarna klucka inne i den djupa granskogen och såg rågeten smyga över den lilla vallen bakom stugan. Hon kände den svaga doften av hav och mossa. Hon mindes en plats fri från smärta. Fri från stress. Fri från det civiliserade livets alla krav.

Hedda slöt sina ögon och tillät sig att helt och hållet bli uppslukad av sina minnen. De kallade på henne. Farmodern röst var inte mer än en viskning, men ändå hörde hon den så tydligt inom sig:

"Kom, Hedda. Det är dags. Det är dags att komma hem nu."

Den underbara färden in i minnenas värld avbröts abrupt av att Zaafir grymtade igen. Hedda öppnade sina ögon och stirrade på målningen, men minnena var försvunna. Hon kunde inte längre skymta vindspelet eller höra tjädrarnas kluckande. När hon andades in kände hon inte doften av något mer än Zaafirs sömnvarma kropp och odörerna den gav ifrån sig. Det var tyst omkring henne utöver ljudet av några morgonpigga barn som lekte i sandlådan på lekplatsen. Vid insikten om att inga fler minnen skulle kalla på henne, så lade hon ner huvudet på kudden och betraktade Zaafirs konturer istället. Han måste ha känt sig iakttagen, för snart rullade han över på mage och tog stöd på armbågarna för att kunna se henne. Hans blick var sömning men lika vänlig som alltid, och han log sitt varma leende mot henne innan han sade:

”God morgon. Jag märkte knappt ens att du kom.” Han gnuggade sina ögon med fingrarna och gäspade innan han fortsatte:

”Har du varit här länge?”

”Nej då, jag kom för några minuter sen bara.”

”Kommer du direkt från sjukhuset?”

”Nej, jag svängde faktiskt förbi jobbet innan. Jag hade tänkt arbeta lite, börja ta igen all den tid som jag missade, men Rosa skickade hem mig igen.”

”Det var väl klokt av henne. Du borde inte gå tillbaka än, speciellt inte efter i natt.” Hedda lät bli att svara, istället log hon åt honom. Zaafir suckade trött och kliade skäggstubben.

”Hur är det med Hillevi? Jag hade tänkt höra av mig under natten men jag slocknade direkt.”

”Det hade du inte behövt. Jag klarade mig.” Zaafir såg in i hennes ögon med en lätt oroad blick. En bedårande orosrynka uppstod mellan hans ögonbryn. Hedda lät blicken falla ner på Skrållan när hon svarade:

”Mamma är död. Hon överlevde inte natten. Men det var väldigt stillsamt. Pappa är uppriven, såklart. Han ville inte släppa taget om hennes hand när jag lämnade honom på morgonen.”

”Jag beklagar.” Zaafirs beklagande var genuint, men Hedda hade svårt att ta det till sig. För henne var det bara två ord som var så överanvända att de hade förlorat all sin mening. Hon mötte hans blick igen och sade det hon trodde förväntades av henne:

”Tack.”

"Vill du prata om det?"

"Nej… Kanske senare."

"Vill du att jag gör iordning frukost?"

"Ja, tack." Hedda mötte hans blick igen och såg i hans ansiktsuttryck att han tacksamt nog inte tänkte ställa fler frågor, så hon lät sig själv sjunka ner i sängen och kände hur sömnen drog i henne. Som om någon hade virat in henne i bomull så hörde hon Zaafir säga, medan han reste sig ur sängen:

"Jag går en kort promenad med Skrållan, så fixar jag pannkakor sen. Vila du." Trots att hon nästan redan sov så hörde hon sig själv svara:

"Okej, kan jag ligga kvar här?"

"Givetvis. Jag väcker dig när pannkakorna står på bordet." Hon trodde hon hörde honom gå ut ur sovrummet, men istället fick hon en mjuk kyss på pannan innan han kallade på Skrållan och hon lämnades ensam i sovrummet med den ljuvligt mjuka bädden. Hon hade somnat innan han ens hunnit ut genom ytterdörren.

25

Theodore satt på stolen i det gråa, trånga rummet han var inlåst i och stirrade ut genom det lilla fönstret. Han såg inte mycket mer än det vita murbruket på byggnadens fasad, men det var i alla fall bättre än att bara stirra in i väggen. En anslagstavla hängde ovanför det lilla skrivbordet. Ingenting satt fast där, men främlingar hade karvat in sina namn och olika hälsningar och fraser från filmer i den bruna ytan. Theodore fick krypningar bara av att titta på den.

Tiden hade gått långsamt sedan han blivit instängd efter det första förhöret. Han mindes ingenting utav det. Hade någon bett honom att återge vad han själv berättat, så hade han inte haft något mer att redovisa än ett tomt pappersark. Paniken hade sedan länge lämnat hans kropp, nu hade ångesten tagit över istället. Den fridfulla tystnaden omkring honom blev som skrik inuti hans huvud. Han hade ingen aning om vad han gjorde där, allt han visste var att det inte fanns något sätt för honom att ta sig ut.

Gång på gång försökte han återskapa de senaste timmarna inom sig, men alltid förgäves. Han mindes att han hade följt efter Henrietta till staden, men efter det så var hans minnen försvunna. Allt han lyckades minnas var de två veckor han spenderat i häktet efter att han blivit anklagad för att vara medskyldig till mordet på flickorna. Varenda sekund av varenda minut så förväntade han sig att när som helst se psykolog-farbrorn gå in genom den igenbommade dörren för att tala med honom. Gubben hade aldrig lyssnat, bara pratat. Han fick ständigt påminna sig själv om att tidsresor var omöjliga, och att nuet bara var en bisarr spegel av hans förflutna.

Theodore visste inte hur många timmar som hade gått när han väl hörde fotsteg i korridoren utanför hans rum. Han hade inte gått på toaletten eller ätit eller ens lagt sig ner i sängen för att vila under hela tiden. Utanför fönstret började solen ge vika för månens uppstigande. Natten skulle snart ha lagt sin mjuka filt över det brinnande himlavalvet. Människor skulle lägga sig för att försöka sova trots den ljumma sommarnattens kvävande hetta, men inte Theodore. Han var lika klarvaken som han varit hela dagen.

När han hörde fotstegen komma närmare så reste han sig ur stolen och gick stelt fram till dörren. Från andra sidan hördes ljudet av hur kodlåset låstes upp och handtaget trycktes ned. Dörren öppnades och i dess öppning visade sig den kvinnliga polisen som hade satt honom där.

"Hej, skulle vi kunna prata lite?" sade Vanessa och klev in i rummet. Theodore nickade och satte sig i stolen igen medan hon blev stående innanför dörren.

"Vi har åkt till motellet där du sade att du skulle ha mördat någon, men ingen fanns där. Vi kollade samtliga rum och rannsakade hela byggnaden, men det låg ingen kropp någonstans. Mannen du påstod dig ha mördat åkte vi hem till och pratade med. Han sade att han inte hade en aning om vem du var och att han aldrig någonsin sett dig. Vi åkte även hem till ditt hem och talade med din sambo, Henrietta. Hon sade att du aldrig varit på motellet. Hon hade inte sett dig där, utan trodde hela tiden som hon befann sig där, att du var kvar hemma och väntade på henne. För några minuter sedan så fick jag även provsvaret på blodprovet vi tog på dig. Allt blod vi samlade ihop från dina händer var ditt eget. Kanske ramlade du på vägen hit eller så finns det någon annan förklaring, men oavsett vad den är, så finns det ingenting som tyder på att det du berättade för oss var sant. Så nu förstår du säkert att jag är väldigt nyfiken på att få reda på varför du skulle ljuga om att ha mördat någon?"

Vanessa lade armarna i kors över bröstet och iakttog honom med en sträng blick. Theodore visste inte vad han skulle säga, han kom inte ens ihåg att han sagt något av det där. I brist på annat att säga så sade han:

"Jag vet inte."

"Vad menar du med det? Vet du inte varför du ljög?"

"Nej, jag… kan inte ens minnas att jag sagt det där."

Vanessa började se irriterad ut, men höll tonen lågmäld när hon talade till honom:

"Nu tycker jag att du ska tänka dig för vad du säger, för om du gör allt det här för att reta upp mig så svär jag att… Förstår du hur allvarligt det är att ljuga om en sån här sak? Hur mycket tid det tar att reda ut ett sånt här trassel?"

"Jag vet inte vad jag ska säga… Förlåt mig. Allt jag minns är att jag följde efter Henrietta in till staden, men sen kommer jag inte ihåg något mer än att jag stirrar ner på mina blodiga händer och att jag står utanför motellet. Mitt huvud är så rörigt just nu. Jag vet varken vad som är in eller ut."

"Jag läste din akt och frågade runt lite om dig innan jag gick hit. Det är inget enkelt liv du har levt… Att vara med om så mycket som så ung, det är klart det sätter sina spår. Har du känt dig väldigt stressad det senaste, kanske haft svårt att sova?"

"Ja, det kan man väl säga."

"Jag är ingen psykolog, men kanske blev din hjärna bara lite överväldigad. Det kanske var därför du trodde dig se saker som inte fanns där och till och med fick dig att tro att du tagit livet av en annan människa."

Theodore förblev tyst men nickade som svar medan han vände blicken ut genom fönstret igen. Det tog all kraft han hade att orka fortsätta lyssna på henne. Hans huvud bultade och allt han ville var att få sova.

"Ja, hur som helst så har vi ingen anledning att hålla dig kvar i häktet, så du kommer att frisläppas. Henrietta väntar på dig i entrén, så det är bara att följa efter mig."

Theodore reste sig ur stolen och följde efter Vanessa med blicken riktad mot golvet. Kroppen kändes som bly, ögonen gled jämt och ständigt igen, men han visste att han var tvungen att hålla sig vaken. Inom sig spelade han upp minnen av gamla mardrömmar i ett försök att väcka hjärnan ur dess dimma, men det var förgäves.

Väl ute i entrén så tog Henrietta emot honom med en lång omfamning som han återgäldade halvhjärtat.

"Jag var så orolig." Viskade hon i hans öra innan hon släppte taget om honom. Vanessa vilade händerna på sitt bälte och sade:

"Nästa gång du drabbas av en sån här illusion, så kan du väl låta bli att skrämma upp oss så mycket. Håll det för dig själv, okej?" Theodore nickade fastän det kändes lika ansträngande som att springa ett maraton.

"Bra. Då så, då får du se till att ta hand om dig så hoppas jag att vi inte behöver mötas igen." Så vände Vanessa sig om och försvann tillbaka in genom personalingångens dörr.

"Nu åker vi hem så jag kan laga oss lite mat", sade Henrietta och föste Theodore ut genom entréns portar. Han ville så gärna berätta för henne om mörkret han kände växa inom sig. Det var som om en demon sakta tog över hans själ. Men Vanessa hade sagt till honom att hålla det för sig själv, så han förblev tyst medan det obskyra mörkret vällde fram genom hans inre likt en tidvattenvåg.

26

Hedda vaknade sent på eftermiddagen när doften av kryddstark mat nådde hennes sinnen. Hon gnuggade sig i ansiktet och strök handen över Skrållans huvud när hunden hoppade upp och lade sig bredvid henne. Gardinerna i sovrummet hade Zaafir varit snäll nog att lämna fördragna, men genom de båda dörröppningar till köket och vardagsrummet så flödade solens ljus in i det annars dunkla rummet. Ett lågt surrande från spisen och köksfläkten var det enda hon hörde utöver sin egna andning, ändå visste hon att hon inte var ensam. Det var nästan löjligt hur snabbt det kunde gå att vänja sig vid att vakna och aldrig vara ensam. Det fick Hedda att känna sig sårbar. Hon fick inte låta det bli en vana att någon annan skötte om henne. Det kunde göra henne svag och arrogant, kanske till och med lat, och lathet var farligt.

Hedda lät blicken vänja sig vid ljuset medan hon betraktade Zaafirs rygg där han stod vid köksbänken och tillsynes rörde i någon oidentifierbar röra. Det tog en stund innan han insåg att hon hade vaknat, men när han väl kände hennes blick brinna mot huden på hans rygg så ställde han ifrån sig bunken med hummusen och klev in i sovrummet och satte sig på sängkanten.

"God morgon" sade Zaafir med ett av sina älskliga leenden på läpparna.

"Har jag sovit länge?" frågade Hedda med trött röst.

"Nej, några timmar. Men det var nog behövligt."

"Mm, men jag missade pannkakorna."

"Det ligger några på en tallrik i kylen som du kan ta när du känner för det."

"Tack."

"Det var så lite så. Hur känns det?"

"Med vadå?"

"Med allt." Hedda väntade en stund innan hon svarade.

"Det känns nog okej, tror jag. Jag är mest trött."

"Har du fortfarande ont?"

"Ja, men det är inte i närheten av att vara lika illa som det var tidigare."

"Bra, behöver du tabletter?"

"Nej, jag klarar mig ändå."

"Och hur känns det med allt annat?"

"Jag vet inte, kan jag snälla få vakna innan du börjar korsförhöra mig?"

"Förlåt, du ska få vakna. Det finns mat till dig om du är hungrig sen." sade han innan han återvände ut i köket och började skramla med disken.

En kvart senare satt de båda vid matbordet med varsin tallrik framför sig och åt medan Skrållan låg mellan deras fötter under bordet och tuggade på ett hjorthorn. Zaafir slevade i sig maten medan Hedda mest puttade omkring den på sin tallrik och stirrade ut på de två pensionärerna som påtade i sina kolonilotter utanför fönstret. Åsynen av dem fick henne att minnas sin farmors trädgård med alla hennes överdådiga odlingar av rotfrukter och grönsaker av alla dess slag. Under sensommaren brukade bladen ha växt så mycket att de stenlagda gångarna mellan de gamla drivhusen och odlingslådorna knappt gick att gå på. Hennes farmor hade så gott som alltid varit självförsörjande i många avseenden, och tanken på att slippa vara beroende på en mataffär fick Heddas hjärta att värka av längtan till ett annat liv. Utan att lyfta blicken från grönskan så sade hon med låg röst:

"Tröttnar du aldrig på det här?"

"På att äta falafel med hummus? Nej, aldrig. Hurså, tyckte du inte om det?" svarade Zaafir henne med munnen full av mat.

"Maten smakar utsökt som alltid, kära du. Det jag menar är tröttnar du aldrig på det här livet? Att ständigt låta sig bli kontrollerad av andra."

"Vad har jag för val? Räkningarna måste betalas."

"Jo, men längtar du aldrig efter något mer? Något djupare? Att känna att livet är värt någonting istället för att bara leva i väntan på pensionen och sedan döden?"

"Mitt liv är värt väldigt mycket, Hedda. Jag har ju dig och Skrållan och hela min familj som förgyller min tillvaro. Varför skulle jag behöva något mer?"

"Så du drömmer dig aldrig bort? Du önskar aldrig att livet kunde se annorlunda ut?"

"Det är klart jag drömmer mig bort ibland, det gör väl alla. Jag önskar att min bror fortfarande levde och att hundar levde lika länge som människor, så att jag och Skrållan skulle få åldras tillsammans. Men det finns ingen mening med att försöka få livet att bli annorlunda. Vi alla har vår lott i livet och det är upp till var och en av oss att göra det bästa med det vi blir givna."

"Men du förstår inte…"

"Varför säger du allt det här? Var kommer det ifrån?" Han avbröt henne innan hon kunde fortsätta.

"Du skrämmer mig med dina tankar, Hedda."

"Jag kan inte förklara varför, men ibland så längtar jag efter ett lugnare liv. Där jag kan leva i harmoni med mig själv och naturen, och utan att behöva ta del av alla samhällets galenskaper?"

"Vilka galenskaper? Känner du inte harmoni just nu? Vad mer kan du begära än trevligt sällskap, god mat och ett tryggt hem?" Hedda suckade ljudligt. Det var naivt att tro att han skulle förstå hennes längtan och strävan efter något mer än trygghet. I hans värld innebar själslig lycka att han var säker, älskad och mätt. I hennes innebar den att hon var fri.

"Det är inte bra för själen att sukta efter sånt man inte kan få. Vill du bli lycklig så borde du se det du redan har omkring dig och börja uppskatta det!" Zaafir lät nästan arg när han sade det, men Hedda valde att inte svara honom. Istället vände hon blicken ner i sin tallrik och försökte förtränga sina minnen och sitt hjärtas begär. Kanske hade han rätt. Kanske skulle ensamhet och vildmarken inte göra henne lycklig. Kanske var hennes enda problem att hon inte uppskattade det hon hade omkring sig. Men var det verkligen så fel att hon ville tro på att det fanns fler sanningar än en? Var det verkligen så fel att längta efter det karga och det otämjda havet? Att längta efter den djupa, mörka skogen? Att längta efter den övergivna stugan i gläntan? Zaafir avbröt hennes tankar med sin barska stämma:

"Jag förstår verkligen inte vad det är du tror är så speciellt med att leva ensam i skogen? Vad är det du tror att du kan få där som du inte kan få här? Vill du leva i harmoni med naturen? Köp en kolonilott eller ta en promenad i skogen. Vill du vara ensam? Gå hem till dig. Vad är det som är så fel med att vara en del av samhället?"

"Det var inte så jag menade..."

"Så vad menade du då?"

"Varför blir du så upprörd?" Sade Hedda och försökte se in i Zaafirs ögon. Men han svarade henne inte utan stirrade istället ut i hallen och bet ihop så hårt att små muskler i hans käkar spelade. När Hedda talade igen så försökte hon låta vänlig, fastän allt hon ville var att få vråla. Hon sade:

"Vi kanske borde byta ämne. När är det din sommarledighet tar slut?"

Det tog en stund innan han svarade, men när han väl gjorde det så såg han äntligen på henne igen och hans käkmuskler slappnade av.

"Om tre veckor, så vi har i alla fall minst en hel vecka tillsammans som ingen utav oss behöver jobba."

"Fint" sade Hedda och tvingade fram ett leende. Hur i helvete skulle hon stå ut med honom tjugofyra timmar om dygnet i en hel vecka?

Hon lät blicken dras ut genom fönstret igen och kände minnena komma tillbaka. Samma tanke upprepades om och om igen inom henne; Om hon lämnade det liv hon kände till för att leva det liv hon mindes, skulle hon då ångra sig? Eller skulle det vara värt det?

27

Theodore stod i djupet av grönskan i skogen bakom stugan och stirrade upp på himlen. Hans händer var utsträckta utmed hans sidor som om han försökte fånga solljuset med sin blotta närvaro. Fem dagar hade redan hunnit passera sedan stunden då han trott sig begått mord, men dagarna kändes som sekunder. Henrietta hade försökt prata med honom om det de första två dagarna, men tillslut hade hans tystnad gjort henne stum. Han tillbringade sin vakna tid i skogen eller i kyrkan, ständigt jagade han ett svar på varför hans Gud lämnat honom åt sitt vanvett. Vad hade han gjort som var så förfärligt att till och med Herren övergav honom? Frånvaron av gudomlighet fick hans själ att kännas tom. Aldrig hade han ägt några pengar, ändå hade han aldrig känt sig fattig. Tro kunde få även den som klädde sig i trasor att känna sig förmögen, men utan den var han ingenting.

Theodore hade knappt ätit eller tvättat sig de senaste dagarna. Det fanns inte mycket som han hade vilja att göra. Försökte Henrietta närma sig honom så drog han sig undan, även under natten. Han fann inte längre någon tröst i hennes närvaro. Tacksamheten över hennes givmildhet skulle han alltid bära med sig, men han kunde inte längre känna lättnad över att älska henne. Istället hade kärleken blivit en fruktansvärd börda som plågade honom varenda sekund av varenda minut. När helst han lät sin blick vila på hennes mjuka, vackra kropp, så var det som om rädslan för att förlora henne blev så stark att den förvandlade hans skelett till stoft. Benen orkade inte bära honom längre, men vad kunde han göra? Var det verkligen priset han var tvungen han betala för att älska en annan själ mer än han älskade livet självt? Hade han råd att återgälda en sådan skuld till Guden som skänkt henne till honom? Kanske hade han redan förbrukat sin rätt att älska henne. Kanske skulle hon bli den sista som någonsin övergav honom, för om hon skulle lämna honom så skulle han inte orka leva.

Den gamla bibeln låg på mossan framför hans bara fötter. Han bar den med sig vart än han vandrade med förhoppningen om att det kanske skulle få Herren att vilja återvända till honom. Men likt allt annat han gjorde för att blidka sin Gud, så var det förgäves. Det var som om det inte längre fanns någon där som lyssnade, och det fick honom att undra om det någonsin hade gjort det. Det kändes som en omöjlig sanning, att våga tänka tanken att gudomligheten han alltid burit med sig i sitt hjärta, kanske aldrig varit mer än en illusion. Tänk om bibeln inte var annat än ännu en bok? Bara ännu en skönlitterär historia skriven av människor med livlig fantasi men föga smickrande livshistoria, så de skrev en fiktiv historia som passade dem bättre. Betydde de heliga orden inte mer än de ord som fanns tryckta i miljontals andra böcker? Hade generationer efter generationer av människor verkligen varit så naiva och i behov av en tillflykt att de lagt all sin tilltro i en gammal folksaga? Hade de verkligen varit så ofattbart dumma att de startat krig och bildat nationer i en sagofigurs namn? Fanns det överhuvudtaget någon sanning bland lögnerna? Hade de mördat och förstört och förintat människor och djur, bränt skogar och tömt bäckar, byggt städer och hällt ut brännande betong på bäddar av mossa, allt för att deras så kallade Gud sagt till dem att göra detta? Eller kunde det finnas en så enkel förklaring som att människor var en säregen, korkad art med en försmak för att utföra självdestruktiva handlingar?

Allt detta tvivel. Kraftfullt nog för att bringa en ung, vilsen man ner på hans knän. Med händerna knäppta i bön och ögonen slutna, sjungande psalm efter psalm, var tvivlet som belägrat sig i hans sinne mäktigt nog att få hans själ att förtvina. Hans förnuft hade riktat dess spjut mot hans tro, och kampen som utkämpades inom honom var så våldsam att han föll ihop bland grönskan omkring sig. Tveksamt öppnade han ögonen och såg himlen ovanför sig. Den var bara en himmel. Underbar, makalöst vacker och evigt blå, men i slutändan av dagen, så var den ingenting mer än en himmel. Där fanns en atmosfär, men det var inget hem åt en oformlig massa som människor envisades med att kalla Gud.

Om Theodore dog liggandes på mossan och gräset, skulle någon då föra honom hem? Skulle någon ta emot honom i hans liv efter döden? Var alltsammans inget mer än en fasligt bisarr berättelse? Vad skulle hända med själen om ingen Gud existerade? Skulle den då bara sväva omkring fri som osynlig materia bland träden? Eller skulle den följa med kroppen ner under jorden? Kunde själar ens förruttna? Skulle trädens rötter absorbera själen, skulle den bli till bladverk och grenar och bark? Skulle den bli till spindlar och nyckelpigor och gråsuggor? Fanns själen ens inom honom, eller var även den en illusion?

Theodore grävde ner sina fingrar under den svala mossan och andades in doften av jord. Han ville förankra sig i det som var säkert, ville påminna sig om allt det som inte var en lögn. Solen steg på morgonen och gick ner på kvällen. Månen var dess nattliga tvilling. Mossa, gräs, ormbunkar, träd, blommor och buskar växte, förökade sig och dog. De förruttnade och blev till näring och kraft att ge till generationerna som kom efter dem. Deras livscykel var enkel. Så länge deras levnadsmiljö tillät dem så skulle de fortsätta leva i samma stillsamma takt som alltid. Fiskar, valar, sälar, sköldpaddor, maneter, skaldjur och delfiner, alger, tång och koraller levde i havet. De kämpade allesammans samma tysta kamp som allt liv på land. De kämpade för sin överlevnad, för att kunna leva i en döende värld.

Theodore kunde inte göra annat än att förlika sig med det faktum att han nu var en av dem. För vem var han utan sin tro, om inte en av alla? Hur många år hade han inte låtit sig själv förglömma sin omvärld, i inbillningen om att allt han någonsin skulle behöva redan fanns inom honom?

Han kände solens varma strålar träffa hans ansikte, men det fick honom inte längre att le. Solen var bara solen. Ett brinnande klot i rymden, men ingenting mer. Så många år hade han intalat sig själv att Gud fanns i allt Han hade skapat. Gud fanns i naturen och i människan och i djuren. Han fanns i solen och månen och i norrskenet. Han fanns i havet och sjöarna och i bäckarna. Han fanns i jorden och grödorna i böndernas fält. Han fanns i regnet och vinden och i vintrarnas snö. Allt det som var Hans skapelse, var Hans hem. Så varför kunde Theodore inte känna Hans närvaro längre?

Det var som om han levt beslöjad hela sitt liv, och nu hade någon tagit av honom slöjan och låtit den drunkna bland resten av de gamla myterna och folksagorna i floden av sanning. Han kunde inte längre se att hans liv hade en mening, att det fanns ett öde som han var ämnad att följa. Gud hade alltid haft en plan, men om Gud aldrig ens funnits till, fanns då heller ingen plan. Theodore kände sig vilsen i sin trolöshet på ett sätt han aldrig tidigare upplevt. I vartenda steg av hans liv hade det alltid funnits någon där som sett till att Gud fanns vid hans sida. Barnhemmet hade varit kristet. Så kristet att krucifix hängt i vartenda rum och att det utfärdats fysisk bestraffning till den som inte dök upp på söndagsskolan. Varenda kväll bad de kvällsbönen och varenda måltid sade de bordsbön. Det hade inte varit något klosterbarnhem som drevs av nunnor, men bortsett från dräkterna så hade det inte varit så stor skillnad.

När han blev adopterad så hade han lärt sig tolka Bibeln på inte bara ett nytt språk, utan också ett helt annorlunda sätt. Hans adoptivfar hade lärt honom om synden och djävulen och Guds obarmhärtiga sätt att skipa rättvisa. Theodore hade lärt sig att följa de oskrivna regler som gick att finna mellan raderna i Bibeln, och vad som hände om de inte blev följda. Han hade lärt sig om bestraffning och hur endast de värdiga, de som blev Guds soldater, fick dela Herrens hem i himlen.

Allt eftersom han blivit äldre, så hade tron redan blivit en så stor del av hans vardag att han aldrig ens reflekterat över den. Men nu, när den var borta, så visste han inte vad han skulle ta sig till. Han låg och stirrade upp på himlen utan att veta när han skulle gå därifrån. Kanske skulle han låta dag bli till natt, kanske skulle han låta bli att återvända hem överhuvudtaget. Tanken var lockande, men han visste att Henrietta skulle sakna honom och oroa sig, så som hon alltid tycktes göra nuförtiden. Hon bar ett ständigt ångestfyllt ansiktsuttryck, som om hon svalt en bomb och var rädd att minsta lilla hostning skulle få den att detonera. Han var tvungen att gå tillbaka, för hennes skull. Kanske skulle han till och med lyckas få ner en matbit eller två av maten han visste att hon skulle ha förberett åt honom när han kom hem. Han hade aldrig varit en särskilt god människokännare, och han hade inte känt henne längre än en knapp månad, men ändå förstod att han att han betydde mer för henne än hon kanske någonsin skulle erkänna, ens för sig själv. Hur gärna hon än talade om för alla som vågade ifrågasätta hennes livsval hur lycklig hon var över att vara så självständig och oberoende av andra människor, så var hon lika ensam och bedrövad som han. Hela hennes familj låg begravd i jord som fanns hundratusentals mil bort. Hon var alldeles ensam i ett land som trots fina ord var föga välkomnande mot främlingar. Bortsett från församlingen och ett par vänner så var Theodore allt hon hade. Hon behövde honom minst lika mycket som han behövde henne, men ändå fruktade han att det skulle komma en dag då hon skulle vakna och inse att hon inte längre ville ha honom. Därför var han tvungen att gå tillbaka. Hur mycket marken än drog honom ner, så var det hans plikt att se till att den dagen aldrig kom. Henrietta skulle aldrig få överge honom. Aldrig.

28

Estrid satt på fönsterbrädan i sitt sovrum och tuggade frånvarande på ett äpple hon hittat i kylen medan hon blickade ut över folket som rörde sig nere på gatan. Äpplet var bland det sista hon hade kvar att äta, och hon hade ingen aning om hur hon skulle få tag i mer mat utan pengar.

Ödet hade inte varit henne nådigt. Fem dagar hade gått sedan hennes far hade lämnat henne, och sedan dess hade hon inte sett röken av honom. Han hade varken ringt eller messat, men Estrid saknade honom inte. Desto längre tid som gick, desto friare blev själen som så länge varit instängd i en bur. Trots att framtiden var oviss och hon snart skulle behöva svälta, så var hon obeskrivligt lycklig över att han hade lämnat henne. Hon önskade att han aldrig skulle komma tillbaka. Tanken på att han skulle återvända skrämde henne mer än tanken på att han skulle dö. Hon var glad att han var borta. Lättad över att få vara ensam. Hon visste att livet inte skulle bli enkelt, men livet hade ändå aldrig varit enkelt, så vad var egentligen skillnaden? Hellre hemlös och utfattig än i ett hem med ett monster.

Estrid kunde inte klandra My för att hon hade lämnat Rasmus. Trots att hon vetat om allt som hon riskerat, så hade hon ändå varit modig nog att välja sig själv. Människor sprang runt och runt i sina ekorrhjul och trodde att lyckan fanns i pengarna, eller i tryggheten av ett äktenskap eller en familj. De stannade hos människor som skadade och sårade dem. För vad skulle hända om de sade farväl? De skaffade barn i tron om att barnen skulle skänka dem lycka i ett olyckligt liv. Så barnen blev olyckliga, så när de växte upp så skaffade de barn för att bli lyckliga. Så var cirkeln fulländad. Alla talade om att rädda världen, om att rädda den mänskliga arten, men vad var det egentligen för art de försökte rädda? En art som tog och inte gav någonting tillbaka? En art som förökade sig utan förbehåll och sedan verkade förvånade när deras avkommor inte orkade leva i en sjuk värld? En art som sprängde berg och plundrade jorden i jakt på svaret som skulle göra dem odödliga? En art som använde dess intelligens för att förstöra, inte för att hjälpa? Eller en art med kapacitet att älska bortom alla gränser, som kunde känna empati för allt som levde, och med en förmåga att vårda även den minst älskvärda varelse?

Estrid ville inte tänka på morgondagen eller på omvärldens stormar av galenskap, allt hon ville var att få bejaka den brinnande solnedgången och känna vartenda uns av frihet som spred sig inom henne. Aldrig mer ville hon vara fånge i sitt eget hem. Det spelade ingen roll om någon kom och hjälpte henne eller inte. Hon skulle klara sig. Det var det enda hon visste.

Estrid hade inte lämnat lägenheten på hela tiden som fadern varit borta. Istället hade hon njutit och vältrat sig i ensamheten. Hon hade lyssnat på sin mammas gamla skivor av indiemusik och dansat omkring halvnaken i vardagsrummet. Hon hade sovit under dagarna och hållit sig vaken på nätterna. Det höll mardrömmarna borta och dessutom så var gatorna tystare utanför då. Dörren till faderns sovrum höll hon alltid stängd, hon ville inte se kläderna han burit eller se sängen där han sovit. Alla hans ägodelar hade hon kastat in där, från rakhyveln i badrummet till kaffekoppen han brukade använda. Hon vågade inte kasta dem i sopnedkastet än, trots att hon flera gånger hade övervägt att göra det. Än så länge fick det duga att få hans saker ur sitt synfält.

Hon åt upp hela äpplet, kärnor och allt, och lutade huvudet mot fönsterkarmen en stund. Hon slöt sina ögon och kände hur vinden varsamt smekte huden på hennes bara ben och fötter. När hon öppnade ögonen igen så lät hon den svepa över det röriga rummet. Någonstans i högen av kläder på golvet låg hennes avstängda mobil. Hon hade stängt av den redan första gången Hedda hade ringt henne dagen efter att Rasmus hade stuckit. Det hade inte funnits en enda cell i hennes kropp som velat tala med någon annan än hennes egen spegelbild, så mobilen hade blivit kastad på golvet. Vid det laget hade skadorna fortfarande varit så smärtsamma att hon knappt kunnat andats, men med tiden hade smärtan minskat och de små såren i pannan höll på att läka ihop. Hennes bröstkorg var täckt av lilagula blåmärken, men det gjorde inte längre ont att ta djupa andetag.

De första timmarna hade hon varit oroad att han hade skadat henne allvarligt, men när blodet var borttorkat och tårarna väl slutat rinna, så hade det inte funnits mycket oro kvar i hennes själ.

Rasmus visste hur hårt han kunde ta i utan att offret skulle behöva läkarvård, så han hade varit försiktig. Det var inte som när My hade "ramlat i trappan" och gick med högerarmen i bandage i fem veckor. Eller som när hon hade "snubblat på en rot på löpturen" och hennes vänstra knä hade behövt sys med tolv stygn. Han hade blivit mycket mer varsam efter det. Ett benbrott behövde oftast korrigeras för att läka, medan muskelskador och milda inre skador oftast läkte av sig själva.

När Estrid kom på sig själv med att ägna tankar åt fadern så tvingade hon sig att fokusera på något annat, som fiskmåsens skri uppe på himlen, för att få honom ur sitt medvetande. Hon följde fågeln med blicken tills den svävade utom synhåll, då klev hon ned från fönstret och gick vidare in i vardagsrummet. Där startade hon igång cd-spelaren och lät den ljuva musiken flöda genom dess högtalare. Hon svajade långsamt till de mjuka tonerna och föreställde sig att hennes mor stod bredvid henne, och dansade så som de alltid hade gjort tillsammans. Saknaden hon upplevde vid minnen hon sällan tillät sig att tänka på fick hennes ögon att tåras. Gråten gav henne huvudvärk, men all smärta, fysisk likväl som själslig, var värd det.

Estrid önskade att hon kunde stanna i stunden för evigt, men istället avbröts hennes tankar abrupt av att porttelefonen ringde. Genast frös blodet till is i hennes ådror av rädsla. Hade fadern kommit tillbaka? Men varför ringde han då på porttelefonen istället för att bara komma in? Kanske hade han supit skallen i så många bitar att han inte längre mindes koden. Estrid sänkte volymen på musiken och smög långsamt närmare dosan vid dörren, som om den hade varit en bomb. Hennes händer skakade när hon tryckte in knappen som lät henne ta emot samtalet. Hon lutade sig närmare den silvriga manicken och sade med låg, ostadig röst:

"Vem är det?"

"Estrid, är det du? Äntligen får jag tag i dig. Vet du hur orolig jag har varit?" Estrid var nästan säker på att hon visste vem det var, men eftersom nästan inte var detsamma som helt så upprepade hon sin fråga:

"Eh, vem är du?"

"Men kära barn, hör du inte det på min röst? Det är Hedda. Kan du släppa in mig så jag får se dig och hålla om dig?" Estrid slappnade av och lät axlarna falla, men trots att hon var lättad över att det bara var Hedda, så hade hon inga som helst planer på att släppa in henne. Estrid behövde fortfarande få vara ensam med sina tankar. Hur svårt kunde det vara att förstå budskapet med en avstängd mobil?

"Hej, vad gör du här?" sade Estrid och försökte dölja irritationen hon visste kunde höras på hennes röst.

"Hej, vännen. Jag var tvungen att komma förbi och se hur det var med dig. Din mobil måste ha varit avstängd för jag har inte kunnat komma fram någonting de senaste dagarna. Jag har ringt och messat dig som en galning men…" Estrid avbröt henne innan hon kunde fortsätta:

"Ah, förlåt. Den dog för några dar sen och jag har inte fått en ny än." Vita lögner gjorde ingen skada.

"Jaha, ja det förklarar ju saken. Men du förstår, jag trodde något hemskt hade hänt när jag inte kunde nå dig." På Heddas röst så lät hon genuint oroad, men Estrid fann inte det som anledning nog att släppa in henne. För en gångs skull i sitt liv så fanns det ingen vuxen som kunde kontrollera henne. Aldrig i livet att hon skulle ge upp det.

"Du hade inte behövt bli orolig, jag har bara varit här hemma och slappat."

"Så allt är bra med dig då?"

"Ja!" Estrid visste att hon lät onödigt hård, men hennes tålamod började försvinna.

"Okej, det känns ju bra att veta... men du, hjärtat, kan jag inte ändå få komma upp, bara om så några sekunder för att verkligen se att du mår bra. Det har ju varit väldigt varmt det senaste." För en halv sekund så övervägde Estrid att tillåta det, bara för att få Hedda att lämna henne ifred. Men sedan mindes hon såren i pannan och blåmärkena på överkroppen och insåg att några sekunder skulle förvandlas till några timmar. Istället sade hon:

"Nej, jag... jag är upptagen just nu."

"Upptagen? Med vadå? Det är ju sommarlov..."

"Ja, men alltså, jag har en kompis här och vi vill vara ifred."

"Men jag lovar att inte dröja kvar, snälla rara. Jag har ju inte fått träffa dig på så länge, och sist vi sågs så var du så ledsen... Det skulle verkligen kännas mycket bättre för mig om jag fick komma upp en liten stund." Estrid visste att Hedda inte menade att vara jobbig, men Estrid hade fått nog. Hon sade med bestämd stämma:

"Ja, men det skulle inte kännas bättre för mig. Jag vill vara ifred!"

"Men lilla hjärtat..."

"Sluta kalla mig det! Sluta kalla mig jänta och raring och hjärtat och älskling och kära barn! Du är inte min mamma!"

"Förlåt mig, älskl... Estrid. Du har rätt, men jag har aldrig försökt ersätta din mamma, om det har verkat så ber jag verkligen om ursäkt."

"Så varför kom du ens hit? Jag behöver inte din hjälp! Du kan sluta behandla mig som nått jävla fosterbarn nu! Vi är inte familj! Okej? Jag klarar mig själv!"

"Förlåt, förlåt..."

"Och sluta säga förlåt! Du är inte skyldig mig nått! Varför bryr du dig så förbannat mycket om mig?"

"Därför att ända sen jag hittade dig i skogen, när du var en liten bebis, så..." Hedda hade börjat gråta, men Estrid ville ha henne ur sitt liv, så hon avbröt henne igen.

"Det var för i helvete tretton år sen! Gå. Vidare."

"Jo, men... snälla försök att förstå..."

"Kan inte du försöka att förstå? Jag vill inte ha dig i mitt liv! Jag vill inte bli kontrollerad längre!"

"Vad menar du med det? Är det någon som..."

”Men gå bara! Dra åt helvete eller vad fan som helst! Jag vill inte prata med dig längre!” Estrid var tvungen att sluta skrika eftersom trycket i lungorna gjorde att värken i bröstkorgen återvände med trippel kraft och gjorde att hon hostade varenda gång hon drog efter andan. Hedda tog tillfället i akt och sade rappt men med vänlig ton:

”Nej, jag förstår det. Du behöver inte förtydliga något mer för mig. Men jag vill att du ska veta att jag inte är arg på dig, varken på grund av det här eller på grund av någonting annat. Jag ska lämna dig ifred nu, och jag lovar att aldrig kontakta dig igen. Det har du all rätt att utkräva av mig. Men fastän vi inte är familj, som du säger, så vill jag ändå att du ska veta att vad det än är, om du någonsin behöver hjälp med något, så tveka inte att ringa eller messa mig. Att du inte vill ha mig i ditt liv, det respekterar jag. Men om du skulle behöva mig, oavsett vad det handlar om, så kommer jag alltid att finnas där för dig. Och jag kommer aldrig att döma dig. Glöm aldrig det.” Det blev tyst i några sekunder, Estrid trodde att hon kanske till och med hade gått. Men när tårarna började rinna nerför kinderna så viskade hon i porttelefonen:

”Varför?”

”Därför att jag mot all logik älskar dig som om du vore min dotter.” Ännu fler sekunder av tystnad passerade. Estrid visste inte vad hon skulle känna eller vad hon skulle tänka. Det fanns en del av henne som ville stänga ute alla andra ur hennes liv, och en annan del som inte ville något hellre än få kollapsa i Heddas famn och överösas med lika mycket tröst och kärlek som vilken annan moder som helst skulle ge sitt barn. Tillslut hörde hon Heddas röst igen. Den lät mjuk, som gräddglass.

"Jag går nu. Var rädd om dig, okej?" Estrid förmådde inte att svara, för hon visste att om hon gjorde det så skulle hon inte kunna motstå att släppa in sin själsmoder in i hemmet hon lovat sig själv att aldrig låta någon komma in i. När inga fler ord hade yttrats på en lång stund, så förstod Estrid att Hedda verkligen hade lämnat henne, och hon var åter alldeles ensam. Fast nu fick inte ensamheten henne att känna sig lyrisk längre, nu var den ett fängelse. Värst av allt var att det var ett fängelse hon frivilligt låst in sig själv i och kastat bort nyckeln.

Estrid lyfte fingret från knappen på porttelefonen och gled utmed dörren tills hon satt på golvet med armarna runt benen och huvudet nedböjt mot knäna. Tårarna rann tyst, att andas var en plåga. Fem dagar hade gått, men hon hade likaväl kunnat ha stannat där, i hallen. Ingenting hade förändrats.

29

Hedda gick långsamt på trottoaren framför Estrids hem och försökte övertala sig själv att ungen faktiskt mådde bra, som hon själv påstod. Hedda hoppades innerligt att Estrid snart skulle kommas springande, men för vartenda steg hon tog så kom hon allt närmare insikten om att detta inte skulle ske. Hur gärna Hedda än hade velat stanna utanför byggnaden tills Estrid väl kommit ner, så kände hon sig tvungen att hålla sitt löfte om att respektera flickans gränser. Hon hade haft rätt i allt hon sagt. Hedda var inte hennes mor, men hon kände sig som det.

Medan Hedda försökte förtränga oron som byggts upp inom henne de senaste fem dagarna, så riktade hon blicken upp mot den skira himlen och följde solnedgångens varma lågor tills hon stod på en av bryggorna vid hamnen och hon såg den i all dess skönhet. Om en knapp timme skulle hela solen ha drunknat i horisonten, men ännu brann den likt en majbrasa.

Hedda satte sig ner och lät benen dingla över vattenytan. Trollsländor och myggor flög under hennes fötter och högt ovan hennes huvud svävade en ensam fiskmås. Luftbubblor från små fiskstim bröt den annars så lugna sjöns yta och vinden som då och då fick löven i trädens mäktiga kronor att rassla var mild och behaglig. Endast svaga ljud från stadens centrum nådde Heddas hörsel, utöver det var det så gott som tyst.

Hedda visste att hon borde gå hem till Zaafir, men hon orkade inte möta hans ständigt oroliga blick och höra hans lärdomar och predikan om hur hon skulle bli så mycket lyckligare om hon bara började uppskatta det som fanns omkring henne. Han hade släpat runt henne på fotoutställningar och stadspromenader och på bio. De hade besökt en botanisk trädgård som Hedda aldrig tidigare hört talats om och som till Zaafirs förtret endast hade gett henne hemlängtan, istället för sinnesfrid. Han hade bjudit henne på fika på den enda kafeterian i staden som erbjöd någon slags vegansk bakelse, och han hade lagat storslagna måltider varenda kväll. Hedda hade upptäckt mer om staden och ätit mer och betydligt godare mat än någonsin tidigare. Hon borde vara tacksam och tillfreds med livet, men istället kände hon sig ängslig och frustrerad. Alla hans kärleksfulla gester och överdådiga försök att få henne glad kändes bara alltmer kvävande för var dag som gick. Det krossade henne att se hur ledsen han blev varenda gång som hon inte skrattade åt hans dåliga skämt eller lät som om hon fick en orgasm varenda gång hon tog en tugga av hans mat. Han ansträngde sig så otroligt hårt bara för att få henne att le, men ändå kunde hon inte minnas många gånger som hennes leende varit genuint. Hon ville så gärna att han skulle förstå henne, men för vartenda museibesök och för varenda skål med jordgubbssorbet som han bjöd henne på, så verkade han förstå henne allt mindre. Hedda var inte dummare än att hon förstod att han försökte visa henne allt som var bra med ett liv med honom, tyvärr så fick det bara motsatt effekt. Hedda gav blanka fan i det allra mesta som hade med stadslivet att göra. Hon ville ut i skogen. Hon ville få känna mossan under sina bara fötter och få lite jord under naglarna. Hon ville bada naken i sjön och trä smultron på ett grässtrå. Närhelst hon hade påpekat detta för Zaafir, så hade han bara skrattat åt henne och sagt med mesig röst att hon var så barnslig, söt och gullig. Hade han velat få henne att kräkas så hade det nog varit ett betydligt mer lyckat uppdrag.

Det som varit bra för Hedda med att bli dragen kors och tvärs över halva staden och mer därtill var att det inte hade gett henne mycket tid att tänka på så mycket annat. Smärtan från missfallet hade ebbat ut och skulle förmodligen snart vara som förglömd. Sorgen hade hon fått spara till kvällarna. Varenda kväll så hade Zaafir med milda ord och den vänaste av röster försökt övertala henne att lägga sig bredvid honom i hans säng, men hon höll sig till bäddsoffan. Endast där hade hon fått en känsla av avskildhet så hon kunnat ägna sina tankar åt Estrid och barnet hon förlorat. Ibland hade några få tårar fallit, men för det mesta hade sorgen varit intern. Trots att Zaafir fört Hillevi på tal flera gånger om, så hade Hedda alltid styrt konversationen åt ett annat håll. Hon hade redan sagt allt han behövde veta, Hillevi förtjänade inte fler beskrivningar. Hedda ville inte prata om sin adoptivmor, eller sin barndom eller sättet modern dött, oavsett hur gärna han tycktes vilja det. Ibland hade han blivit irriterad på hennes ovilja att öppna upp sig, men det hade hon låtit bero.

Sakta hade den konstanta tristessen tärt på Hedda tills hon blivit så trött på allt han sade att det ledde henne till där hon var nu. Ensam på bryggan utan någon som helst vilja att gå därifrån. Eftersom Zaafir övervakade henne som en hök så hade hon passat på att smita ut när han gått på kvällspromenad med Skrållan. Hon hade skyllt på magont och illamående för att få stanna i lägenheten, och lyckligtvis hade det fungerat. Det första hon gjort hade varit att gå med raska steg till Estrid. Hennes relation med Estrid var bara ännu en sak på listan av saker som Zaafir aldrig skulle kunna begripa, så hon hade hållit sin oro för sig själv de senaste dagarna. Hon hade förgäves ringt och messat Estrid medan han varit på toaletten eftersom det varit de få stunder som han hade lämnat henne ifred under dagarna. Även fast hon var lättad över att ha fått höra Estrids röst, så kändes det ändå inte särskilt bra. Hon hade en oerhört stark känsla av att någonting var hemsk fel med Estrid, att hon verkligen behövde Heddas hjälp. Men tills Estrid tillät Hedda att hjälpa henne, så fanns det inget mer hon kunde göra.

Heddas tankar avbröts av att hennes mobil vibrerade i bakfickan. När hon tog upp den och såg vem det var som ringde så tryckte hon genast bort samtalet, men eftersom det endast dröjde fem sekunder innan Zaafir ringde igen, så svarade hon och sade:

"Hej, vad är det?"

"Hej, var i hela friden är du egentligen?"

"Jag sitter på en av bryggorna vid hamnen, hur så?"

"Ja, vad fan tror du? Du kan inte bara sticka så där! Inte utan att säga till i alla fall."

"Jag behövde lite luft, jag trodde inte att jag behövde rapportera allt jag gör till dig."

"Du vet att det inte var så jag menade, men jag blev orolig. Dessutom så sade du ju att du mådde illa. Om du behövde lite luft så hade du väl lika gärna kunnat följa med oss på promenad." Zaafir lät mer arg än oroad, och trots att känslan av att han försökte kontrollera henne gjorde Hedda smått rasande, så behöll hon lugnet när hon talade.

"Jo, men jag behövde få vara ensam också. Vi har varit tillsammans nästan varenda minut det senaste, jag ville få en chans att andas."

"Jaha? Så nu kan du inte andas när du är med mig, då eller?"

"Men snälla, du. Slappna av lite."

"Jag trodde du ville vara med mig! Jag tycker vi har haft det jättetrevligt de senaste dagarna, men det borde jag tydligen inte ha gjort för tydligen så tyckte du bara att det var jättejobbigt!"

"Zaafir, glöm att jag sade nåt. Jag tänker inte bråka med dig på telefon. Jag tänkte ändå gå hem snart, så vi syns om trekvart eller sådär. Hej då."

"Men…" Hedda lade på innan han hann protestera något mer. Hon ljudade ett långdraget grymtande, svor för sig själv och suckade djupt innan hon kastade en sista blick på solnedgången och reste sig upp för att gå därifrån. När hon med hårda steg gick av bryggan så viskade hon med väsande röst för sig själv: "Helt otroligt att jag har låtit mig gå in i samma jävla fälla som tidigare. Finns det någon man i hela universum som faktiskt *inte* är ute efter att kontrollera kvinnor? Aldrig i helvete att jag stannar där i natt!"

Hon hade fått nog. Inte bara av Zaafir och män och stadsturism, utan av alltsammans. Hon var färdig med att försöka bli någon hon aldrig kunde vara. Hennes farmor hade rätt; Det var dags att åka hem nu.

30

Theodore hade legat kvar på sin mossbädd bland den frodande grönskan i flera timmar innan han tillslut funnit styrka nog att gå därifrån. Med ben som känts så tunga att de lika gärna kunnat vara fyllda med bly, så hade han sakta hittat tillbaka till den lilla stugan som han kallade hem. På avstånd såg han Henriettas trinda figur avteckna sig i fönstret. Hon stod vid köksbänken som han förväntade sig och höll tillsynes på att laga middag. Trots att hans hunger var lika frånvarande som hans tro, så värmde det ändå hans hjärta att se henne stå där bland grytor och kastruller. Det gav honom hemkänsla, kanske för att det påminde honom om sin adoptivmor, vars främsta plats alltid varit i köket.

Theodore tillät sig minnas alla de saker som faktiskt varit bra med familjen när han gick de sista få stegen till farstutrappan. Medan han klev uppför trappan och sedan tryckte ner handtaget så listade han dem en efter en i huvudet; *Mamma. Kossorna. Lillasyster. Den goda maten...* När han stod i den trånga hallen så hade han redan fått slut på saker att lista, så han försökte göra sitt bästa för att låta bli att börja lista det dåliga också. Han fäste blicken på Henrietta och kände själen gråta. Vad skulle han göra utan henne? Han tog ett par steg in i allrummet och slog sig ner på en av stolarna vid köksbordet. Henrietta hade redan dukat fram finporslinet och lagt fram servetter istället för en rulle med hushållspapper. Om lukten inte hade gjort honom så illamående så hade maten doftat ljuvligt.

Trots att Theodore inte förstod varför, så såg han att hon hade ansträngt sig mer än vanligt med allting. Stugan var städad och för en gångs skull så låg saker och ting där de skulle. Det såg ut som om hon hade länsat både kylen och skafferiet med all mat hon tillagat, och det stod dubbelt så mycket köksredskap framme som det brukade när hon var i farten. Theodore lade märke till att hon till och med hade gjort sig ovanligt fin; Hon bar peruken han tyckte allra mest om, den med långt, svart böljande hår; Sminket var diskret men utsökt; Klänningen var mörkblå och omsmidande kring hennes bål; Hon bar ingen bh, så som han gillade, och på hennes fötter bar hon de enda högklackade skorna hon ägde som inte kom från en andra hands-butik. Hon såg lika vacker ut som hon gjorde naken. Det fick hans hjärta att blöda kärlek. I den stunden hade han bestämt sig; Han skulle gifta sig med henne. Kanske skulle han till och med fria till henne där och då.

I samma sekund som han harklade sig för att ställa frågan, så ställde Henrietta ner en rykande varm gryta framför honom och sade:

"Vad tyst du är, jag hörde knappt ens när du kom in. Du säger inte hej eller nånting, vad är det för hyfs, va? När jag har gjort det så fint och så."

"Hej."

"Det var bättre. Vad tycker du om alltihop? Det är bara för dig, raring." Henrietta log och snurrade runt ett varv som för att visa upp sig. Theodore svarade henne med lågmäld röst:

"Det ser jättefint ut, och du är så vacker."

"Tack, gullet. Visst luktar det gott? Jag har hållit på här i snart fem timmar. Det är ett gammalt recept från min mamma som jag har gjort om lite."

"Det luktar ljuvligt, kära du." Theodore tvingade fram orden och svalde hårt. Doften fick honom mest att vilja spy. Henrietta lade märke till hans hårda sväljning och såg besviken ut när hon sade:

"Tycker du inte om det?"

"Jo, då. Jag mår bara lite illa."

"Jag som hade hoppats att du skulle må bättre idag. Din stackare." Hon kupade handen om hans kind och såg in i hans ögon.

"Du kanske kan få i dig lite grann i alla fall. Du behöver äta, annars tynar du bort."

"Jag vet, och jag ska givetvis smaka. Jag blev jätteglad när jag kom in och såg allt det här." Han klappade hennes hand och mötte hennes blick.

"Bra" sade hon innan hon lutade sig över bordet och gav honom en puss på munnen. Sedan drog hon sig undan och ställde fram de sista sakerna på det lilla bordet innan hon sjönk ner på den andra stolen och började sleva upp maten på hans tallrik. Utan att möta hans blick så sade hon:

”Du undrar säkert varför jag har överdrivit så ikväll...” Hon pausade och Theodore tog tillfället i akt och avbröt henne genom att säga:

”Jag har en fråga jag vill ställa dig. Vill du...” Nu var det Henriettas tur att avbryta honom. Hon fortsatte tala som om hon inte ens hade hört honom.

”...men det är som så att jag har något jag måste säga, och jag tror att det är bäst om du låter mig säga det utan att avbryta mig. Okej?” Theodore blev lite irriterad över att han inte hade fått tala till punkt, det var trots allt en livsavgörande fråga, men eftersom han hade hela kvällen och resten av livet på sig att fria, så bara han nickade och förblev tyst. Han förväntade sig att hon skulle fortsätta prata direkt, men istället var hon tyst medan hon stillsamt lade upp maten på deras tallrikar. När hon var färdig så sade hon:

”Varsågod” och sedan vände hon blicken ut genom fönstret för att iaktta den magnifika solnedgången. Trots att hon inte såg mycket av den bakom träden och stugorna, så gav det henne ändå mod att se det vackra himlavalvet resa sig ovanför hennes hem. När hon slutligen vågade tala så var hennes röst ostadig. Hennes nervositet hade läckt igenom den putsade fasaden, och nu riskerade den att förstöra alltsammans.

”Jo, kära du. Du förstår, det är som så här... Anledningen till att jag har gjort det så fint här ikväll i stugan med maten och till och med mig själv, är att jag har något väldigt viktigt att prata med dig om... och jag är väldigt nervös, som du kanske ser, eftersom jag är rädd att du ska bli upprörd." Theodore nickade och kände fjärilar fladdra omkring i magen. Tänk om hon skulle fria till honom? Tänk om hon hann före honom? Han kände sig genast lika nervös som Henrietta såg ut att vara, och han tog det som ett gott tecken. Om hon ville gifta sig med honom så skulle hon väl aldrig lämna honom, eller hur?

"Ja, det kanske är dumt av mig att vara så nervös. Jag borde väl bara säga som det är… Ja… jag kan inte ha det så här. Jag vill inget hellre än att hjälpa dig, speciellt eftersom jag vet hur svårt du har det… men det här håller inte. Jag kunde knappt leva på det jag tjänade innan jag tog hit dig, och nu så går det verkligen inte längre. Jag har drygat ut allt jag har fått så mycket som möjligt, men med två munnar att mätta så… ja, det räcker helt enkelt inte till. Jag får inte ens kvar tillräckligt för att kunna betala räkningarna." Henrietta pausade och stirrade ner på maten på sin tallrik. Hon vågade inte möta hans blick, hon skämdes alldeles för mycket för det. I Theodores mage så förvandlades hans fjärilar till taggtråd. Hur kunde hon säga så? Älskade hon honom inte? Han harklade sig och sade:

"Får jag säga något?" Henrietta nickade och såg in i hans ögon.

"Självklart, jag hoppas du förstår."

"Jag förstår, men… det här borde vi kunna lösa tillsammans, eller hur? Jag kanske kan se om det finns något arbete för mig. Det finns inte mycket jag är kvalificerad för men jag vet inte… jag kanske kan hjälpa till i kyrkan eller nåt, i utbyte mot en liten summa pengar. Du kan inte kasta ut mig på grund av det här. Jag äter ju ändå knappt någonting så kanske om du äter mindre och försöker jobba lite mer... Vi måste kunna få det att gå ihop på något sätt." Theodore lät förvånandevis lugn i jämförelse med hur han kände sig, men Henrietta såg inte lättad ut. Hon såg snarare mer orolig ut än tidigare. Hon vände blicken ut genom fönstret igen och började krama sina händer runt varandra när hon svarade honom med låg röst:

"Det var kanske fel av mig att bara skylla på pengarna... saken är den att... jag står inte ut längre. Jag kan inte sova på nätterna och jag står och lagar mat halva dagen till en som aldrig äter. Du blir arg för minsta lilla och när jag sen försöker prata med dig så är det som om du inte längre finns där! Då säger du ingenting alls istället. Du drar dig undan om jag försöker närma mig dig och du försvinner flera timmar om dagen utan att säga vart du ska eller hur länge du blir borta! När du sen kommer hem så beter du dig som om ingenting har hänt... Du går omkring här och vägrar att ens se på mig." Henrietta pausade och drog efter andan innan hon fortsatte:

"Jag är inget helgon. Hur gärna jag än vill finnas där för dig så kan jag inte det, inte så här." Theodore kände sig modlös. Vad hade han gjort för att förtjäna en sådan plåga? Föraktet som sakta växte sig starkare inom honom fick blodet att koka och hans blick att bli hatisk. Hur kunde hon säga så? Förstod hon inte hur djupt hon sårade honom med sina ord? Han hörde henne viska:

"Snälla, förlåt mig." Hur skulle han kunna förlåta henne? Hon var allt han hade, och nu skulle hon överge honom?

En lång stund passerade utan att någon sade ett ord. Henrietta såg med oroad blick ut genom fönstret och Theodore stirrade på henne utan att knappt ens blinka. Han förmådde inte att gråta. Allt han kände var hat och besvikelse. Med lågmäld röst sade han:

"Du ska inte lämna mig."

"Nej, självklart inte. Jag vill bara att du åtminstone försöker hitta någon annanstans att bo. Men du får givetvis stanna här till dess. Jag kommer inte att kasta ut dig på gatan. Det skulle jag aldrig göra." Henrietta mötte inte hans frusna blick förrän efter hon talat färdigt, men när hon väl gjorde det så ångrade hon genast alla sina ord. Hon började skaka och må illa. Hade hon trott att hon skulle kunnat fly så skulle hon ha gjort det, men hon visste att han var både snabbare och starkare än henne. Hon förblev stilla i sin stol, och lät blicken falla ner på sina händer.

"Du ska inte lämna mig" sade Theodore igen mellan hårt sammanbitna käkar. Henrietta lät bedjande när hon svarade honom:

"Snälla, sluta... Du skrämmer mig, Theodore." Han verkade inte ha hört henne.

"Inte du också. Du ska inte lämna mig som alla andra har gjort."

"Försök att förstå, jag vill dig inget illa..." Theodore skrockade. Det var dovt läte som fick håren på hennes hud att resa sig.

"Du vill mig inget illa, säger du... Ändå tänker du överge mig?"

"Det är inte det jag säger..."

"Tyst." Trots att han viskade, så var det tydligt att hans befallning var en order, och Henrietta var alldeles för rädd för att inte lyda honom.

"Du ska inte lämna mig, är det förstått?" Henrietta nickade.

"Se på mig!" Henrietta höjde långsamt blicken tills den mötte hans mörka ögon.

"Du ska aldrig någonsin lämna mig." Henrietta nickade igen och såg hur små rännilar av förakt rann ur hans ögon. En viss lättnad spred sig i hans ansiktsuttryck.

"Lova mig det." Henriettas röst var ostadig när hon svarade honom:

"Jag lovar."

"Vad lovar du mig?"

"Jag lovar att aldrig någonsin lämna dig. Jag svär vid vår Herre allsmäktige." Theodore log av tillfredställelse och plockade upp sina bestick.

"Så ska det låta! Det var ju en väldig tur att du aldrig ska lämna mig, eftersom att jag aldrig någonsin tänker lämna dig heller. Vi hör ihop, du och jag, inte sant?" Henrietta nickade men kände sig yr när betydelsen av hans ord belägrade sig i hennes sinne. Theodore spetsade en bit kött med gaffeln och stoppade den i munnen. Medan han tuggade så sade han:

"Jag tycker att vi glömmer allt det där nu, och så njuter vi av den här fina måltiden tillsammans. Det låter väl bra?" Henrietta nickade och började snegla åt hallen. Kanske om han drack så skulle hon ha en chans att komma förbi honom. Kanske om hon bara kunde hinna utanför dörren innan han fick tag i henne så kanske hon skulle kunna fly. Vart visste hon inte, men bort från honom i alla fall. Theodore svalde och fortsatte tala:

"Jag har en fråga jag gärna vill ställa dig, min älskade Henrietta…"

"Låt mig hälla upp lite vin åt dig först" sade Henrietta och reste sig från sin stol samtidigt som hon greppade vinflaskan med darrande händer. Hon tvingade fram ett leende och försökte att se avslappnad ut när hon hällde den röda vätskan ner i det höga vinglaset.

"Du kan vara så snäll när du vill vara det" sade Theodore och speglade hennes leende.

"Det här borde vi göra oftare, håller du inte med om det?"

"Absolut" svarade Henrietta samtidigt som hon diskret klev ur sina klackar och sekunden senare kastade vinflaskan på Theodore och rusade ut i hallen.

"Förbannande slyna!" vrålade Theodore och sköt ut sig från bordet så hastigt att stolen slog omkull och både flaskan och vinglaset föll ner på golvet och krossades i tusen bitar. Henrietta greppade tag om dörrhandtaget men i samma sekund som hon skulle trycka ner det så kände hon hur Theodore slet henne bakåt med omänsklig kraft. Hon skrek ut alla sina förbannelser och besvärjelser över honom medan han drog henne tillbaka in i köket. Han vrålade med tårar rinnandes nerför kinderna:

"Du ska inte lämna mig!" Han puttade ner henne i sängen och gränslade henne medan han höll händerna på hennes axlar för att trycka ner henne. Trots att han var stark, så lyckades Henrietta knäa honom i ryggen hårt nog för att få honom att vråla av smärta. Hon försökte göra det igen, men slaget blev svagare den gången och fick honom bara att flytta sina händer allt närmare hennes hals. När hon gjorde det en tredje gång medan hon samtidigt kämpade med varenda cell som fanns inom henne för att ta sig loss, så fick smärtan honom att sätta händerna runt hennes hals. Hon slog honom med sina knytnävar och kastade sig av och an under honom. Varenda rörelse fick honom att trycka allt hårdare.

Theodore ville bara att hon skulle slappna av, så därför höll han sina händer kring hennes hals och kände hur hon sakta förlorade alltmer av sin kraft. När hennes slag började mjukna och hon slutade krångla så mycket, så sade han utan att släppa sitt grepp:

"Jag älskar ju dig! Varför vill du lämna mig?" Hans egna tårar vätte hennes mörka hud och fick det att se ut som om hon var den som grät, trots att han var den som led. Henriettas blick blev alltmer frånvarande och svordomarna slutade lämna hennes läppar.

"Svara mig, då!" Theodores snyftningar blev allt mer högljudda, varför kunde hon inte bara älska honom? Han skrek med brusten röst och brustet hjärta:

"Varför svarar du mig inte?! Jag älskar dig! Svara mig! Snälla!" Tillslut blev Henrietta helt stilla under honom. Livet sipprade ur hennes kropp och lämnade inget annat kvar än ett tomt skal.

Theodore kunde inte förstå varför hon inte svarade honom. Hon verkade ha lugnat ner sig, men när han slutligen släppte greppet om hennes hals så föll hennes huvud åt sidan.

"Kan du inte ens se på mig nu? Är jag verkligen så förskräcklig?" Han vände hennes ansikte mot sig igen, men hon verkade inte finnas där längre.

"Se på mig! Se på mig! Du är allt jag har! Bara se på mig! Snälla, älskling!"

31

Hedda klev så tyst hon kunde in genom Zaafirs dörr och tog av sig skorna i hallen. Hon smög in i vardagsrummet och började samla ihop sina saker. Det kändes både helt rätt och samtidigt fruktansvärt fel. Zaafir kom in i rummet efter några sekunder med ett förargat uttryck i ansiktet. Han lade armarna i kors över bröstet och sade lågmält:

"Jaså, är det allt som krävs för att du ska sticka?" Hedda svarade honom inte och mötte inte ens hans blick, istället bara hon fortsatte slänga ner sina utspridda ägodelar i väskan.

"Tänk att jag gick omkring här och ångrade mig. Jag anklagade mig själv för att ha kört bort dig och överväldigat dig, men tänkte ändå att kanske skulle du ha förlåtit mig när du väl kom hem."

"Det här är inte mitt hem." Heddas röst var monoton och tycktes endast uppröra Zaafir ännu mer.

"Nej, det har jag nog listat ut vid det här laget. Jag är inte så dum, oavsett vad du tror. Men om det här inte är ditt hem, och om jag bara är ännu en av människorna i ditt liv som du kastar bort för att du är för självisk för att inse vilka som älskar dig, så varför är du då här överhuvudtaget? Varför komma hit, om jag inte betyder något för dig?" Hedda svarade honom utan att se på honom, men rörde sig mot badrummet för att hämta de få saker som låg där. Zaafir följde efter henne.

”Du är arg just nu, så jag tänker inte ens svara på den frågan.”

”Skämtar du med mig? Jag har gjort allt för dig men du bemödar dig inte ens med att svara på en simpel fråga.”

”Du kommer att förstå när du har lugnat ner dig.”

”Va? Hur i helvete ska jag kunna förstå varför du gång på gång stöter bort mig när jag gång på gång ger dig all min kärlek? Jag kan inte förstå hur otroligt korkad jag har varit som trott att det här betydde någonting för dig. Jag borde aldrig ens ha kommit hem till dig den där dagen. Jag borde inte ens ha pratat med dig när vi först träffades!”

Hans ord sårade Hedda djupare än hon någonsin skulle ha erkänt, men hon vägrade låta det visas. Så hon förblev tyst och drog helt enkelt bara igen sin väska, gick ut i hallen och tog på sig sina skor igen. I samma sekund som hon sträckte sig efter dörrhandtaget så tassade Skrållan fram och satte sig mellan Hedda och dörren. Hunden såg upp på Hedda med vädjande blick, och Hedda kunde inte motstå att stryka hennes mjuka päls med handen. När Zaafir talade igen bakom henne så var hans röst knappt mer än en viskning:

”Varför gör du så här mot mig?” Hedda visste att om hon vände sig om eller så mycket som ens började förklara, så skulle hon aldrig komma därifrån. Därför sade hon:

”Du kommer att förstå.” Sedan lockade hon Skrållan åt sidan och gick ut genom dörröppningen. Hedda rusade nerför trapporna och hörde Zaafir ropa efter henne:

"Det här var sista gången jag hjälpte dig! Hör du det, Hedda? Aldrig mer!" Hon var utanför ytterdörren innan de sista orden hade börjat eka i trapphuset, men de fortsatte ändå att eka inom henne. Kanske hade det varit enklast att bara stanna. Att sluta gå och vända sig om. Kanske skulle hon kunnat få ett lyckligt liv med Zaafir, om hon bara gav det tid och hade tålamod. Hon kanske skulle kunna gifta sig med honom, skaffa barn och bli gammal. Kanske skulle de kunna bo i en vacker, nybyggd villa i en förort med vänliga grannar. Kanske skulle hon kunna få vänner och en familj. Kanske skulle hennes liv kunna vara normalt, fyllt av hämtningar av avlämningar av barn, arbete, konsumtion och matlagning. Kanske skulle hon med honom få en liten trädgård att påta i, kanske skulle hon bli lyckligare än hon ens kunde föreställa sig. Det fanns så mycket han kunde ge henne. Han kunde ge henne allt, men inte hennes frihet.

Kanske kunde det verka vara ett högt pris att betala för lite frihet, men för alla som växte upp i en värld där de aldrig riktig kände sig som hemma, där de aldrig riktigt hörde till, så var frihet värt så mycket mer än ett normalt liv.

32

Theodore stirrade ner på Henriettas alltför stilla ansikte. Vad hade han gjort? Inte kunde hon väl vara död? Det fick hon inte vara. Han höll hennes huvud i ett fast grepp och böjde sig ner och överöste henne med kyssar. Hon var fortfarande varm, så då var hon väl inte helt borta?

"Svara mig, snälla!" Han snyftade fram sina ord medan han kysste hennes hud. Hon smakade sött och kemiskt av sminket, trots att det mesta redan hade runnit bort när Theodores tårar fallit ner på henne. Paniken spred sig likt ett gift i hans ådror och klöste insidan av hans hals. Han kunde inte förlora henne. Hur skulle han kunna leva utan henne?

Han hade bara velat att hon skulle lugna ner sig. Att hon skulle besinna sig och ta sitt förnuft till fånga, så att hon kunde lyssna på vad han hade att säga. Han skakade henne och försökte få henne att andas. När inget väckte henne till liv så kastade han sig mot telefonen och ringde larmcentralen. Det dröjde flera outhärdligt långa sekunder innan en raspig kvinnoröst hördes genom luren och han vågade släppa ut luften han hållit inne i sina lungor. Utan att någonsin släppa blicken från Henriettas alltför stilla kropp så svarade han främlingen:

"Hon andas inte! Du måste hjälpa mig! Jag ville bara få henne lugn och nu andas hon inte!" Han skrek orden med gråten i halsen och tårar som forsade nerför kinderna. Han snyftade mellan vartannat ord och hans röst var så ostadig den kunde vara.

"Okej, försök att ta djupa andetag och lyssna på vad jag säger. Jag skickar en ambulans till er direkt, var befinner ni er?" Kvinnans röst var så samlad och lugn att Theodore blev arg på att hon inte verkade förstå allvaret.

"I stugan" grät Theodore.

"Och var ligger stugan?"

"I skogen."

"Jag behöver få åtminstone en ungefärlig adress för att kunna skicka ambulansen, så kan du förklara för mig var ni är?"

"Jag sade ju det! Vi är i skogen!"

"Okej, hur kommer ni till stugan? Vet du vilken väg som leder dit?"

"Men vi är här, i skogen!"

"Om du åker från staden och ska till stugan, hur ser vägen ut? Kan du beskriva den för mig? Vilket håll åker du åt?" Hennes röst blev alltmer barskare och Theodores panik gjorde honom yr. Han vrålade:

"Men fattar du ingenting? Hon är död!"

"Ligger stugan åt..."

"Idiot!" avbröt Theodore innan hon hann fortsätta.

"Okej, vi tar det snart. Vet du hur man utför hjärt- och lungräddning?"

"Nej!"

”Vad heter du?”

”Theodore.”

”Bor du i stugan, Theodore? Är du skriven på den adressen så att jag kan hitta var ni befinner er på så sätt?”

”Jag vet inte!”

”Kvinnan, då? Är hon skriven på adressen? Vad heter hon?”

”Men jag vet inte! Hon heter Henrietta och jag älskar henne! Jag kan inte leva utan henne!”

”Men vad heter hon i efternamn?”

”Jag vet inte! Jag kan inte uttala det!”

”Kan du bokstavera hennes fulla namn för mig?”

”Nej!”

”Jag måste kunna hitta er adress för att kunna skicka ambulansen, förstår du det, Theodore?”

”Men hjälp mig bara!”

”Okej. Har kvinnan satt i halsen?”

”Nej, det var mitt fel.”

”Det var det säkert inte. Ligger kvinnan på golvet?”

”Nej, hon ligger på sängen.”

”Okej, gör plats för henne på golvet och lägg ner henne där. Se till att hon ligger på rygg. Sätt på högtalaren i mobilen så att jag kan prata med dig under tiden som du agerar.”

”Okej.” Theodore gjorde som främlingen sade. Han drog ner Henrietta på golvet och sade:

”Och nu då?”

"Nu lyssnar du noga och gör som jag säger. Sätt dig på knä vid ena sidan om hennes överkropp. Du ska göra trettio hårda tryck mitt på hennes bröst. Trycken ska hamna mitt emellan brösten på bröstbenet. Har hon en jacka eller en fleecetröja på sig så drar du ner dragkedjan. Sätt ena handen med handflatan ner mot hennes bröstben och lägg sedan din andra hand ovanpå den. Knäpp fast fingrarna i varandra och se till att du får hela kroppens vikt på händer. För att få det behöver du stå på knä och luta dig framåt så att axlarna är över händerna. Står du så?"

"Ja." Theodore hade slutat skrika, det fanns ingen ork kvar i honom för det längre.

"Då börjar du trycka. Jag räknar till trettio med dig och du trycker i samma rytm som jag räknar. Se till att trycka ner i bröstet. Du ska inte hoppa med händerna. Händerna ska aldrig lämna kroppen under tiden som du utför kompressionerna, är det förstått?"

"Ja."

"Bra, då börjar vi. Räkna högt med mig och tryck varenda gång som du räknar, även om du blir trött. Tryck nu. Ett, två, tre, fyra…" Theodore tryckte så hårt han kunde och kved varenda gång han hörde ett av hennes revben knäcka. När de väl kommit till trettio så sade främlingen:

"Stopp. Bra jobbat, Theodore. Nu ska vi göra inblåsningar. Sitter du på höger eller vänster sida om Henrietta?" Kvinnans röst var rapp och tydlig.

”Höger” svarade han utan att förstå hur det kunde ha betydelse.

”Då vill jag att du tar vänster pek- och långfinger och placerar fingrarna under Henriettas haka. Tryck stabilt men inte hårt. Se till att hennes huvud är lutat lite bakåt så att luftvägarna är fria. Håll kvar huvudet i den positionen. Sedan tar du fingrarna på högerhanden och håller om hennes näsa med tummen och pekfingret så att ingen luft kan komma in eller ut genom näsan. Håll det trycket hela tiden nu. Dra upp näsan lite så att hennes mun är öppen och se till att aldrig släppa greppet varken med vänsterhanden eller högerhanden. Hennes ansikte ska vara vänt upp mot taket. Är det förstått? Håller du greppen?”

”Ja.”

”Då lutar du dig ner mot henne, täcker hela hennes mun med din och blåser in luft. Dra efter andan och blås, men bara så du ser att bröstkorgen höjer sig. Du ska inte ta i för hårt. Gör det nu.” Theodore gjorde som hon beordrade honom.

”När du gjort det en gång så håller du kvar ditt grepp, drar efter andan en gång till och gör samma sak igen.” När de två inblåsningarna var färdiga så höll han kvar sitt grepp fram tills kvinnan fortsatte:

”Har du gjort två inblåsningar?”

”Ja.”

”Då ska vi göra kompressioner igen. Samma position som tidigare. Bägge händerna mitt på bröstbenet. Hela kroppsvikten på händerna och så räknar vi och trycker. Beredd?”

”Ja.”

”Sätt igång. En, två, tre, fyra, fem…”

De upprepade samma procedur om och om igen tills Theodore trodde han skulle svimma av smärtan som strålade ut från handlederna och axlarna. Kompressioner och inblåsningar. Kompressioner och inblåsningar. Kompressioner och inblåsningar. Kompressioner och inblåsningar. Efter varannan gång så frågade kvinnan i luren om Henrietta hade börjat andats ännu, och sedan fick han upprepa allting flera gånger till. Två gånger bad hon honom titta ner i svalget på Henrietta för att se så att det verkligen inte låg någonting där som blockerade hennes luftvägar, och bägge gångerna blev han ursinnig på henne för det. Tre gånger till försökte hon få honom att beskriva var de befann sig, men det var lika lönlöst som tidigare. Efter en timme så frågade han med utmattad röst:

”Varför vaknar hon inte? Varför börjar hon inte andas?” Tystnaden i andra änden fick honom att förstå att hon kanske aldrig skulle göra det. Men han vägrade ge upp. Gud i himlen kunde väl inte ha skänkt honom en sådan välsignelse som Henrietta bara för att ta henne ifrån honom? Säkerligen var det väl tvunget att finnas något sätt att rädda henne på? Det måste väl finnas någon som kunde hjälpa honom föra henne tillbaka till livet?

Tillslut svarade kvinnan i luren honom med stillsam röst:

”Vi gör vårt bästa här för att försöka hitta vilka ni är och var ni bor, men det tar tid, trots att det är flera stycken som försöker hitta er adress. Så jag vet inte hur lång tid det kommer ta för mig att kunna skicka ambulansen, eller hur lång tid det kommer ta för den att komma fram. Så om du har en bil och ett körkort så tycker jag att du ska försöka ta med henne till sjukhuset på egen hand. Eller så kanske du kan få hjälp av någon granne som kan skjutsa er. Gör det du kan för att få henne till sjukhuset. Men jag vill att du ska förstå, Theodore, att även om du får henne till sjukhuset så kommer Henrietta troligtvis inte att överleva. Jag beklagar och önskar att det funnits mer jag kunde göra för dig. Om du vill så fortsätter du med hjärt- och lungräddningen, men ärligt talat så är det sällan det hjälper vid det här laget. Henrietta har varit borta så länge nu, att det inte kommer att hjälpa henne mer. När vi hittar er adress så ringer jag till dig på det här numret igen och så talas vi mer då, men till dess så finns det tyvärr inte mer för mig att säga. Så jag kommer att lägga på nu. Känns det okej, Theodore?"

"Det måste finnas ett sätt..." viskade han innan han svarade henne med sorgsen ton:

"Okej. Hej, då." Sedan lade han på och kastade mobiltelefonen i väggen. Tack vare hans trötta muskler blev det inget långt kast och den sprack inte av smällen. I tio minuter tillät han sig att bara sitta vid Henriettas sida med hennes hand i sina egna och grät. Under tiden sökte han frenetiskt i sina minnen för att försöka komma på om det kunde finnas någon som kunde rädda hans älskade Henrietta, och när minnet av en kvinna med korpsvart hår dök upp inom honom så reste han sig och rusade ur huset. Hon var den enda som skulle lyssna på honom. Om det så var det sista han gjorde, så skulle han få kvinnan med korphåret att rädda hans käraste. Ingen annan än Gud skapade så vackra varelser som korpkvinnan, så hon måste vara en ängel, och alla visste väl att änglatårar läkte de mest groteska av sår. Kanske var det dåraktigt av honom att tro att hon skulle kunna rädda Henrietta, men eftersom korpkvinnan var den enda han hade att lägga sin tilltro i, så såg han sig inte ha något annat val än att följa dårarnas väg.

33

Hedda gick med raska steg i riktning mot den gamla tegelbyggnaden som var lika långt ifrån hem som Zaafir var, men som fick duga för nattens sömn. På vägen dit hade hon ångrat sig och vänt om för att återvända hem till Zaafir och be om förlåtelse flera gånger om. Det var så lockande att välja den enkla vägen, trots att hon visste att den enkla vägen aldrig hade varit för henne. Så var gång hade hon ändrat sig igen och fortsatt bort ifrån honom. Kanske hade det inte varit så svårt att lämna honom om hon hade kunnat skaka av sig känslan av att det var för alltid. Det i sig äcklade henne. Hon var en självständig, oberoende, vuxen människa som inte behövde någon annan än sig själv, så varför var det då så smärtsamt att föreställa sig framtiden utan Zaafir i den? Hon ville inget hellre än att återfå sin frihet, den sortens frihet som endast kan fås om du lever i total exil. Ändå drog osynliga krafter hennes tankar tillbaka till honom, om och om igen. Hur svag var hon egentligen? Nog fick vara nog. Hon hörde samman med havet och skogen, inte med Zaafir. Han skulle säkert hitta någon som ville bli hans hustru. Någon som faktiskt ville dela sitt liv med honom och föröka sig med honom och vara värdinna för middagar med vänner och familj. Det var det liv hon visste att Zaafir ville ha, och det var det liv han förtjänade. Hedda vägrade stå i vägen för hans lycka, så det bästa hon kunde göra var att lämna honom ifred. Med tiden skulle säkert alla hennes känslor för honom vittra sönder likt ett fallet löv på hösten. Zaafir skulle bli lycklig, och Hedda skulle få sin frihet. Slutet gott, allting gott. Eller hur?

När hon slutligen var framme vid dörren så hörde hon tunga steg närma sig bakom henne. Hon vände sig hastigt om och såg Theodore nästan snubbla fram på trottoaren med lika galen blick som hon senast sett honom med. I en halv sekund övervägde hon att ignorera honom och bara gå in, men istället klev hon fram och mötte honom. Theodore saktade in och blev stående med händerna på knäna medan han försökte lugna sin häftiga andning. Han spottade ut en klump med slem och drog ljudligt efter andan innan han med hes röst utbrast:

"Du måste hjälpa mig"

"Vad är det som har hänt?" Hedda försökte låta tålmodig och vänlig, men insåg i samma stund som hon började tala att hon misslyckades kapitalt. Theodore tog några fler väsande andetag innan han svarade:

"Henrietta, hon... min kvinna... min älskling... jag dödade henne!" Tårar rullade nerför hans kinder men Hedda bara suckade och sade:

"Snälla du, jag har varken ork eller tid att lyssna på det här en gång till. Varför fortsätter du gå omkring och ljuga på det här sättet? Du har inte dödat någon."

"Men du måste lyssna! Jag menar allvar! Hon är död! Jag försökte bara lugna ner henne men nu andas hon inte! Du måste hjälpa mig! Snälla!"

"Ta några djupa andetag och försök att samla dig."

"Nej! Du måste komma med mig, nu!"

"Theodore, lugna ner dig. Du har haft ett svårt liv, jag förstår det... men det är ingen anledning till att gå omkring och säga att du är en mördare. Du har inte gjort något fel." Heddas röst förblev känslokall och frånvarande, men Theodores desperation växte allt större. Han skrek:

"Vad är det du inte förstår? Hon är död! Du kan rädda henne! Du är min ängel!"

"Jag orkar inte med det här just nu. Okej? Om du vill ha hjälp med att reda ut det här så vet du vart polisstationen ligger. Där kan du få dig en fyllecell att lugna ner dig i." Hedda började ta ett steg bakåt men Theodore fattade tag om hennes ena hand och såg djupt in i hennes ögon.

"Jag vet varför du inte tror mig, men det är på riktigt den här gången! Henrietta är död! Du måste lita på mig. Du är den enda som kan hjälpa mig."

"Jag är ledsen, men det finns inget jag kan göra för dig. Gå till polisstationen och be om hjälp där istället. Jag vet inte varför du kom till mig." Hedda försökte vrida loss handen han höll i ett järnfast grepp och började backa, men han kunde inte låta henne gå. Han drog henne till sig i en enda rörelse och tryckte upp henne mot den hårda tegelväggen. Han höll underarmen mot hennes axlar för att hålla henne stilla innan han återigen började gråta och sade mellan snyftningarna:

"Du förstår inte! Du är ängeln som kan rädda henne! Jag gjorde ett misstag, men jag kan inte förlora henne. Hur ska jag då kunna leva? Hon är allt jag har. Har inte du någon som hon i ditt liv? Någon som du inte kan leva utan? Någon som är lika stor del av dig som ditt hjärta? Har du aldrig känt sorgen över att förlora den personen?" Hans grepp blev allt hårdare, men när Hedda försökte krångla sig loss så slog han henne i magen två gånger så hon skrek av smärta. När hon vecklade ihop benen för att ge vika för våndan så tryckte han sin panna mot hennes och viskade:

"Har du aldrig älskat? Har du aldrig älskat någon så mycket att du vet att du inte längre skulle kunna andas om hon dog?" Hedda skakade på huvudet och viskade tillbaka:

"Nej. Det har jag inte." Utan att själv förstå varför så började även Hedda att gråta. Hon tillät tårarna att falla i endast några få sekunder, sedan återfick hon förmågan att dra in luft i lungorna och sade med väsande röst:

"Jag kan inte hjälpa dig, Theodore. Förlåt mig för det. Jag ser att du lider, det gör jag verkligen. Du måste få hjälp, men inte av mig. Jag har ingenting mer att ge dig än besvikelse, så snälla, låt mig gå." Utan att lyfta huvudet från Hedda så grät Theodore:

"Jag kan inte förlora henne... Du är vår ängel..."

"Jag är ingen ängel, tro mig."

”Men hur ska jag kunna leva utan henne…”

”Du borde bege dig till polisstationen.”

”Nej!” skrek Theodore och tog ett steg bakåt. Han släppte trycket mot hennes överkropp men fattade istället nya tag kring bägge hennes händer och försökte dra henne med sig.

”Kom! Du måste följa med mig! Du måste komma! Du måste hjälpa henne!” Hedda spjärnade emot så mycket hon orkade och sade med bestämd röst:

”Du har tre sekunder på dig att släppa mig, annars kommer jag att brotta ner dig på marken och gripa dig för både övergrepp, misshandel och våld mot tjänsteman. Hör du det? Om du släpper mig, så lovar jag att glömma allt det här. Förstår du vad jag säger?” Hennes ord fick honom inte att släppa taget kring hennes händer, men det fick honom att stanna.

”Du behöver få professionell hjälp, polisen kan hjälpa dig med det. Men bara om du släpper mig nu, och själv tar dig till polisstationen.” fortsatte Hedda innan han hann avbryta henne med sitt dravel igen. Han vände sig mot henne och viskade:

”Jag kan inte leva utan henne.”

”Jag förstår det, men att ta mig med dig kommer inte att förändra någonting.” Tillslut släppte han hennes händer och hon backade genast flera steg. Hon satte demonstrativt upp händerna i luften och blottade sina handflator.

”Jag håller vad jag lovar. Om du går nu så har det här aldrig hänt. Men om du stannar så har jag inget annat val än att gripa dig.

Förstår du?" Theodore nickade och gick sedan därifrån med långsamma, släpande steg. Hedda såg efter honom tills han var bortom hennes synhåll, sedan sprang hon in i huset och rusade uppför trapporna. Hon vågade inte andas ut igen förrän dörren var låst och blockerad från insidan med allt hon förmådde hitta. Då sjönk hon ner på golvet med händerna på den ömma magen och grät tills skymning blev till gryning.

34

Promenaden tillbaka från staden tog Theodore flera timmar. Efter att han lämnat Hedda så hade han aldrig ens övervägt att gå till polisstationen, för om hon inte kunde hjälpa honom, vem skulle då kunna göra det? Inget och ingen kunde föra hans Henrietta tillbaka till livet, så varför skulle han då ens försöka?

Han hade inga tårar kvar att fälla längre. Hans ögon var torra och sved något fruktansvärt. Huvudet bultade av smärta och hans fötter blödde av alla skavsår han ådragit sig när han sprungit till staden. Den enda anledning han haft för att fortsätta leva var borta. Han hade inget kvar i livet som han höll kärt. Inte ens sin tro hade han att klänga sig fast vid. Gud hade lämnat hans sida som alla andra människor han någonsin känt hade gjort. Tydligen var predikan om hur alla förtjänade att bli älskade en ren och skär lögn. Uppenbarligen var han inte värd att älska, ens i Herrens ögon.

Theodore gick med tunga steg uppför den lilla farstutrappan och in i stugan. Han stängde och låste dörren om sig innan han ställde den lilla hallbyrån framför dörren. Sedan klev han in i köket och lade ner de två brinnande ljusen på bordet utan att släcka dem. Det fanns inte mer än stumpar kvar av stearinet, men ännu brann lågan. Han letade fram alla ljus de hade i stugan och tände dem ett efter ett och placerade ut dem i skåp och under köksbordet och under sängen. När elden väl började sprida sig så öppnade han ett par av fönstren på baksidan av stugan för att släppa in mer syre. Sedan lyfte han med ytterst varsamhet upp Henrietta i sängen igen och bäddade ner henne under täcket. Han strök hennes hår med borsten tills det föll vackert kring hennes gråbleka ansikte och kysste henne flera gånger om på munnen. Till sist hämtade han fotot av sin mor och höll det hårt mellan fingrarna när han kröp ner under täcket bredvid Henrietta. Luften omkring dem blev alltmer rökfylld, men ändå fann han ork att sjunga. Där han låg med sin mors dikt i handen och armarna kring den enda människa han någonsin faktiskt hade älskat så sjöng han den allra första begravningspsalmen han kom att tänka på. Trots att röken stack i hans ögon och fick honom att hosta så sjöng han med hes röst den första versen:

"Du vet väl om att du är värdefull... att du är viktig här och nu... att du bör leva för din egen skull... för ingen annan är som du"

Elden växte sig mäktig omkring honom och röken förblindade honom. Det allra sista han såg innan hjärtat slutade trumma i hans bröst var en ung, mörkhårig kvinna vars ögon var fyllda av sorg. Hon hade blivit våldtagen och fött ett barn som haft en djävul till far och en ängel till mor. Hon hade tvingats ge bort barnet så att det kunde få leva. Hon hade offrat sin lycka, i hopp om att skänka sonen ett bättre liv. Nu såg hon på honom med sina sorgsna ögon och log. Hon öppnade sina armar och sade med sammetslen röst:

"Välkommen hem, min son."

35

Hedda vaknade klockan tio nästa morgon av att mobiltelefonen ringde. Den fasansfulla ringsignalen tvingade henne att stiga upp ur sängen som hon inte ens mindes hur hon hamnat i under natten. Hon visste inte hur sent eller snarare hur tidigt hon hade somnat, men att döma av huvudvärken så hade hon inte fått särskilt många timmars sömn. Hon släpade sig ur sängen och gick med trötta steg fram till köksbänken där mobilen låg och vrålade efter uppmärksamhet. Utan att titta vem det var som ringde så svarade hon och sade:

"Det är Hedda."

"Hej, eller god morgon kanske stämmer bättre." Hedda kände genast igen Arvids röst och fick anstränga sig för att inte bara lägga på direkt.

"Vad vill du?" Hedda brydde sig inte om att försöka låta trevlig den här gången, hon var alldeles för trött för det. Arvid harklade sig och tycktes tveka inför att tala. Tillslut sade han med sträv röst:

"Jo, du förstår jag... Ja, hur är det med dig?" Hedda suckade innan hon svarade:

"Det är som det är, hur är det med dig?"

"Jo, då... jag... jag klarar mig nog."

"Fint." Hedda försökte uppbåda lite medkänsla för sin sörjande far, men som vanligt var det för svårt för att lyckas.

"Vad var det egentligen du ringde mig för?" sade Hedda.

"Jo… jag vet inte riktigt hur jag ska säga det här… kanske vore det bäst om vi träffades istället, så kanske vi kan diskutera det här över en fika…"

"Nej, jag vill inte fika med dig, Arvid. Bara säg vad det är, är du snäll."

"Ja, okej, då. Men då får du lova att inte bara lägga på om du blir arg."

"Jaja, jag lovar."

"Ja, då så… Då borde jag väl bara säga det, antar jag. Jag trodde inte det skulle vara så här svårt, men det är väl just det att vi inte har träffats någonting på flera år… och… ja, jag skäms väl kanske. Jag skäms något förfärligt faktiskt." Under tiden som han pladdrade på så gick Hedda och satte sig på sängen och blickade ut genom ena fönstret. När han blev tyst igen så sade hon:

"Vad skäms du över?"

"Ja, du… det kan man ju undra… Det kanske är dumt av mig att skämmas… men du sårade oss ju så. När du valde att leva hos morsan… farmor menar jag, så blev jag och mamma väldigt ledsna. Vi förstod inte vad vi hade gjort för fel. Vi älskade ju dig och ville dig allt gott i världen, men ändå dög vi inte för dig…"

"Det var väl inte riktigt så det var, men fortsätt gärna." sade Hedda och svalde vissa svordomar som ville hoppa ur hennes mun.

"Jo, så var det för oss i alla fall… Och då när vi kände oss så sårade så blev vi väl lite förargade på dig, jag tror en del av mig kanske till och med ville såra dig tillbaka. Jag ville att du skulle känna samma smärta och skam som vi gjorde. Du har ingen aning om hur mycket man skäms när ens eget barn inte ens vill bo hos en... Men så gick ju åren i alla fall. Vi fick träffa dig på födelsedagar och högtider, men eftersom du bodde så långt bort så var det som om vi hade förlorat dig. Vi sörjde dig mer än vi någonsin visade, och det kanske inte var det smartaste att göra, men vi visste inget annat sätt. Sen blev du polis och du flyttade ihop med den där tölpen... är ni fortfarande tillsammans förresten?"

"Nej, det tog slut för tag sen."

"Jaså, ja... jag beklagar eller gratulerar, vilket som nu passar bäst."

"Tack, men fortsätt nu."

"Jo, och då när du flyttade in till stan med honom så trodde jag och din mor att det betydde att eftersom du skulle leva närmare oss, så skulle du även vilja se oss mer. Men istället bytte du ditt telefonnummer och vägrade tala med oss. Du stängde helt av oss från ditt liv. Den enda länken vi hade kvar för att ens veta vad som försiggick i ditt liv var farmor. Sen dog hon, och med henne dog också de sista få spillrorna av vår relation till dig. Vi var så otroligt arga på dig. Du dök inte ens upp på hennes begravning. Hela tiden förväntade vi oss att du en dag skulle inse hur mycket vi älskade dig, och att du skulle komma tillbaka till oss... men tillslut så tappade vi räkningen på hur många dagar som gått sedan vi sist hörde din röst, och vi började ge upp. Vi accepterade att du inte ville ha med oss att göra. Sen när mamma blev sjuk så bad hon mig att göra allt som stod i min makt för att få tillbaka dig i våra liv. Hon sade att hon inte ville dö utan att du visste hela historien om hur du blev vår dotter. Hon behövde få bli förlåten.”

”Och förlåten blev hon. Så vad var det egentligen du ville säga?” Heddas tålamod började brista, men hon tvingade sig själv att i alla fall ge honom gåvan av att bli hörd. Det var trots allt det minsta hon kunde göra för honom efter så många år av tystnad.

”Jo, jag ringde väl egentligen för att säga det att eftersom vi blev så sårade av att du inte ville ha oss i ditt liv, och eftersom vi var så arga på dig, så ville vi straffa dig på något sätt. Vi tänkte att om du inte har någonstans att återvända till om ditt liv skulle fallera, så kanske du skulle välja att komma tillbaka till oss... så därför... åh, att det ska vara så svårt att säga... Du får inte bli allt för arg nu, hjärtat... Kom ihåg att vi var väldigt ledsna då... när vi gjorde det...”

”Men bara säg det för Guds skull!” Utbrast Hedda. Arvid harklade sig och sade sedan med lågmäld röst:

”Jo, när din farmor dog så var det hennes önskan att lagfarten på stugan vid kusten skulle skrivas över på dig, så att du alltid skulle ha en trygg plats att landa, om du någonsin skulle behöva det. Men så blev det inte. Vi skrev över den på mig och mamma istället, och sade till dig att vi sålt den.”

”Vad i hela friden är det du säger? Har ni ljugit för mig i alla dessa år, trots att ni visste hur mycket jag älskade den där stugan?”

”Ja...” sade Arvid tveksamt och pausade innan han fortsatte:

”Vi har väl gjort det.”

Det fanns ungefär hundra olika sätt som Hedda skulle kunnat anklaga sina föräldrar för sitt livs olycklighet, men istället höll hon bara tyst och försökte stilla sitt sinne. Arvid lät tystnaden bero i en minut, men sedan tog han till orda igen:

”Du måste förstå att vi gjorde det av kärlek. Vi saknade dig så otroligt mycket... vi trodde det skulle föra dig tillbaka till oss.”

”Hur kunde ni tro det? Hur länge tänkte ni hålla tyst om det här?”

”I början tänkte vi berätta det när du väl kom tillbaka, men eftersom du inte gjorde det så glömde vi väl helt enkelt bort det... Jag själv tänkte dessutom att eftersom du aldrig ens frågade varför vi sålde stället, så brydde du dig väl inte om det särskilt mycket.”

”Brydde mig om det? Den där stugan var det sista jag hade kvar av farmor, och ni fick mig att tro att ni hade sålt den endast några veckor efter hon gick bort. Vad fick er att tro att det skulle göra mig mer angelägen om att ha er i mitt liv?”

”Jag vet inte, Hedda. Jag kan inte ge dig något bra svar, annat än att det är svårt att vara förälder. Har du tur så kanske du får uppleva det en dag.” Ännu en stund av tystnad passerade. Heddas tankar sträckte sig efter minnena från dagen då hon hittade Estrid övergiven i skogen, men eftersom minnena var för smärtsamma, så riktade hon istället sin uppmärksamhet åter till samtalet och sade:

”Och nu då? Varför berättade du det nu? Vad var det som gjorde det viktigare att säga nu, än tidigare?”

"Jag har velat berätta det länge, tro mig. När mamma blev sjuk var det bland det första hon sade behövde ställas till rätta. Jag var motsträvig eftersom jag var rädd att du bara skulle såra henne på samma sätt en gång till. Men när jag såg dig ligga i hennes säng på sjukhuset så förstod jag att det var det enda rätta att berätta sanningen för dig. Jag behövde få några dagars betänketid bara, det är allt."

"Jaha. Och vad händer nu? Jag vet bättre än att tro att du kommer uppfylla farmors önskan, så varför sade du någonting överhuvudtaget?" Arvid hostade och mumlade något ohörbart innan han tillslut svarade henne:

"Jo, det var faktiskt därför jag ringde. Jag har alla papper iordning för att du ska få ta över farmors stuga, allt jag behöver är din signatur. Jag ska inte ha några pengar för den, så det vill jag inte ens höra dig fråga om. Jag har aldrig tyckt mycket om den, trots att det var där jag växte upp. Om jag ska vara ärlig så har jag faktiskt inte ens varit där sen morsan… farmor dog. Så om du vill ha den så är den din." Sakta uppenbarade sig ett ljus i slutet av tunneln för Hedda. Hon såg en väg ut ur det liv hon vantrivdes så fruktansvärt med. Kanske kunde hon bli lycklig? Efter inte mer än ett par sekunders övervägande så sade hon:

"När vill du att jag kommer och skriver på?" Hon hörde Arvid skrocka belåtet från andra sidan luren innan han suckade och sade:

"Så, så. Ta det lilla lugna nu. Du får komma vilken dag som helst, bara låt mig få veta i förväg så att jag hinner köpa mjölk att ha i teet innan du kommer." Han skrockade igen och trots att det tog emot så släppte Hedda ut ett ljud ur munnen som åtminstone påminde om ett skratt. Arvid fortsatte:

"Jo, det glömde jag nästan bort att säga. Mamma lämnade efter sig en liten arvsumma till dig också. Få nu inte för dig något galet, det är bara ett par hundratusen. Men det räcker kanske till några resor eller vad du nu vill göra med dem. Jag ska inte lägga mig i det. Jag lovar."

Heddas hjärta slog snabbt av glädje för en gångs skull. Lättnad spred sig inom henne likt våren efter den karga vintern. Hon hade inga fler ord att säga än:

"Tack."

36

Estrid satt som vanligt på fönsterbrädan och blickade ner på gatan medan hon plockade i sig en näve med nötter som hon lyckats gräva fram ur skafferiet. Hon hade inte ätit en ordentlig måltid på alldeles för länge, och hungern rev i magen. Efter samtalet hon haft med Hedda genom porttelefonen så hade friheten hon tidigare tyckt verka så förtjusande, snarare blivit till en fälla. När hon väl tvingats tänka längre fram i tiden än nästa sekund, så hade hunger och ensamhet blivit mycket svårare att hantera. Nu oroade hon sig ständigt över hur hon skulle få tag i mer mat när köket verkligen var tomt, och inga pengar fanns kvar. Hur skulle hon kunna bo kvar när hon inte hade någon inkomst? Hon visste inte ens hur man använde en tvättmaskin, än mindre hur man betalade räkningar. Trots att det egentligen var det sista hon ville skulle ske, så fanns det en del av henne som önskade att fadern skulle komma tillbaka. Då skulle hon åtminstone inte vara ensam.

Estrid trillade nästan ner när hon hoppade till av att porttelefonen ringde. Hon stoppade i sig de sista nötterna och gled sedan ner från fönstret och gick ut i hallen. Självklart hade Hedda inte hållit sitt löfte om att hålla sig borta. Vuxna höll aldrig sina löften. Estrid var inte säker på om det gjorde henne lättad eller arg att Hedda var tillbaka, men oavsett vad så svalde hon nötterna, tryckte på svara och sade med så mycket attityd hon lyckades uppbåda:

”Vad är det nu då?”

”Hej, mitt namn är Yustafa och jag kommer från socialtjänsten. Är det möjligtvis Estrid Liljesdotter jag talar med?” Så fort hon hörde den vänliga rösten så skrämdes hon av tanken på att det den här gången faktiskt skulle vara fadern som kommit tillbaka men glömt koden. Nu visste hon inte vad hon skulle känna. Hon var förvånad över att någon faktiskt hade kommit. Att My faktiskt hade gjort en orosanmälan. Samtidigt visste hon inte om det var tryggt att låta honom komma upp. Tänk om hon släppte in honom och han inte trodde på henne? Tänk om han lämnade kvar henne? Samtidigt ville hon inte därifrån. Hon ville inte lämna den lilla trygghet hon faktiskt hade skapat sig.

”Hallå? Hör du mig?” Estrid blev så upptagen av sina tankar att hon glömde bort att svara, men efter påminnelsen så sade hon med skakig röst:

”Ja, eh… Det är jag.”

”Vad bra, då kom vi rätt direkt. Du, jag undrar bara om jag skulle kunna få komma upp till dig och prata lite. Det är bara jag och en väldigt snäll polis här.”

”Jag vet inte… jag antar det.” sade Estrid med lågmäld röst.

”Det vore jättebra. Vi vill bara höra hur det är med dig och kanske prata lite med pappa om han är hemma.”

”Okej… men jag är ensam hemma, vill ni komma in ändå?”

”Ja, gärna. Om vi får det så vore det jättebra.”

"Okej, då… ses snart då…" Estrid släppte in dem genom porten och sprang sedan in i sitt rum för att ta på sig något mer än linne och trosor. Hon klädde sig snabbt i det första hon hittade innan hon rusade vidare in i köket där hon gjorde sitt bästa för att städa undan all gammal disk och matrester som hon lämnat i diskhon och på matbordet. Hon hann inte ens diska ur första koppen innan det knackade på dörren. Hon strök några olydiga hårstrån ur ansiktet och gick långsamt fram till dörren. Händerna skakade när hon öppnade den och hon försökte tvinga fram ett leende. På andra sidan dörren speglades leendet av ett betydligt mer äkta sådant när en mörkhyad, smal man i kanske trettioårsåldern räckte fram högerhanden åt henne och sade:

"Hejsan, det är jag som är Yustafa."

"Hej" sade Estrid och tog hans hand utan att riktigt våga möta hans blick. När handtaget var över så sträckte den blonda kvinnan bakom honom fram sin högerhand och sade glatt:

"Och jag heter Petra och kommer som du ser från polisen. Trevligt att träffas." När Estrid drog ur handen ur Petras, så lät kvinnan sin hand stryka över den lilla bulan på magen som syntes tydligt trots den mörka uniformen. Estrid förstod inte varför, men för Petra var det ett sätt att försöka trösta sig själv. Åsynen av den magra flickan med små sår i pannan och en sorgsen, skrämd blick fick henne att vilja ta med sig det stackars barnet direkt. Men istället bara hon strök sin mage och tröstade sig med att hennes barn i alla fall aldrig skulle behöva lida på det sättet.

Yustafa och Petra klev in i lägenheten och började se sig omkring innan de ens hunnit ta av sig skorna. Yustafa bar omkring en mapp som han höll ett fast grepp om medan han gick in i köket och sade:

”Sade du att du var ensam hemma eller hörde jag fel förut?”

”Ja, jag är ensam.” Det hade inte varit tydligare vad han tyckte om röran i köket om hans tankar så hade varit skrivna på en stor tavla ovanför hans huvud. Ogillandet och slutsatserna han drog var uppenbara i varenda liten ansiktsryckning.

”Var har du pappa då?”

”Jag vet inte.”

”Jobbar han?” Yustafa vände sig mot henne och tog ögonkontakt, men Estrid bara ryckte på axlarna och upprepade:

”Jag vet inte.”

”Hur länge har han varit borta?” frågade Petra som stod kvar i dörröppningen till köket.

”Ett tag… några dagar kanske. Jag vet inte exakt.” Yustafa och Petra utbytte tysta blickar med varandra.

”Några dagar är ganska lång tid att vara ensam när man är så ung som du. Sade han vart han skulle innan han lämnade dig?” sade Yustafa. Estrid såg inom sig hur fadern hade gått ut ur dörren utan att så mycket som ens se på henne. Hon svarade:

”Nej.”

”Inte?” Yustafa gav henne vad som var en väldigt uppenbart fejkad förvånad blick.

"Nej. Han mumlade för sig själv, men jag vet inte vart han skulle."

"Har han ens hört av sig till dig?" frågade Petra och lade armarna i kors över bröstet.

"Nej." Estrid stirrade ner i golvet. Ingen lättnad kvarstod längre. Nu fanns bara ångest. Yustafa nickade och såg sig omkring en sista gång innan han sade:

"Känns det okej om vi ser oss om i lägenheten? Vi ska inte rota i några garderober eller så, vi vill bara se hur du har det."

"Visst" svarade Estrid innan hon klev åt sidan så att Yustafa kunde gå förbi henne. När de började gå runt i lägenheten så frågade hon:

"Varför är ni här? Var det My som hörde av sig till er?"

"Av sekretesskäl så kan jag inte svara på det, men ja, det var på grund av ett samtal från någon som tidigare bott med dig som vi är här."

"Kommer jag att hamna på barnhem?" frågade Estrid och borrade ner naglarna i underarmen för att försöka tänka på smärtan istället för paniken. Petra log varmt mot henne innan hon svarade:

"Nej, då. Det finns inga barnhem här. Men jag förstår att du är rädd för att bli placerad hos en främling." Placerad? Hon var väl ingen jäkla herrelös hund heller?

Estrid bara nickade och stirrade sedan ner i golvet igen. Hon svor inombords när hon såg Yustafa gå in i faderns sovrum, som tur var stannade han inte därinne särskilt länge och stängde dörren om sig igen när han gick därifrån. Han kikade in i både Estrids sovrum och badrummet och gick ett varv i vardagsrummet innan han vände sig mot henne och sade med ömhet i sina mörka ögon:

"Trivs du här?" Estrid ryckte på axlarna. Hon sade:

"Det är väl okej." Yustafa nickade långsamt flera gånger om medan han såg sig omkring.

"Finns det någonstans där vi skulle kunna slå oss ner för att prata lite?" Estrid hummade kort till svar innan hon gick före dem in i köket och plockade bort allt som låg på matbordet och tryckte ner det i den redan överfulla sopkorgen under vasken.

"Jag har inte något att bjuda på... jag vet inte ens hur man brygger kaffe." Estrid skämdes över hela situation och gled tyst ner på en av stolarna.

"Det är lugnt, vi är inte här för att dricka kaffe ändå" sade Yustafa medan han satte sig på stolen framför henne. Det krävdes vartenda uns av fokus som Estrid kunde uppbåda för att inte stirra på hans flint. Den var åtminstone mindre krävande än hans ögon.

"På tal om det, förstår du varför vi är här?" fortsatte Yustafa och öppnade mappen framför sig. Han klickade ner bläcket i sin penna och började sedan skriva någonting otydbart på ett linjerat ark.

"Ni är väl här för att My var orolig för min skull. Men jag vet inte vad hon har sagt till er om mig."

"Precis. Vi är rädda att du kanske far illa här hemma. Vill du berätta lite om hur du har det? Jag har förstått att din mamma dog när du var väldigt ung, bara två år sedan. Det måste ha varit jobbigt att ha förlorat henne, både för dig och din pappa, så klart."

"Ja. Det var det. Hur så?"

"Jag vill bara förstå din situation. Kan du beskriva hur en vanlig dag ser ut här hemma, när pappa är hemma." Estrid förblev tyst. Hon stirrade ner i bordskivan och önskade att hon aldrig ens hade fötts. När hennes mage kurrade högljutt så frågade Petra, som nu också hade satt sig på en av stolarna:

"Hur länge sen var det du åt?"

"Jag åt lite nötter för en stund sen."

"Och innan dess?" Estrid ryckte på axlarna igen.

"Jag vet inte."

"Är du väldigt hungrig?" Estrid svarade henne inte, men mötte hennes blick och nickade. Ur ena fickan på uniformen fiskade Petra upp en liten snackskaka gjord på torkad frukt och honungstäckta havregryn. Det vattnades i munnen på Estrid bara av att se den.

"Jag har alltid en sån här på mig utifall jag skulle få lågt blodsocker, men jag vill att du ska få den. Här, ät" sade Petra och öppnade förpackningen på kakan innan hon räckte den åt Estrid. Estrid tvekade först, men bara i en sekund. Sedan tog hon emot snackskakan och slukade den. Yustafa drog in luft genom munnen som om han skulle säga något, men Petra avbröt honom innan han ens hann börja på första stavelsen:

”Var det pappa som gav dig de där såren i pannan?” Estrid skakade först på huvudet, men sedan sade hon med en antydan till ironi i rösten:

”Rent tekniskt var det väggen.” Petra såg på henne med allvarsam blick.

”Om du och jag gick in i ett annat rum, och jag bad dig ta av dig, skulle jag då få se fler sår eller blåmärken?” Estrid nickade långsamt och vände sedan ner blicken igen. Petra sade:

”Vill du bo hos din pappa?” Estrid skakade på huvudet.

”Nej.”

”Finns det någon i din familj som du skulle vilja bo hos?”

”Nej, inte direkt. Jag känner knappt någon. Alla mina mor- och farföräldrar är döda, och jag har inga fastrar eller farbröder. Den enda jag har är min moster, men hon bor flera timmar härifrån och jag har inte träffat henne på jättelänge. Vi sågs senast på mammas begravning, och då verkade hon inte bry sig om mig. Hon har inte ens hört av sig till mig sen dess.”

”Mm, jag förstår. Men då undrar jag, skulle det vara värt att flytta till henne, och bo där, om det innebar att du aldrig behövde träffa din pappa igen? Skulle det vara värt att byta skola och allt som kommer med det? Hur känner du?”

”Petra...” Yustafa försökte tysta henne, men Petra bara satte upp ett pekfinger i luften mot honom och sade:

”Du behöver inte krångla till allting så mycket.” Estrid satt tyst en lång stund innan hon tillslut sade:

"Ja, det skulle det. Men jag vet inte ens om hon vill ha mig. Hon har redan en dotter."

"Men om jag skulle ringa henne, och vara helt ärlig med allting, och fråga henne om du fick komma och bo hos henne, och om hon sade ja, skulle det då kännas okej att flytta till henne?"

"Ja, jag antar det."

"Då, så. Har du hennes nummer?"

"Det är inte så här det går till, Petra. Det vet du lika väl som jag! Så kan du sluta köra över mig nu?" sade Yustafa med barsk röst. Ömheten i hans ögon var försvunnen.

"Hon ska inte behöva stanna här en sekund längre än vad som är nödvändigt." svarade Petra med minst lika barsk röst. Sedan vände hon sig åter till Estrid och skrev in numret Estrid rabblade upp för henne på sin mobiltelefon. Innan hon tryckte för att ringa upp så såg hon in i Estrids ögon och sade:

"Säkert att det här känns okej?" Estrid kände sig illamående och yr, men hon nickade. Petra reste sig från stolen och gick in i vardagsrummet för att ringa. Yustafa följde henne med blicken och såg både förvånad och förbannad ut. Det fick Estrid att önska att hon inte skulle behöva vara ensam med honom. Han mumlade något ohörbart medan han skrev ner några rader i sitt block, sedan vände han blicken tillbaka till Estrid och sade:

"Det är inte riktigt så enkelt att ta dig från din pappa som Petra får det att verka, speciellt eftersom vi inte vet var han är och vi inte kan kontakta honom. Socialtjänsten får tvångsomhänderta barn som far illa i hemmet, men helst inte utan föräldrarnas vetskap. Om du kan få bo hos din moster så är det en bra lösning, men det kommer inte att innebära att allt det här är över, det vill jag att du förstår."

"Ingenting är någonsin så enkelt som det verkar" sade Estrid utan att se på honom.

Under den kommande timmen försökte Yustafa förklara hur allting fungerade, utan att Estrid egentligen lyssnade på ett enda ord. Istället försökte hon höra delar av samtalet som ägde rum i vardagsrummet och gjorde sitt bästa för att gissa vad resultatet skulle bli. Hon var inte säker på vilket slags resultat hon helst skulle föredra, men det var ett bra tidsfördriv i alla fall. Efter en stund uppenbarade sig Petra i dörröppningen och avslutade sitt samtal med att säga:

"Bra. Ja, det tror jag. Jättebra. Tack, då säger vi så. Ja, jag ska prata med henne. Ja, jag lovar att hälsa henne det. Då, så. Kör försiktig så ses vi i eftermiddag. Ja, detsamma. Hej. Hej då." Hon lade på och stoppade ner mobiltelefonen i fickan igen innan hon satte sig vid bordet, mötte Estrids nyfikna blick och sade:

"Så... Då har jag berättat hur det står till med dig, och hon hade mycket att säga om det också... men i alla fall så kommer hon och hämtar dig om kanske fyra-fem timmar. Hon skulle försöka hyra ett släp också, så att du kan ta med dig det du vill härifrån."

"Verkade det som att hon faktiskt ville ha mig? Eller tror du hon bara gör det för att hon har dåligt samvete?" Estrid försökte dölja sin oro med ett leende, men Petra såg igenom det. Hon fattade tag om Estrids händer och sade:

"Hon verkade faktiskt väldigt glad över att få hjälpa dig på det här sättet. Kanske har hon lite dåligt samvete över att hon inte funnits där för dig, men jag vill ändå tro att hon kommer hit därför att hon älskar dig." Petra log ett älskligt leende mot Estrid, som i sin tur bara vände ner blicken i bordskivan igen och sade med frånvarande röst:

"Vi får väl hoppas det."

37

Hedda stod framför den gamla spisen i sin våning och rörde sakta runt i vad som skulle kunnat kallas grönsaksgryta, men snarare liknade något ett barn hade tillagat i sin sandlåda. I vanliga fall höll hon sig trogen sin älskade gröt, men efter att ha spenderat flera dagar hos Zaafir så hade hon redan vant sig vid riktiga måltider. Hon gjorde sitt bästa för att få till någonting som skulle vara ätligt, men ett kulinariskt mästerverk skulle det då verkligen inte bli. Dessutom hjälpte det inte att hennes tankar ständigt färdades långväga från det slitna köket. En möjlighet hon inte tidigare trott att hon haft hade likt ett mirakel presenterat sig framför henne i form av en gammal stuga på en klippa vid havet. En del av henne ville inget hellre än att överge allt det hon ägde och fly till sitt förflutna, en annan del tvingade henne att stanna. För hur skulle hon kunna lämna Estrid? Hur skulle hon kunna lämna sitt arbete och tryggheten i att ha fast heltidsanställning? Hur dum var hon som trodde att hon skulle bli lycklig av att fly sitt eget liv? Hur trodde hon att hon någonsin skulle kunna lämna ekorrhjulet? Kanske var livet en evig tur i samma karusell, men om den karusellen betydde stabilitet, varför skulle hon då någonsin vilja kliva av?

Hedda insåg till fullo sina begränsningar och de hinder som stod framför henne. Hon förstod att om hon skulle förändra sitt liv så radikalt som hennes hjärta längtade efter att få göra, så skulle det vara att slå krokben för sig själv. Så varför vägrade tanken då släppa hennes medvetande? Varför hade hon så svårt att nöja sig med tanken på att bara använda farmoderns stuga som en sommarstuga, eller som en tillflyktszon? Varför kändes det aldrig som nog, om hon inte föreställde sig att bo där? Hennes sinne bad henne att ta sitt förnuft tillfånga och sluta tänka på det överhuvudtaget, medan hennes själ skrek och vädjade om raka motsatsen. Aldrig hade hon känt sig lyckligare än när hon föreställde sig stå bland höga tallar och blomstrande grönska medan havets vågor susade i bakgrunden. Slöt hon sina ögon så var hon redan där, tack vare minnena. Ändå ville hon inte lita på lycksaligheten inom sig, för tänk om alltsammans bara var en perfekt illusion? Livet blev inte en dans på rosor bara för att hon hoppades att det skulle bli så. Så hur kunde hon ens överväga det?

Hennes tankar pausades abrupt när den så kallade grytan kokade över samtidigt som mobiltelefonen ringde igen. Hedda ställde av kastrullen och sänkte värmen på plattan innan hon svarade i telefonen. Ett ögonblick trodde hon att det var fadern som glömt säga ytterligare en sak, men när hon såg att det var Estrid som ringde så förbyttes förväntan till genuin överraskning. Det var med ett leende som hon sade:

"Hej!" Hon fick bita sig i tungan för att inte lägga till ord som vännen eller gumman.

"Hedda, jag… De skickar bort mig." Heddas leende tynade bort när hon hörde flickan gråta. Vad skulle hon inte ha gett för att få hålla om henne?

"Kära du, nej. Förlåt mig, jag vet att du inte vill att jag säger så. Vad menar du? Vilka skickar bort dig?"

"Det kom en polis och en man från socialen. De sade att de bara ville se hur jag hade det, men sen ringde polisen min moster och nu skickar de mig till henne för att bo hos henne." Estrid snyftade, men det hördes att hon försökte kväva sina ljud.

"Jag förstår inte, varför var socialtjänsten hos dig? Har någon gjort en orosanmälan?"

"Ja, My måste ha ringt dem. Hon sade att hon skulle göra det."

"My är din styvmamma, eller hur?"

"Hon var pappas flickvän, på sätt och vis. Men hon stack för några dagar sen."

"Förlåt för att jag inte förstår dig, men vad menar du med att hon stack? Varför stack hon? Snälla var ärlig, Estrid." Hedda började få onda aningar, och hon bannade sig själv för att hon inte varit mer enträgen om att fråga Estrid hur hon hade det hemma. Hon hade varit så fokuserad på att försöka hålla henne kvar i sitt liv, att hon helt och fullt godtagit Estrids bortförklaringar och ovilja att tala om sin familj. Det dröjde några sekunder innan Estrid svarade, men när hon väl gjorde det så lät hennes röst förvånansvärt samlad:

”Pappa har inte alltid varit så snäll mot oss. Det blev värre efter mamma dog. Han var särskilt elak mot My, så därför lämnade hon honom.”

”Slår han dig?”

”Han brukade inte göra det, men… han blev så arg när han fick reda på att My hade stuckit, att han tog ut sin ilska på mig.” Hedda kände som om någon hade tagit en kniv och stuckit den i hennes hjärta. Vrede steg hastigt i hennes själ och gjorde hennes mörkbruna ögon svarta som kol. Vem vågade göra hennes själsdotter illa? Hedda tvingade sig själv att svälja alla de ömkande ord som ville flöda ur hennes mun. Estrid hade varit tydlig. Det var en ynnest att hon hade valt att ringa Hedda för att söka tröst, så det minsta Hedda kunde göra för sin själsdotter var att inte tala nedlåtande till henne. Hon sade:

”Jag önskar att det fanns något jag kunde göra eller säga som fick allt det här att försvinna.”

”Kan du komma hit? Allting går så fort och det känns som om jag inte har någonting att säga till om. Jag låste in mig på toan bara för att kunna ringa dig. De lämnar mig inte ifred och hon som är polis bara ler mot mig hela tiden och håller mig i handen och säger att allt ska bli bra nu men hur kan det bli bra när de tar mitt liv ifrån mig?”

”Självklart så kommer jag. Är ni fortfarande hemma hos dig?”

”Ja.”

"Bra, då skyndar jag mig dit nu på direkten. Men varför vill de skicka dig till din moster?"

"Jag fick det väl att verka som om hon var mitt bästa alternativ."

"Jag tror jag förstår, men vill du ens bo hos henne?"

"Jag vet inte. Jag vill inte bo kvar här alldeles ensam, men jag vill heller inte tvingas bort härifrån."

"Vad menar du med alldeles ensam?"

"Pappa stack också för några dagar sen."

"Men varför sade du inget när jag var hos dig? Nej, strunt i det nu. Du behöver inte försvara dig för mig. Jag kommer så snabbt jag kan och så reder vi ut det här tillsammans. Okej?"

"Okej", viskade Estrid med skakig röst. Hon snyftade igen och sade lågmält:

"Jag vill inte bo vid kusten."

"Kusten? Hur långt bort tänker de skicka dig?" sade Hedda medan hon stängde av spisen, lade på locket på kastrullen och skyndade in i badrummet för att hämta en hårsnodd. När Estrid förblev tyst så frågade Hedda medan hon drog på sig sina byxor:

"Estrid, var bor din moster?"

Svaret hon fick var nog för att få Hedda att stanna upp i rörelsen med ena benet bara halvvägs nere i byxbenet. Därefter behövde hon inte fundera längre. Dit Estrid gick, följde hon efter. Återigen spred sig lättnad i hennes bröst och tvingade undan vreden. Hon lät sig själv glömma Estrids krav för stunden och sade med ett oväntat lugn i rösten:

”Åh, älskade lilla hjärtat… kanske kan allt det här bli bra ändå. Det ska du nog få se.”

38

Hedda hade inte mer än hunnit lägga på i mobiltelefonen och kommit halvvägs nerför första trappan innan hon återigen blev avbruten i sina tankar, denna gång var Zaafir den skyldige. Lika oväntat som om månen hade rest sig över himlavalvet klockan ett på dagen så dök han upp i nederkanten av trappan med ett jäktat ansiktsuttryck. Han stannade när han stod endast tre trappsteg nedanför henne, vilket i sin tur tvingade Hedda att också stanna för att undvika kollision. Zaafir insåg snart att hon blev mer frustrerad än lycklig över att se honom, så innan hon hann komma med ursäkter för att få fly därifrån så satte han beskyddande upp bägge händerna i luften framför sig och sade:

"Jag ser att du har bråttom, så jag ska inte uppehålla dig länge, jag lovar. Dessutom så ska jag egentligen vara på väg ut till ett stugområde där det brann i natt. Två människor brann inne och dog, och brandmännen misstänker mordbrand så jag ska dit för att..."

Hedda avbröt honom:

"Du slösar min tid, kära du. Säg vad det var du ville säga så vi båda kan åka vidare sen."

"Jag har min bil utanför, om du vill så kan vi samåka." Zaafir gestikulerade med ena handen ut mot gatan, men Hedda skakade på huvudet och började istället gå nerför trappan igen.

"Jag ska inte långt, så det går snabbare om jag går. Vad var det du ville?" Zaafir suckade uppgivet men följde efter henne ändå, som alltid.

"Jag vill helt enkelt bara be om ursäkt för igår. Jag menade inte det jag sade, om att det var sista gången jag hjälpte dig och allt sånt där. Du hade rätt i att jag blev sårad." Han pausade som om han inväntade en ursäkt även från Hedda, men när den inte kom så fortsatte han:

"Det var kanske fel av mig att säga så, men helt ärligt så är du inte alltid så lätt att ha och göra med. När du bara drar sådär... Det gör ont i en... riktigt ont."

"Jag förstår. Jag är en satmara. Har du något nytt att komma med?" sade Hedda med en mycket barskare ton än vad hon hade tänkt. När Zaafir svarade henne igen så hördes det på hans röst att hon återigen lyckats med det alltför lätta uppdraget att göra honom upprörd.

"Du vet att det inte var så jag menade."

"Så vad var det du menade då?"

"Alltså, jag ville bara komma hit för att säga förlåt, och helt ärligt för att få en ursäkt tillbaka. Jag kunde inte ens sova i natt på grund av vårt bråk, och jag var väl dum nog att tro att du kände likadant. Jag tänkte att kanske är du bara för barnslig för att be om förlåtelse, så därför tänkte jag ta första steget, men nu inser jag att det var ett misstag. Förstår du ens att du sårade mig igår kväll, när du lämnade mig?" De hade nått entrén, så Hedda stannade och vände sig om. Hon mötte hans blick och såg all den vånda hon orsakat honom. Det fick henne att skämmas. Han skulle må så mycket bättre när hon väl var ur hans liv. Hon sade:

”Jag ser och förstår att jag har sårat dig djupt. Det var aldrig min mening. Men du måste också förstå att du har gjort det här, dig och mig, till någonting det inte är. Du och jag hör inte ihop, Zaafir. Vi är för olika. Det är någonting du måste förstå.”

”Hur kan du säga så? Jag vet inte hur länge jag orkar med det här. Du leker med mina känslor som om jag vore en marionettdocka. Du stöter bort mig och jag kommer tillbaka. Gång på gång, om och om igen. Jag har gett dig allt! Men det är ändå inte bra nog!” Han skrikviskade de sista två meningarna och en tår rullade nerför hans kind. Hade Hedda känt att hon haft mer tid för att trösta honom så kanske hon hade hållit om honom och låtit honom tro att hon älskade honom på samma sätt som han älskade henne, men eftersom Estrid fortfarande var det enda som kändes viktigt, så stod Hedda stilla och förklarade med samlad röst:

”Du har inte gett mig allt, och det är inte allt som skulle få mig att vilja stanna. Du förtjänar att vara med någon som gör dig lycklig, och den personen är inte jag.”

”Hur vet du det? Du är inte mitt hjärta.”

”Det är sant, men jag vet att jag inte är den personen därför att jag inte ens kommer att vara kvar här om några månader. Min far, Arvid, ringde mig tidigare idag och berättade att jag ärvt min farmors gamla stuga, så jag ska flytta härifrån.”

"Bara sådär?" Sorgen var uppenbar i Zaafirs ansikte, men Hedda förblev kall som sten.

"Ja, det är vad som kommer att göra mig lycklig." Små muskler i Zaafirs käke spändes och dansade vid hans kind. Han var argare än Hedda någonsin sett honom tidigare, men ändå gjorde han inget mer än lät tårarna falla. Han blundade och vred undan huvudet i ett par sekunder. Han skakade på huvudet som om han utan ord sade att han vägrade tro på det hon sagt. Tillslut såg han djupt in i hennes mörka ögon igen och sade:

"Hur kan du göra så här mot mig?" Heddas hjärta var nära att brista av anledningar hon vägrade erkänna för sig själv, så hon bara mötte hans blick och sade:

"Jag gör ingenting mot dig. Jag gör någonting för mig." Sekunder som tycktes vara i en evighet passerade i tystnad. De stod och såg in i varandras ögon. De såg sanningen men vägrade yttra sina känslor högt, för ingen kunde väl älska så djupt? Zaafir försökte vara modig när han såg sitt livs kärlek göra sig redo att lämna honom för alltid. Han sade lågmält:

"Gör det någon skillnad om jag säger att jag älskar dig?" Hedda skakade på huvudet och viskade med en klump i halsen som han inte visste existerade:

"Nej." Sedan försvann hon ut genom dörren.

Fyra månader senare

Epilog

Det var förmodligen det sämsta valet hon någonsin gjort i hela sitt liv. Vintern var i antågande och luften hon andades var kylig och sträv mot lungorna. Ingen med sunt förnuft skulle välja att flytta ut till en stuga i skogen, där närmaste väg var övertäckt av vilt växande grönska, utan att äga så mycket som en bil. Ingen utom Hedda, det vill säga. Hon hade sagt upp sig på jobbet, sagt upp hyresavtalet på lägenheten och sålt det mesta hon ägt. Många utav sakerna hade hon inte ägt i mer än några veckor, men det hade ändå varit en befrielse att bli av med det. Hon hade lämnat sitt liv i staden utan ett knyst. Endast ett fåtal människor visste att hon flyttade, än mindre förstod varför. Zaafir hade hon inte hört av sedan deras möte i trapphuset. Ibland hade hon sett honom på polisstationen, men han hade alltid ignorerat henne som om hon inte ens hade existerat. De första veckorna hade det sårat henne djupt, men sedan hade hennes känslor för honom tynat bort, som förväntat. Det var det enda rätta att släppa honom fri. Han skulle inte ha lämnat buren hon omedvetet satt honom i om luckan så hade varit öppen. Hon var inte hans själsfrände, hur kunde hon vara det? Det var bättre för honom att leva utan henne, så därför hade hon heller ingen rätt att sörja sitt beslut att driva bort honom för gott. Det var i alla fall det hon intalade sig själv.

Estrid hade efter en lång diskussion med Hedda motvilligt gått med på att följa med sin moster. Till stor del var det tack vare att Hedda lovade att följa efter henne så snart som möjligt. Visserligen låg stugan så ensligt att det skulle vara omöjligt att se varandra varenda dag, men det var fortfarande tusen gånger bättre än alternativet att bo flera timmar ifrån varandra. Varför den unga flickan och Hedda behövde varandra så innerligt var det kanske ingen annan som förstod än de själva, men sanningen var att de hörde samman och det behövde ingen förstå. Det räckte med att Hedda och Estrid visste om det.

Sedan Estrids flytt så hade de talats vid på telefon nästan dagligen. Vad Hedda kunde förstå så var det givetvis svårt för Estrid med en så stor omställning, men överlag så hade hon det så bra hon kunde ha fått det hos sin moster och sin kusin. Hon glömde dock aldrig att påminna Hedda om hur hon längtade efter att hon skulle vara närmare. Det var en plåga att vara så långt ifrån någon hon älskade, hade Estrid sagt flera gånger om. Hedda hade inte kunnat göra något annat än att hålla med.

Estrids far var fortfarande spårlöst försvunnen. Han hade inte setts till eller hörts av på fyra månader, eftersökningsarbetet som Hedda deltagit i var redan nedlagt. Estrids moster stod som hennes enda vårdnadsgivare sedan några veckor, och Estrid hade inte sagt ett ord om sin far sedan dess.

Utredningen om mordbranden i det lilla stugområdet hade blivit nedlagd i ungefär samma sekund som man hittat ljuskopparna under sängen och i skåpen. Det som kvarstod av Theodore efter branden hade blivit kremerat och han hade blivit begraven bredvid sin älskade Henrietta i en anspråkslös minneslund. Begravningen hade inga fler besökare än begravningsentreprenören och kyrkogårdens trädgårdsmästare. Den enda som sörjde hans död var kvinnan som satt inlåst på kvinnoanstalt eftersom hon tagit skulden för alla hans brott. Hon hade varit den enda som kunde kallas hans mor, och den enda som älskade honom ovillkorligt. Samma dag som beskedet nådde Nadjas cell så knöt hon en snara av sitt påslakan och hängde sig i en värmeledning.

Den man som kallat sig hans far skulle aldrig få veta vad som hände med hans adoptivson. Två år efter Theodores död skulle en hjärtattack ta livet av honom. Alla levande ting dör tillslut, även djävulen.

*

Hedda gick sakta uppför den branta stigen som ledde till klippan. Hon hade nyss vinkat av chauffören som kört hennes flyttlass och henne själv till den lilla stugan i skogen. Hon hade inte haft mycket tillhörigheter, men eftersom hon hade med sig nog med proviant för att kunna klara vintern utan att behöva handla så hade det ändå krävts en flyttbuss. Nu stod de tio flyttlådorna med mat utanför stugan. Ovanpå dem låg den enda väskan hon haft med sig, med kläder och annat essentiellt i. Eftersom det var så kallt ute så tänkte hon att provianten inte skulle ta skada av att stå ute en kort stund, så därför gick hon iväg uppför stigen för att minnas.

Som om himlen kände vördnad inför hennes närvaro så var vinden stillsam och vågorna lugna. Ett pudertunt lager med snö hade lagt sig på mossan under hennes fötter och små snökristaller singlade rofyllt ner och gav hennes mörka hår en gloria. Hon vandrade mellan tjocka tallar och väderbitna björkar som stod nakna i det gråvita vinterlandskapet. Hon lät sina fingrar stryka utmed varenda stor sten och vartenda träd hon mindes. Hur många gånger hade hon inte vandrat samma stig som ung? Naturen som omgav henne hade format henne. Den hade gjort henne till den hon var idag. Utan skogen skulle hon inte finnas till. Utan stenarna skulle hon aldrig ha återvänt. Utan havet skulle hon inte kunna andas.

Hon beträdde sin barndoms rötter och blickade upp mot en oföränderlig himmel. Likt en blomma som äntligen får slå rot efter att ha levt månader instängd i en plastkruka så kände hon jorden dra henne ner mot dess inre. Ett leende sprack upp i hennes ansikte och fick ögonen att tåras av skär lycka. Hon kom allt närmare klippan. Snart såg hon havets vidsträckta horisont bakom trädens grenar. Hennes hjärta började bulta i hennes bröst och hon kände sig som ett litet barn igen. Hon sprang de sista få metrarna tills hon stod nästan allra ytterst på den höga klippan. När vinden våldsamt grep tag om hennes utsläppta hår så släppte hon ut ett gällt, långdraget glädjeskri. Hon kastade ut armarna som för att låta blåsten bära iväg henne och slöt sina ögon. Femton meter under henne slog vågorna mot klippkanten och femton meter över henne svävade en ensam falk. Han härmade henne glädjeskri med sin egen gälla sång innan han flög vidare ut över havet. En fjäder lämnade hans ena vinge och landade så småningom vid Heddas fötter. Hedda satte sig ner på huk, plockade varsamt upp fjädern och tryckte den mot sitt bröst. Hon följde falken med blicken och viskade för sig själv:

"Älskade farmor, äntligen är jag hemma."